su

Mit nur 36 Jahren stirbt Christa T. an Leukämie. Die Erzählerin dieses Romans, ihre ehemalige Schulkameradin und Studienfreundin, erinnert sich an sie, an ihre widersprüchliche Persönlichkeit und ihren schwierigen Lebensweg. Sensibel dafür, daß das Faktische und der utopische Anspruch des Sozialismus in der DDR nicht übereinstimmen, sucht Christa T. nach Wegen, das, was ist, und das, was werden soll, zusammenzubringen – und macht dabei die schmerzhafte Erfahrung, daß der Riß der Zeit durch sie selbst geht.

Nachdenken über Christa T. begründete den Weltruhm Christa Wolfs und gehört zu den modernen Klassikern der deutschsprachigen Literatur.

Christa Wolf, geboren 1929 in Landsberg/Warthe (Gorzów Wielkopolski), lebt in Berlin und Woserin, Mecklenburg-Vorpommern. Ihr Werk, das im Suhrkamp Verlag erscheint, wurde mit zahlreichen Preisen ausgezeichnet, darunter dem Georg-Büchner-Preis und dem Deutschen Bücherpreis für ihr Gesamtwerk. Zuletzt veröffentlichte sie den Erzählungsband *Mit anderem Blick* (st 3827) und *Der Worte Adernetz. Essays und Reden* (es 2475).

Christa Wolf
Nachdenken über Christa T.

Suhrkamp

Die Erstausgabe von *Nachdenken über Christa T.*
erschien 1968 im Mitteldeutschen Verlag, Halle (Saale).

Der Text, der dem 1999 erschienenen Band 2 der von
Sonja Hilzinger herausgegebenen *Werke in zwölf Bänden* folgt,
wurde für diese Ausgabe neu durchgesehen und korrigiert.

Umschlagfoto: Lutfi Özkök

suhrkamp taschenbuch 3913
Erste Auflage 2007
© Suhrkamp Verlag Frankfurt am Main 2007
Suhrkamp Taschenbuch Verlag
Alle Rechte vorbehalten, insbesondere das
der Übersetzung, des öffentlichen Vortrags sowie der Übertragung
durch Rundfunk und Fernsehen, auch einzelner Teile.
Kein Teil des Werkes darf in irgendeiner Form
(durch Fotografie, Mikrofilm oder andere Verfahren)
ohne schriftliche Genehmigung des Verlages reproduziert
oder unter Verwendung elektronischer Systeme
verarbeitet, vervielfältigt oder verbreitet werden.
Satz: Hümmer GmbH, Waldbüttelbrunn
Druck: Ebner & Spiegel, Ulm
Printed in Germany
Umschlag: Göllner, Michels, Zegarzewski
ISBN 978-3-518-45913-3

1 2 3 4 5 6 – 12 11 10 09 08 07

Nachdenken über Christa T.

Christa T. ist eine literarische Figur. Authentisch sind manche Zitate aus Tagebüchern, Skizzen und Briefen.
Zu äußerlicher Detailtreue sah ich mich nicht verpflichtet. Nebenpersonen und Situationen sind erfunden. Wirklich lebende Personen und wirkliche Ereignisse sind ihnen nur zufällig ähnlich.   C. W.

Was ist das:
Dieses Zu-sich-selber-Kommen des Menschen?

Johannes R. Becher

Nachdenken, ihr nach – denken. Dem *Versuch, man selbst zu sein.* So steht es in ihren Tagebüchern, die uns geblieben sind, auf den losen Blättern der Manuskripte, die man aufgefunden hat, zwischen den Zeilen der Briefe, die ich kenne. Die mich gelehrt haben, daß ich meine Erinnerung an sie, Christa T., vergessen muß. Die Farbe der Erinnerung trügt.

So müssen wir sie verloren geben?

Denn ich fühle, sie schwindet. Auf ihrem Dorffriedhof liegt sie unter den beiden Sanddornsträuchern, tot neben Toten. Was hat sie da zu suchen? Ein Meter Erde über sich, dann der mecklenburgische Himmel, die Lerchenschreie im Frühjahr, Sommergewitter, Herbststürme, der Schnee. Sie schwindet. Kein Ohr mehr, Klagen zu hören, kein Auge, Tränen zu sehen, kein Mund, Vorwürfen zu erwidern. Klagen, Tränen, Vorwürfe bleiben nutzlos zurück. Endgültig abgewiesen, suchen wir Trost im Vergessen, das man Erinnerung nennt.

Vor dem Vergessen, beteuern wir aber doch, müsse man sie nicht schützen. Da beginnen die Ausreden: Vor dem Vergessenwerden, sollte es heißen. Denn sie selbst, natürlich, vergißt oder hat vergessen, sich, uns, Himmel und Erde, Regen und Schnee. Ich aber sehe sie noch. Schlimmer: Ich verfüge über sie. Ganz leicht kann ich sie herbeizitieren wie kaum einen Lebenden. Sie bewegt sich, wenn ich will. Mühelos läuft sie vor mir her, ja, das sind ihre langen Schritte, ja, das ist ihr schlenkriger Gang, und da ist, Beweis genug, auch der große rotweiße Ball, dem sie am Strand nachläuft. Was ich höre, ist keine Geisterstimme: Kein Zweifel, sie ist es, Christa T. Beschwörend, meinen Verdacht betäubend, nenne ich sogar ihren Namen und bin ihrer nun ganz sicher. Weiß aber die ganze Zeit: Ein Schattenfilm spult ab, einst durch das wirkliche Licht der Städte, Landschaften, Wohnräume belichtet. Verdächtig, verdächtig, was macht mir diese Angst?

Denn die Angst ist neu. Als sollte sie noch einmal sterben, oder als sollte ich etwas Wichtiges versäumen. Zum erstenmal fällt mir auf, daß sie sich seit Jahr und Tag in meinem Innern nicht verändert hat und daß da keine Veränderung mehr zu hoffen ist. Nichts auf der Welt und niemand wird ihr dunkles, fußliges Haar grau machen, wie das meine. Keine neuen Falten werden in ihren Augenwinkeln hervortreten. Sie, die Ältere, nun schon jünger. Fünfunddreißig, schrecklich jung.

Da weiß ich: Das ist der Abschied. Das Ding dreht sich noch, schnurrt dienstbeflissen, aber zu belichten ist da nichts mehr, mit einem Ruck springt das schartige Ende heraus, dreht mit, einmal, noch einmal, stoppt den Apparat, hängt herab, bewegt sich wenig in dem leichten Wind, der da immer geht.

Die Angst, ja doch.

Fast wäre sie wirklich gestorben. Aber sie soll bleiben. Dies ist der Augenblick, sie weiterzudenken, sie leben und altern zu lassen, wie es jedermann zukommt. Nachlässige Trauer und ungenaue Erinnerung und ungefähre Kenntnis haben sie zum Schwinden gebracht, das ist verständlich. Sich selbst überlassen, ging sie eben, das hat sie an sich gehabt. In letzter Minute besinnt man sich darauf, Arbeit an sie zu wenden.

Etwas von Zwang ist unleugbar dabei. Zwingen, wen?

Sie? Und wozu? Zu bleiben? – Aber die Ausreden wollten wir hinter uns lassen.

Nein: daß sie sich zu erkennen gibt.

Und bloß nicht vorgeben, wir täten es ihretwegen. Ein für allemal: Sie braucht uns nicht. Halten wir also fest, es ist unseretwegen, denn es scheint, wir brauchen sie.

In meinem letzten Brief an sie – ich wußte, es war der letzte, und ich hatte nicht gelernt, letzte Briefe zu schreiben – fiel mir nichts anderes ein, als ihr vorzuwerfen, daß sie gehen wollte, oder mußte. Ich suchte wohl ein Mittel gegen ihre Entfernung. Da hielt ich ihr jenen Augenblick vor, den ich immer für den Beginn unserer Bekanntschaft genommen habe. Für unsere erste Begegnung. Ob sie ihn bemerkt hat, diesen Augenblick, oder wann ich sonst in ihr Leben gekommen bin – ich weiß es nicht. Wir haben niemals darüber gesprochen.

Es war der Tag, an dem ich sie Trompete blasen sah. Da mag sie schon monatelang in unserer Klasse gewesen sein. Da kannte ich ihre langen Glieder und den schlenkrigen Gang und den kunstlosen, kurzen Haarschwanz in der Nackenspange schon auswendig, ebenso wie ihre dunkle, etwas rauhe Stimme und ihr leichtes Lispeln.

Das alles zum erstenmal gesehen und gehört am ersten Morgen, als sie bei uns erschien, anders möchte ich es nicht nennen. Sie saß in der letzten Bankreihe und zeigte keinen Eifer, mit uns bekannt zu werden. Eifer hat sie nie gezeigt. Sondern sie saß in ihrer Bank und sah genauso unsere Lehrerin an, uneifrig, eiferlos, wenn man sich darunter etwas vorstellen kann. Denn aufsässig war ihr Blick nicht. Doch mag er so gewirkt haben unter all den hingebenden Blicken, an die unsere Lehrerin uns gewöhnt hatte, weil sie, wie ich heute glaube, von nichts anderem lebte.

Nun, willkommen in unserer Gemeinschaft. Wie hieß denn die Neue? Sie erhob sich nicht. Sie nannte mit angerauhter Stimme, leicht lispelnd, ihren Namen: Christa T. War es möglich, hätte sie mit den Brauen gezuckt, als unsere Lehrerin sie duzte? In weniger als einer Minute würde sie in ihre Schranken gewiesen worden sein.

Wo kam sie denn her, die Neue? Ach, nicht aus dem bombardierten Ruhrgebiet, nicht aus dem zerstörten Berlin? Eichholz – du lieber Himmel! Bei Friedeberg. Zechow, Zantoch, Zanzin, Friedeberg, wir dreißig Einheimischen fuhren in Gedanken die Kleinbahnstrecke

ab. Entrüstet, das versteht sich. Kraucht aus einem Dorfschullehrerhaus, keine fünfzig Kilometer von hier, und
dann dieser Blick. Ja, wenn einer ein paar Dutzend rau-
chende Zechenschornsteine hinter sich hat, oder wenigstens den Schlesischen Bahnhof und den Kurfürsten-
damm ... Aber Kiefern und Ginster und Heidekraut,
denselben Sommergeruch, den auch wir bis zum Überdruß und fürs Leben in der Nase hatten, breite Backen-
knochen und bräunliche Haut, und dieses Benehmen?
Was sollte man davon halten?

Nichts. Nichts und gar nichts hielt ich davon, sondern
ich sah gelangweilt aus dem Fenster, das sollte jeder
merken, der von mir etwas wissen wollte. Ich sah, wie
die Turnlehrerin mit den Fähnchenständern ihr ewiges
Völkerballfeld markierte, das war mir immer noch lieber, als zuzusehen, wie diese Neue mit unserer Lehrerin
umging. Wie sie die bei der Stange hielt. Wie sie aus
dem Verhör, das in der Ordnung gewesen wäre, eine Un-
terhaltung machte und wie sie auch noch bestimmte,
worüber man sprechen wollte. Ich glaubte meinen Ohren nicht zu trauen: über den Wald. Das Spiel da unten
wurde angepfiffen, aber ich drehte den Kopf und starrte
die Neue an, die kein Schulfach nennen wollte, das sie
am liebsten hatte, weil sie am liebsten in den Wald ging.
So hörte sich die Stimme der Lehrerin an, wenn sie
nachgibt, das hatten wir noch nicht.

Verrat lag in der Luft. Aber wer verriet, wer wurde verraten?

Nun, die Klasse werde, was sie ja immer tue, die Neue,
Christa T., die Waldschwärmerin, freundschaftlich in
ihrer Mitte aufnehmen.

Ich zog die Mundwinkel herab: Nein. Nicht freundschaftlich. Überhaupt nicht aufnehmen. Links liegen-lassen.

Schwer zu sagen, warum sie mir trotzdem Nachrichten über die Neue zutrugen. Na wenn schon, sagte ich nach jedem Satz, aber zuerst hatte ich den Satz gehört. Daß sie ein Jahr älter war als wir, denn sie kam von einer Mittelschule und mußte eine Klasse wiederholen. Daß sie in der Stadt »in Pension« wohne und nur übers Wochenende nach Hause fahre. Na wenn schon. Daß man sie zu Hause Krischan nenne. Krischan? Sieht ihr genau ähnlich: Krischan.

So habe ich sie dann meistens genannt.

Sie bewarb sich übrigens nicht um Aufnahme. Nicht um freundliche, nicht um widerwillige. Um gar keine. Wir interessierten sie nicht »übermäßig«, das Wort war gerade unter uns aufgekommen. Übermäßig höflich ist sie ja nicht, wie? Ich sah in die Luft und sagte: Na und? Verfluchter Hochmut von dieser Neuen. Die spinnt ja.

Die Wahrheit war: Sie brauchte uns nicht. Sie kam und ging, mehr ließ sich über sie nicht sagen.

Da habe ich schon das meiste über sie gewußt. Und wenn nicht das meiste, so doch genug, wie sich dann zeigte.

Die Fliegeralarme wurden länger, die Fahnenappelle düsterer und schwächlicher, wir merkten nichts, und darüber wurde es wieder November. Ein grauer Tag jedenfalls, also wohl November. Ein Monat ohne die mindeste Weisheit, auch uns fiel nichts zu. Wir zogen in kleinen Rudeln durch die Stadt, die Entwarnung hatte uns überrascht, zu spät, um zur Schule zurück, zu früh, um schon nach Hause zu gehen. Schularbeiten kamen seit langem nicht in Frage, Sonne schien auch keine;

was suchten wir bloß zwischen all den Soldaten und Kriegerwitwen und Luftwaffenhelfern? Und dann noch am Stadtpark, wo die Rehwiese eingezäunt war wie immer, aber Rehe gab es keine, und Schlittschuh laufen sollten wir hier auch nicht mehr.

Wer hatte das gesagt? Keiner. Was sahen wir uns denn so an?

Keine Ursache. Wer nie ausschläft, sieht Gespenster oder hört welche.

Blieb der Film am Nachmittag, »Die goldene Stadt«, nicht jugendfrei wie gewöhnlich. Da muß man die Sybille bitten, daß sie sich die Haare hochsteckt und Hackenschuhe von ihrer Mutter anzieht, daß sie sich ihre roten Lippen noch röter malt, damit sie zur Not aussieht wie achtzehn und wir alle hinter ihr an der Platzanweiserin vorbeikommen. Sie wollte gute Worte, wir gaben sie ihr, wir scharwenzelten um sie herum, aber auf Christa T., die Neue, die bei uns war, weil sie ebensogut bei uns sein konnte wie anderswo, auf sie achtete keiner.

Da fing sie zu blasen an, oder zu rufen, es gibt das richtige Wort dafür nicht. Daran hab ich sie erinnert oder erinnern wollen in meinem letzten Brief, aber sie las keine Briefe mehr, sie starb. Lang ist sie ja immer gewesen, auch dünn, bis auf die letzten Jahre, nach den Kindern. So ging sie vor uns her, stakste erhobenen Hauptes auf der Rinnsteinkante entlang, hielt sich plötzlich eine zusammengedrehte Zeitung vor den Mund und stieß ihren Ruf aus: Hooohaahooo, so ungefähr. Sie blies ihre Trompete, und die Feldwebel und Unteroffiziere vom Wehrbezirkskommando hatten gerade Pause und sahen sich kopfschüttelnd nach ihr um. Na, die aber auch, hat der Mensch Töne? Da siehst du nun, wie sie sein kann, sagte eine zu mir.

Da sah ich's nun. Grinste dazu wie alle, wußte aber, daß ich nicht grinsen sollte. Denn anders als alle erlebte ich diese Szene nicht zum erstenmal. Ich suchte, wann sie schon einmal so vor mir hergegangen sein konnte, und fand, daß es kein Vorbild für diesen Vorgang gab. Ich hatte es einfach gewußt. Nicht, daß ich mit der Trompete gerechnet hätte, da müßte ich lügen. Aber was man nicht weiß, kann man nicht sehen, das ist bekannt, und ich sah sie. Sehe sie bis heute, aber heute erst recht. Kann auch besser abschätzen, wie lange es dauert und was es kostet, dieses dümmliche Grinsen endlich aus dem Gesicht zu kriegen, kann lächeln über meine Ungeduld von damals. Nie, ach niemals wieder wollte ich so am Rand eines Stadtparks stehen, vor der eingezäunten Rehwiese, an einem sonnenlosen Tag, und den Ruf stieß ein anderer aus, der das alles wegwischte und für einen Sekundenbruchteil den Himmel anhob. Ich fühlte, wie er auf meine Schultern zurückfiel.

Wie bringt man sie dazu, sich nach mir umzudrehen? Das war die Frage. Friedeberg. Ich interessierte mich ja für die Gegend um Friedeberg. Für ein Dorf mit Namen Eichholz. Für ein Dorfschullehrerhaus mit tief herabgezogenem bemoostem Dach ... Das alles kenne ich so wenig wie damals. Wenn wir Ausflüge machten, sind wir kaum über Beyersdorf und Altensorge hinausgekommen, oder zweimal die zwei Stunden Fahrt nach Berlin, Zoologischer Garten. Da stand das Schloß noch; dann ließen wir es lieber sein, so weit wegzufahren, wer hätte auch das Herz dazu gehabt, mitten im Krieg! Christa T. fuhr übrigens trotzdem, im Sommer vierundvierzig, mit einer Freundin, auf die ich eifersüchtig war und die ihr abends im Musikzimmer ihrer verlassenen Berliner Wohnung Beethoven vorgespielt hat, bei Kerzenlicht, bis der Alarm kam. Da löschten sie die Kerzen und stellten sich ans Fenster. Nein, man konnte ihre Art nicht billigen, es drauf ankommen zu lassen, auf ein Unglück, auf einen Tod, auf eine Freundschaft. Und das Schloß konnte sie zu jener Zeit sowieso nicht mehr sehen, die Ruine vielleicht noch, das grüne Kupferdach. Mehr habe ich allerdings auch nicht davon im Gedächtnis.

Ich gebe nicht vor, mich zu erinnern, was sie mir damals erzählt haben mag. Bloß daß die Wälder in der Friedeberger Gegend dunkler sein müssen als anderswo und daß es mehr Vögel gab, offenbar. Oder daß es mehr werden, wenn man jeden einzelnen mit Namen kennt, was weiß ich. Das wäre aber auch alles.

Was sie mich wissen ließ, auf ausdrückliches Befragen, ich habe es vergessen. Nach ihrem Tod erst hat sie Antwort gegeben, wider Erwarten gründlich haben mich ihre Papiere belehrt, über die Gewißheiten und Ungewißheiten ihrer Kindheit. Auch darüber, daß es nicht schaden kann, bestimmter Erscheinungen, der wichtigsten vielleicht, als Kind ein für allemal gewiß zu werden. So daß, wenn man aus diesem Land weggeht, siebzehnjährig zum Beispiel, vieles schon gesehen ist, und für immer. Womit man ja rechnen muß, wenn man nur noch einmal so lange zu leben hat.

Nichts davon damals zu mir.

Immerhin, sie ließ mich einiges wissen. Sie erteilte Auskünfte, jedermann konnte sehen, wer die Fragen stellte und wer die Antworten gab. Wir weckten schon Neid,

wir galten schon als tabu, da hatten wir noch kein ver-
trauliches Wort gesprochen. Schnell und achtlos hatte
ich alle anderen Fäden zerrissen, ich fühlte auf einmal mit Schrecken, daß es böse endet, wenn man alle
Schreie frühzeitig in sich erstickt, ich hatte keine Zeit
mehr zu verlieren. Ich wollte an einem Leben teilhaben,
das solche Rufe hervorbrachte, hoohaahoo, und das
ihr bekannt sein mußte. Ich sah sie mit anderen gehen,
freundlich reden, wie sie mit mir ging, redete. Ich fühlte
die kostbaren Wochen mir durch die Finger rinnen,
fühlte meine Ohnmacht zunehmen, mußte es erzwin-
gen, machte alles falsch. Ich fragte sie – erst heute begreife ich meine Ungeschicklichkeit –: Kannst du dir
denken, fragte ich, wer ausgerechnet der Metz, der Ma-
thematiklehrerin, die Blumen aufs Pult gelegt hat?
Nein, log sie gleichmütig, wie soll ich das wissen? Denn
unter uns galt als ausgemacht, die Metz war makaber,
wahrhaftig, das war das Wort. Ihr war nicht beizukom-
men, wer legte so einer Blumen aufs Pult? Jetzt weiß
ich, daß sie es war, Christa T., und daß sie mich belog,
weil sie keinen Grund sah, es mir zuzugeben. Die Metz
nämlich, schrieb sie Jahre später in ihr Tagebuch, sei die
einzige gewesen, die sie nicht unfrei und unglücklich
machte. – Wie töricht dieser Stich nach all der Zeit.
Die Zwischenträger ließ ich nun abfahren; warum merkten sie nicht, daß sie zu spät kamen mit ihrem Tratsch?
Ich genierte mich nicht, zu ihr hinüberzusehen, ob sie es
auch bemerkt habe. Sie hatte verstanden, sie antwortete mit einem dunklen spöttischen Blick, daß sie keinen Anlaß sehe, darüber aus dem Häuschen zu geraten.
Sie lehnte an der Balustrade der Galerie, wo wir uns
umzogen, und blickte auf die Turnhalle hinunter, auf

den Spruch an der gegenüberliegenden Wand: Frisch – Fromm – Froh – Frei. Sie zog ihre weiße Bluse an, sie band das schwarze Dreiecktuch um und schob den Lederknoten hoch wie wir alle, denn auf den Führer war ein Anschlag verübt worden, und zum Zeichen unserer unverbrüchlichen Treue zu ihm trugen wir die Uniform. Ich glaubte sie nun zu kennen, ich rief sie sogar an, und sie antwortete gelassen, aber was sie eben gedacht oder gesehen hatte, wußte ich nicht. Mich brannte mein Unvermögen, ihr zu erklären, warum ich es um jeden Preis erfahren mußte.

Ich fing an, Vorleistungen anzubieten. Einmal, als unsere Lehrerin vorbeigegangen war, mit ihrer klingenden Stimme unseren Gruß erwidert und uns gleichzeitig von Kopf bis Fuß gemustert hatte, so daß man sich jedesmal fragte, was vielleicht Falsches immer noch an einem sein könnte – da brachte ich fertig zu fragen: Du kannst sie nicht leiden? Jetzt war ja klar, wer hier verriet und wen und um wessentwillen. Christa T. sah sich nach unserer Lehrerin um, ich auch. Da war ihr Gang nicht mehr ausgreifend, sondern selbstgerecht, und die hoch in die Waden hinauf gestopften Strümpfe waren häßlich gestopfte Strümpfe und nicht das stolze Opfer einer deutschen Frau im textilarmen fünften Kriegsjahr. Ich blickte erschrocken Christa T. an, als sei es an ihr, das Urteil zu sprechen. Sie ist berechnend, sagte sie im Ton einer Feststellung. – Das wollte ich am liebsten nicht gehört haben, aber ich fühlte, sie sah die Dinge, wie sie waren. Sie hatte recht. Sie kam von Gott weiß woher, denn Eichholz kann jeder sagen, lief ihre Figuren auf unserem viereckigen Schulhof, die auf schwer bestimmbare Weise von den unseren abzuweichen schienen, ging unsere paar Straßen ab, die alle auf dem Markt-platz endeten, setzte sich auf den Rand des Brunnens, der den Namen unserer Lehrerin trug, denn die stamm-te aus einer der einflußreichsten Familien der Stadt – hielt ihre Hand in das Wasser und sah sich mit ihrem gründlichen Blick um. Und ich mußte auf einmal den-ken, daß dieses Wasser da vielleicht doch nicht das Was-ser des Lebens war und die Marienkirche nicht das er-habenste Bauwerk und unsere Stadt nicht die einzige Stadt der Welt.

Dieser Wirkungen, das weiß ich, war sie sich nicht be-wußt. Ich habe sie später durch andere Städte gehen sehen, mit dem gleichen Gang, mit dem gleichen ver-wunderten Blick. Immer schien es, als habe sie auf sich genommen, überall zu Hause und überall fremd zu sein, zu Hause und fremd in der gleichen Sekunde, und als werde ihr von Mal zu Mal klarer, wofür sie zahlte und womit.

Dabei lieferte sie Beweise, daß es ihr nicht ganz und gar zuwider war, sich in Abhängigkeit zu begeben, wenn nur sie es sein konnte, die wählte. Unbefangen, spöt-tisch und voller Selbstironie sprach sie mir als Zeichen ihres Vertrauens von dem jungen Lehrer, der, schwer verwundet und vom Heeresdienst befreit, ihrem Vater als Hilfe beigegeben war. Wie er Orgel spielt, sagte sie, und ich hatte mir vorzustellen, wie sie Sonnabend nach-mittags im Kirchenschiff saß und er für sie spielte; denn daß sie seinetwegen am Sonntag zum Gottesdienst ging, war nicht wahrscheinlich. Sie sah meinen unge-schickten Gedanken zu und lächelte tiefer, als mir keine Antwort einfiel, beklommen vor Blödigkeit, wie ich war, da sie mir also auch »darin« voraus war und mich für kindisch halten mußte. Sie solle sich bloß vorsehen, brachte ich schließlich heraus, als verstünde ich das mindeste von den Angelegenheiten, die ihr schon so nahe gerückt waren. Wir lehnten an der Schulmauer, sie drückte bucklig in unsere Schultern, unsere Taschen standen neben uns, und mit den Fußspitzen malten wir Kreise in den Kies. Krischan, sagte ich, ohne sie anzusehen, schreib mal, Krischan, ja? – Die Weihnachtsferien begannen.

Warum nicht? sagte sie. Mal sehn. Vielleicht.

Dünner, kalter Schnee begann zu fallen. Wir blieben länger da stehen, als wir etwas zu sagen wußten, und wenn ich malen könnte, würde ich jene lange Mauer hierhersetzen und uns beide, sehr klein, an sie gelehnt, und hinter uns die große, neue viereckige Hermann-Göring-Schule, roter Stein, leicht verschleiert von dem sacht fallenden Schnee. Das kalte Licht würde ich nicht beschreiben müssen, und die Beklemmung, die ich spürte, würde ohne weiteres von dem Bild ausgehen. Denn für jedermann sichtbar wäre der Himmel über uns glanzlos und leer, und das konnte, ob wir es wahrhaben wollten oder nicht, nie ohne Folgen bleiben. Auch würde man ahnen, daß man sich schnell verlieren kann unter solchem Himmel, in diesem Licht. Und daß uns kurz bevorstand, uns verlorenzugehen: einander und jeder sich selbst. So daß man ungerührt »ich« sagt zu einem Fremden, die Unbefangenheit bewahrt, bis zu einem Augenblick, da dieses fremde Ich zu mir zurückkehren und wieder in mich eingehen wird. Mit einem Schlag wird man befangen sein, das läßt sich voraussagen. Vielleicht ist man darauf aus und darauf angewiesen, diesen Augenblick zu wiederholen. Vielleicht hat es Sinn, daß sie, Christa T., Krischan, noch einmal dabei ist.

Es schneite stärker, Wind kam auf. Wir gingen auseinander. Ich schrieb ihr noch, denn ihr siebzehnter Geburtstag fiel in diese Ferien. Ich trug ihr unverhohlen meine Freundschaft an. Ich wartete auf nichts als auf ihre Antwort, während meine Stadt, die unverrückbar festzustehen hatte, sollte sie mir bleiben, was sie war, schon von den Wellen der Flüchtlinge und der Uniformierten, die auch flüchteten, hochgehoben wurde wie ein Schiff von der Flut und unaufhaltsam abtrieb. Ich sah das alles treiben und wußte nicht, was ich sah. Ich wartete auf einen Brief. Er kam nach Neujahr mit dem letzten Postauto aus dem Osten, und ich trug ihn dann lange mit mir herum, viele Kilometer, bis ich natürlich auch ihn verlor. Dieses Pfand hatte ich immerhin, obwohl er, genaugenommen, keine Versprechungen enthielt, keine Versicherung, nur ein paar vertraulichere Dankesworte und einen suchenden, tastenden Bericht über diesen jungen Lehrer. Ich habe ihn nie gesehen, auch ist er nicht wieder zwischen uns aufgetaucht, jetzt zweifle ich schon, daß es ihn gab. Damals aber hat mir Hoffnung gemacht, daß sie von ihm sprach.

Den ganzen Januar über, während die Namen der Ortschaften immer bekannter wurden, die uns die Flüchtlinge von der Straße zuriefen, war mir die Hoffnung wirklicher als immer die gleichen Gesichter der Menschen, die vorbeizogen. Bis eines Tages eine müde Stimme aus dem Zug »Friedeberg« rief. Da war die Hoffnung mit einem Schlag überwunden. Ich gehörte zu diesen Leuten da. Ich probierte schon ihren Ausdruck, da hatten wir noch fünf Tage Zeit. Dann einen, dann gar keinen Tag mehr. Dann war ich einer von ihnen und vergaß in wenigen Stunden, daß man mit Grauen und Mitleid aus festen Häusern auf Vorüberziehende blicken kann.

Christa T. vergaß ich nicht. Es war mir leid um sie, wie einem um ein unwiederholbares, unerfülltes Versprechen leid ist. Darum gab ich sie mit einem einzigen schmerzhaften Ruck ganz und gar verloren, wie alles, was dahinten blieb. Dreh dich nicht um, dreh dich nicht um, wer sich umdreht oder lacht ...

Aber wir lachten nicht, beileibe nicht. Eher warfen wir uns in den nächsten Straßengraben und weinten, das war wenigstens etwas. Die Geschichte von unserem verlorenen und nach Jahren wiedergefundenen Lachen ist eine andere Geschichte.

2

Oder auch nicht. Merkwürdig, wie alle Geschichten aus dieser Zeit sich von selbst zu ihr, zu Christa T., in Bezug bringen. Wer hätte das zu ihren Lebzeiten gedacht? Oder braucht man nur darauf zu bestehen, daß ihre Lebenszeit weitergeht bis auf den heutigen Tag, um den Bezug auf alles zu haben, was Geschichte wird oder unförmig bleibt, Material?

Sie hat, was man nur vermuten konnte, die äußerste Abneigung gegen das Ungeformte gehabt. Das ist das Zeichen, wenn es überhaupt eins gibt. Hat, als es wahrhaftig darum ging, mit leichtem Gepäck davonzukommen, doch ein Büchlein bei sich behalten, das nun in meine Hände gefallen ist, lose Blätter nur noch, in blaue Blüm-

23

chenseide eingebunden, und auf dem Deckel steht in kindlicher Krakelschrift: *Ich möchte gerne dichten und liebe auch Geschichten.*

Die Zehnjährige, im Ton einer Feststellung. Dichten, dicht machen, die Sprache hilft. Was denn dicht machen und wogegen? Hat sie es denn nötig gehabt inmitten ihrer Gewißheiten? Inmitten ihres festen Hauses, inmitten des Dorfes, über das die Jungen ein Segelflugzeug kreisen ließen, und auf die Tragflächen hatten sie in großen schwarzen Buchstaben ihren Namen gemalt? Inmitten der dunklen Wälder, Kiefern übrigens, hochstämmig wie überall in unserer Gegend, oder das, was man Busch nennt. Der Himmel heiterer, weißere Schönwetterwolken als irgendwo: auch das setzen wir stillschweigend unter die Gewißheiten. Und Erwin natürlich, den Schmiedejungen, dessen gußeiserner Ring in einem Geheimfach des Tagebuchs ruht, wovon er nichts zu wissen braucht. So wie man selbst nicht ahnt, daß Großvater, der von Löwenjagden erzählt wie kein zweiter, niemals in Afrika gewesen ist; aber ein Mann, der mit Bienen umgehen kann wie er – was sollte dem unmöglich sein?

»Ein Kanadier, der Europens übertünchte Höflichkeit nicht kannte«, das war sein Lieblingsvers, und daran sieht man, was für ein Mann er war. Im Gegensatz zum Vater, dem Dorfschullehrer T., der Ölbilder malt und in alten Kirchenbüchern die Geschichte des Dorfes auskundschaftet, zum Mißvergnügen schließlich des Rittmeisters, dem das Gut gehört und der nicht ruhig zusieht, wie seine Familie schlecht abschneidet in den Aufzeichnungen des Dorfschulmeisters, dieses kränklichen Mannes, der nicht zum Militärdienst taugt, aber seine jüngere Tochter, diesen halben Bengel mit dem Jungennamen, mit den Dorfgören zusammen in den gutseigenen Wald nach Pilzen schickt, ohne Sammelschein, versteht sich, und in den Gutsgarten auf die Apfelbäume, so daß der Vogt die ganze Bande mit »Steinelesen« auf den Äckern des Herrn Rittmeisters bestrafen muß.

Sternkind – kein Herrnkind. Wer mag ihr das gesagt haben? Später hat sie es aufgeschrieben, kommentarlos unter die Gewißheiten gesetzt, sie wußte: Es stimmte; aber es wäre ungehörig gewesen, ein Wort darüber zu verlieren.

Die Angst vor dem Vogt ist unwiderlegbar, stillschweigend ist anerkannt: kein Herrnkind. Dunkel unter Dunklen stehen, wenn Feuer abgebrannt werden. Schwarzrotgoldene Fahnen brennen, da ist man fünf Jahre, und die Schwester, wenig älter, kommt mit schreckensbleichem Gesicht und zerrt einen nach Hause, man geht mit und erwartet das Schlimmste, aber da sind nur im Wohnzimmer die Scheiben kaputt, es zieht, und niemand hat Licht gemacht, das soll plötzlich gefährlich sein. Da möchte man am liebsten die Großen aufklären, daß jedermann natürlich so schnell wie möglich ausreißt, wenn er den Mut gefaßt hat, irgendwo die Scheiben einzuschlagen. Doch man hört, der Melker vom Gut sei es gewesen, ein Erwachsener, und »Soziknecht« habe er dann gerufen, und nicht geflohen sei er, weil er mutig war durch seine neue Uniform.

So behält man die brennenden Fahnen, nicht wegen der Flammen, denn auf dem Dorf brennt schnell mal was, sondern wegen der Gesichter. Steht dann, mit fünfzehn, wieder unter den anderen, am Parktor diesmal, und die

Feuer sind Fackeln, und in ihrem flackernden Licht treten die festlich gekleideten Gutsbewohner mit ihren Gästen aus dem Portal, der frischgebackene Ritterkreuzträger mitten unter ihnen. Da ist man froh, daß man in der zweiten Reihe steht, dunkel unter Dunklen, daß der junge Herr Leutnant niemanden erkennen könnte, auch wenn er es wollte. Aber wie soll der noch wollen können? Wie soll der sich noch nach Krischan umdrehen, Krischan in ihren kurzen Hosen und der Windbluse, Krischan als einziges Mädchen in der Jungenshorde, Krischan, den anderen Langhaarigen stolz entgegentretend: Mäkens spellen nich mit! Krischan bei den Todessprüngen vom Dachfirst auf das Faß, Krischan als alter Türke auf dem Kostümfest, Krischan, die mit auf Treibjagd geht, die mit ihrem Ewigtrampler mitten im Dorf in den Filmstab von »Das war mein Leben« rollt – rollt und rollt, denn sie kann nicht bremsen. Platzt in die Szene, da der Raddatz für Hansi Knotek mit einem gezielten Wurf einen Apfel vom Baum zu holen hat, und den Jungen, der mit einer Mütze voll Äpfel in der Krone sitzt, den sieht man nicht; es war aber Jochen, der junge Herr Leutnant, Ritterkreuzträger Jochen, und er fiel vor Lachen vom Baum.

Sternkind. Was ja nicht heißen muß: Glückskind, Sonntagskind. Nicht jeder Stern strahlt hell und beständig. Von schwierigen Sternen hat man gehört, von wechselndem Licht, schwindend, wiederkehrend, nicht immer sichtbar. Worauf es auch nicht ankommt. Und worauf käme es an?

Mit den letzten Fahrzeugen, im engen Fahrerhäuschen eines Munitionsautos, fuhr sie im Januar fünfundvierzig nach Westen. Schlimmer als die wirklichen Ereignisse war, daß nichts, nicht einmal das Grauen selbst, einen noch überraschen konnte. Unter dieser Sonne nichts Neues mehr, nur das Ende, solange es dauert. Dazu die Gewißheit: so mußte es kommen. So muß ein Dorfgasthof aussehen, wenn die Menschheit sich verschworen hat, aus unwissender Angst in ihm zusammenzuströmen. Blasse Frauen, übermüdete Kinder und Soldaten bei ihrem Alltagsgeschäft der Flucht. Die Müdigkeit, die nicht nur von sechs durchwachten Nächten kommt; was das wichtigste war, fällt einem aus der Hand, man bemerkt es nicht. Hockt sich auf den Boden; glücklich, wer ein Stück Wand hat, an das er sich lehnen kann. Christa T., um die Verzweiflung abzuwehren, zieht ein Kind auf ihren Schoß. Da beginnt das Radio über ihr zu dröhnen: Noch einmal, auch in der Hölle noch, diese fanatische, sich überschlagende Stimme, Treue, Treue dem Führer bis in den Tod. Sie aber, Christa T., noch ehe sie den Mann verstanden hat, fühlt sich kalt werden. Ihr Körper hat, wie auch sonst, eher begriffen als ihr Kopf, dem nun allerdings die schwere Aufgabe des Nacharbeitens bleibt, den Schreck aufzuarbeiten, der ihr in den Gliedern sitzt: *Das* ist es also gewesen, und so hat es enden müssen. Die hier sitzen, sind Verfluchte, und ich mit ihnen. Nur daß ich nicht mehr aufstehen kann, wenn das Lied nun kommt: Da ist es. Ich bleibe sitzen. Ich drücke das Kind fest an mich. Wie heißt du? Anneliese, ein schöner Name. Über alles in der Welt ... Ich hebe den Arm nicht mehr. Ich habe das Kind, kleiner, warmer Atem. Ich singe nicht mehr mit. Wie die Mädchen singen, die auf der Theke gesessen, wie sogar die Soldaten, die rauchend und fluchend an den Wänden gelehnt haben, noch einmal gestrafft

stehen, geradegerückt durch das Lied, o eure geraden
Rücken, wie sollen wir wieder hochkommen?
Fertigmachen, rief der Beifahrer, sie hatten ihren Wagen wieder flott, Christa T. sprang auf und quetschte
sich neben ihn, da fing die Nacht erst an, der Schneesturm auch. Schon vor dem übernächsten Dorf bleiben
sie stecken, da half kein Schaufeln, Hilfe mußte herbei;
Sie, Fräulein, bleiben am besten hier sitzen. Sie sagte
nichts, alles, was ihr zustieß, war zu genau eingepaßt
in den Alptraum. Nun war sie wohl für immer in die andere Welt geraten, die dunkle, die ihr ja seit je nicht unbekannt war – woher sonst ihr Hang, zu dichten, dicht
zu machen die schöne, helle, feste Welt, die ihr Teil sein
sollte? Die Hände, beide Hände auf die Risse pressen,
durch die es doch immer wieder einströmt, kalt und
dunkel ...
*Wie bin ich zu bedauern, ich armes, armes Kind, sitz
hinter festen Mauern, und draußen geht der Wind ...*
Zehn Jahre alt, ausgeschlossen aus der Gesellschaft
der anderen wegen Ungezogenheit, da ist das Büchlein,
mit Blümchenseide bezogen. Da ist der Trost entdeckt:
in den geschriebenen Zeilen. Das Staunen vergißt man
nicht mehr, auch nicht die Erleichterung.
Nachts wird sie wach, da sind der Pächter und seine
Frau immer noch da, nun haben sie getrunken, und
das Grammophon spielt. Ich tanze mit dir in den Himmel hinein. Sie tanzen auch, hinter der Glastür bewegen
sich ihre Schatten, erstarren plötzlich. Kreischen. Da
hat die Frau Pächter auf den Kater getreten, unseren guten schwarzen Kater, der ist sanft und alt, nun aber
faucht er die Frau Pächter an, sie hat gekreischt, dann
wird es still. Ahnungsvoll springt man ans Fenster, der

Mond scheint, da tritt der Pächter mit dem Kater aus der Tür, hat ihn gepackt, flucht gotteslästerlich, als er ihn an die Stallwand knallt. Das weiß man nun auch, wie es sich anhört, wenn Knochen knacken, wenn etwas, was eben noch lebendig war, dumpf zu Boden fällt. Und nun, zu allem Überfluß, denn der Pächter ist ein jähzorniger Mann, dabei gründlich: nun also noch der Ziegelstein. Da tritt man zurück, hält auch die Schwester ab, ans Fenster zu gehen, wundert sich nicht, daß sie, die Ältere, zum erstenmal gehorcht, fast als fürchte sie sich. Hat auch nie erfahren, wo der Kater geblieben ist. Um wieviel lieber soll ihn ein tollwütiger Hund gerissen haben als ein toller Mensch, um wieviel besser wäre er einsam verendet als unter den Augen des Vaters.

So geht es zu, wenn wir nicht dabei sind.

Da faßt man ein Mißtrauen gegen den hellen Tag und die glatten Gesichter. Nachts aber hockt der Kater einem auf der Brust, das große schwarze Tier, so daß man gezwungen ist, aufzustehen und umherzuwandern, zum Bett des Mädchens Annemarie, drohend sie aufzufordern, einem Platz zu machen, was die, angstzitternd, tatsächlich tut. Wenn man aber am nächsten Morgen im fremden Bett erwacht, hat man die Nacht vergessen, und das, in der Tat, ist beunruhigender als alles andere.

Nicht dieses Mädchen, ein anderes, späteres war es wohl, das auf einmal »irre« wurde – irre woran? – und anfing, in den Spiegel zu starren, abwesend, verzweifelt und fremd zu sein, so daß einem alle Fremdheiten wieder einfielen, mit denen man selbst ja doch auch von klein auf zu tun gehabt. Seit dem Abend genaugenommen, da man aufhört, sich selbst mit Namen zu nennen, wie alle: Krischan – was man mehr als zwanzig Jahre später in den Skizzen, die ich gefunden habe, durchaus wieder versucht: Krischan ging, Krischan kam ... Das *Kind am Abend* geht nicht und kommt nicht. Es hat damit zu tun, allein zu sein mit einem Schmerz, den man aushalten muß, den man zum erstenmal nicht wegblasen lassen darf. Man weiß nicht, warum, aber so ist es. Gestern noch wäre man in die Küche gelaufen, wo die Schwester mit der Mutter die Abendsuppe kocht, allein, wie sie sich ausgebeten hat. Heute muß man statt dessen ans Tor gehen, die Hände um die Latten klammern, muß mit ansehen, wie die Zigeuner das Dorf verlassen und Anton und seine Frau mit den vier Kindern, Gutsarbeiter vom Mühlweg, sich ihnen anschließen. Schon wieder kann man nicht mehr tun, was man gestern noch getan hätte, »Kalle« rufen und winken. Den Feuerstein hochhalten, den er mir, vorige Woche erst, gegeben hat, sein Abschiedsgeschenk. Aber als einziger sieht der Zigeunerjunge das Kind; schneidet er der Zurückbleibenden eine Grimasse? Er, der frei ist, zu tun, was ihm beliebt. Heute früh beliebte ihm, auf offener Dorfstraße die Hosen herunterzulassen, einen Haufen zu setzen vor das Bürgermeisterhaus, nun beliebt ihm, zu verachten, was im Dorf zurückbleibt, auch mich. Der Schmerz kann noch größer werden. ICH, denkt das Kind, ICH bin anders. Da hat sich der grüne Wagen schon im Dunkel verloren, nichts als ein umgestürzter Handkarren bleibt zurück. Sehnsucht, ein bißchen Angst, Schmerz und etwas, was einer Geburt ähnelt. Haltbar genug, um es nach dreißig Jahren wieder aus sich hervorzuholen und niederzuschreiben. Wie wüßte ich sonst davon?

Glück gehabt, Fräulein. So banal sprach das Leben selbst, der verläßliche Beifahrer, den Schnee noch in der Hand, mit dem er ihr Gesicht abgerieben hatte. Er habe schon so ein Gefühl gehabt, daß sie einschlafen werde, aber wie sollte man in dieser Nacht in weniger als drei Stunden eine Zugmaschine auftreiben? Sie will lachen, Christa T., sie will das nicht ernst nehmen. Wo war sie doch eben, warm und geborgen? Es wäre das schlimmste nicht, da wieder hinzukommen. Doch der Beifahrer rüttelt sie hart an der Schulter, er springt ab und heißt sie hinaussehen. Er beleuchtet mit seiner Taschenlampe ein kleines verschneites Bündel dicht neben ihrem Wagen. Er bückt sich und wischt an einer Stelle den Schnee mit seinen großen Handschuhen weg, da kommt ein Gesicht hervor, ein Junge. Der Beifahrer schippt das kleine Gesicht wieder zu und sagt zu Christa T.: Das wär's gewesen. Sie lebt, und der ist vielleicht gestorben, als sie schlief. Den muß sie nun auch noch mitnehmen. Wer würde fragen, ob das Gepäck zu schwer wird mit der Zeit? Merkwürdig, wie er nach Jahren wieder da ist, beim Anblick einer vermoderten Gasmaske in einem friedlichen Wald, auf einem Weg allerdings, der sie mit der dunkleren Hälfte der Welt, der sie immer entrinnen wollte, wieder in Berührung bringen soll ...

Davon wird berichtet werden zu seiner Zeit. Behutsam, wenn möglich, da Tote verletzbar sind, das leuchtet ein. Was ein Lebender berichten kann, indem er lebt, würde einen Toten endgültig töten: Leichtfertigkeit. Darum kann man sich, leider, an die Tatsachen nicht klammern, die mit zuviel Zufall gemischt sind und wenig besagen. Aber es wird auch schon schwerer, auseinanderzuhalten: was man mit Sicherheit weiß und seit wann;

was sie selbst, was andere einem enthüllten; was ihre Hinterlassenschaft hinzufügt, was auch sie verbirgt; was man erfinden muß, um der Wahrheit willen: jener Gestalt, die mir manchmal schon erscheint und der ich mich mit Vorsicht nähere.

Da überlagern sich schon die Wege, die wir wirklich gegangen sind, mit ungegangenen. Da höre ich schon Worte, die wir nie gesprochen haben. Schon sehe ich sie, Christa T., wenn sie ohne Zeugen war. Wäre es möglich? – Die Jahre, die wieder aufsteigen, sind dieselben Jahre nicht mehr. Licht und Schatten fallen noch einmal auf unser Gesicht, das aber gefaßt bleibt. Das sollte uns nicht erstaunen?

3

Sogar auf Wunder gefaßt zu sein, hatten wir verlernt.

Wir hofften im Gegenteil auf den Beistand der Zufälle. Wer hätte in seiner großen Verwirrung sich ein Herz gefaßt und »so und nicht anders« gesagt? Manchmal, in einer längst bekannten Umgebung, konnten wir noch den Kopf heben, plötzlich um uns blicken: Hierher also hat es mich verschlagen ...

An der Tafel im großen Hörsaal stand eine Verszeile, metrisch gegliedert: »úns hât der wínter geschádet überál.« Kein Menetekel, nicht die Spur eines Zeichens; auch in mir sprach nichts. Ich hörte dem Redner zu, der ein blaues Hemd anhatte, rothaarig und sommersprossig war und großen Eifer für den Kinderspielplatz an den Tag legte, den unsere Fakultät bauen sollte. Nein, nichts durchfuhr mich, ich erschrak nicht und zweifelte nicht. Ich sah: Vor mir saß Christa T. Ich hätte ihr die Hand auf die Schulter legen können, aber ich tat es nicht. Sie sei es nicht, redete ich mir ein wider besseres Wissen, denn es war ihre Hand, die ich schreiben sah. Als sie hinausging, blieb ich sitzen, ich rief sie nicht an. Ich sagte mir: Wenn sie es ist, sehe ich sie jetzt jeden Tag. Das war zum Staunen, aber ich staunte nicht, und die Erregung, auf die ich wartete, blieb aus.

Wenn sie es war – mein Gott, sie war es! –, so wollte ich zuerst von ihr erkannt werden. Ich wußte, daß man viele Namen und Gesichter in sieben Jahren vergessen kann, wenn man will. Wir waren damals streng mit unseren Erinnerungen.

Dann standen wir uns unvermutet im schmalen Gang eines Kaufhauses gegenüber. Gleichzeitig, unwillkürlich gaben wir beide das Zeichen des Wiedererkennens. Sie war es, und ich war es auch. Ja, auch sie gab zu, mich schon in der Versammlung erkannt zu haben. Daß wir einander nicht fragten, warum wir uns erst jetzt, erst hier ansprachen, war das erste Zeichen der alten oder schon der neuen Vertrautheit.

Wir traten aus dem Kaufhaus und gingen langsam durch die Straßen der Stadt Leipzig, die mir noch fremd waren, zum Bahnhof.

Wiederauferstanden von den Toten. Wenn es Wunder gab, war dies eins, aber die rechte Art, es aufzunehmen, war uns auch abhanden gekommen. Wir ahnten kaum, daß man einem Wunder anders als mit halben Sätzen, mit spöttischen Blicken gegenübertreten kann. Über die kahlen Plätze, die wir passierten, pfiff noch der Wind, der sich in Nachkriegsstädten jeden Tag aus den Rui-

nenfeldern erhebt. In den Straßen fegte Staub vor uns
her, es zog allenthalben, gemütlich hatten wir es nicht,
wie immer schlugen wir den Kragen hoch und vergru-
ben die Hände in den Taschen. Bedienten uns also jener
halben Sätze und jener abwartenden Blicke, die noch
am ehesten zu solchen Städten paßten.

Christa T. ging leicht nach vorn geneigt, wie gegen
einen schwachen, aber dauerhaften Widerstand, an den
man sich gewöhnt. Ich schob es auf ihre Größe. War
sie nicht immer schon so gegangen? Sie sah mich an,
lächelte.

Jetzt wußte ich auch, warum ich es mir verwehrt hatte,
sie gleich anzusprechen. Jetzt fiel mir auch die Frage ein,
die diesem Augenblick angemessen war. Aber ich machte keinen Gebrauch von ihr – damals nicht, später nicht,
und erst in meinem letzten Brief, den sie nicht mehr hat
lesen können, habe ich sie angedeutet.

Einstweilen mußten wir die Lücke für unser eigent-
liches Gespräch mit Mitteilungen ausfüllen. Wohin es
sie verschlagen hatte, wohin mich. Als wunderten wir
uns, schüttelten wir die Köpfe über die seltsamen Bah-
nen der letzten sechs Jahre, die sich doch mehrmals fast
berührt hatten. Aber »fast« ist nicht »wirklich«, das
wußten wir inzwischen, und fünfzig Kilometer oder
fünfhundert können gleich viel bedeuten. Ums Leben
verpaßt ist soviel wie um Haaresbreite, wir hatten es
erfahren, aber wir taten doch, als könnte der eine Kilometer, der gefehlt hatte zu einem früheren Treffen, uns
immer noch staunen machen. Taten, als wollten wir
wirklich wissen, was aus allem geworden war, sagten
aber nicht viel dazu, dadurch verrieten wir uns. Wenn
sie vom Tod unserer Lehrerin nichts gewußt hatte, so er-

fuhr sie es jetzt. Ach, sagte Christa T. Schnell sahen wir uns an. Ein ferner Tod.

So fragten wir uns unsere Erlebnisse ab, als ließen sich Schlüsse daraus ziehen. Dabei merkten wir: Wir gebrauchten und mieden die gleichen Wörter. In der gleichen Versammlung hatten wir auch eben noch gesessen, die gleichen Schriften mußten wir beide gelesen haben. Viele Wege gab es damals nicht für uns, keine große Auswahl an Gedanken, Hoffnungen und Zweifeln.

Eines nur wollte ich wirklich wissen: War sie es noch, die in jedem beliebigen Augenblick, jetzt gleich, mitten auf der belebten Straße, unter den eiligen, schlechtgekleideten Leuten ihren Schrei ausstoßen konnte: Hooo-haahooo …? Oder sollte ich sie vergebens wiedergefunden haben? Manches andere konnten auch andere Leute, denen ich inzwischen begegnet war. Das konnte nur sie.

Hatte ich Freude vermißt? Überraschung? Auf einmal kam Freude. Und sogar Überraschung traf ein, verspätet wie immer. Ein Wunder! Wenn es Wunder gab, war dies eins. Und wer sagt denn, daß wir nicht darauf gefaßt waren und ihm mit halben Sätzen ungebührlich begegneten? Wir standen an der Straßenbahnhaltestelle und begannen zu lachen. Alle die Tage, die auf einmal vor uns lagen! Wir sahen uns an und lachten, wie über einen gelungenen Streich, wie über ein ausgekochtes Schnippchen, das man jemandem gespielt hat, sich selbst vielleicht. Lachend trennten wir uns. Lachend stand sie und winkte mir nach, als ich abfuhr.

Das Lachen könnte ja bleiben. Aber den Weg vom Kaufhaus zum Bahnhof müssen wir noch einmal gehen, uns andere Worte sagen, den Mut endlich finden, aus unseren halben Sätzen ganze zu machen, die Unschärfe aus unserer Rede tilgen, schade um die Zeit. Anders ansehen sollen wir uns auch und anderes sehen. Nur das Lachen am Schluß soll bleiben: weil alle die Tage vor uns liegen. Die ganze Zeit, die die Unschärfe wegnehmen wird, ob wir wollen oder nicht. Dann lieber schon wollen.

Dann lieber schon einen Weg zweimal machen.

Unschärfe? Das Wort mag befremden. Hat es doch den Jahren, von denen zu reden gewesen wäre, an Schärfe nicht gefehlt. Den Schnitt machen zwischen »uns« und »den anderen«, in voller Schärfe, endgültig: das war die Rettung. Und insgeheim wissen: Viel hat nicht gefehlt, und kein Schnitt hätte »das andere« von uns getrennt, weil wir selbst anders gewesen wären. Wie aber trennt man sich von sich selbst? Darüber sprachen wir nicht. Aber sie wußte es, Christa T., wie sie neben mir ging über die windigen Plätze, oder wir hatten uns nichts zu sagen. Der schnelle Blick, als wir über den Tod der Lehrerin sprachen – ein schwerer, ferner Tod –, bewies mir: Sie kannte diese Schuldlosigkeit aus Mangel an Erwachsensein.

Hier soll auf unserem wiederholten Weg, bei unserem Wiedersehen Horst Binder zwischen uns auferstehen, der Sohn unseres Nachbarn, eines Eisenbahners. Sie, Christa T., kannte ihn auch, ich hatte ihn ihr gezeigt, wie er mich verbissen verfolgte, wohin ich auch ging. Ich war wütend, von einer solchen Eroberung hat man nichts, er war unheimlich, man konnte sich nicht mit ihm brüsten. Ich riß ihm die Tasche wieder aus der Hand, die er mir tragen wollte, ich haßte sein strähniges Haar, das ihm in die Stirn fiel, und am meisten haßte ich seinen bedeutsamen, glühenden Blick. Ich wollte mit Christa T. über ihn lachen können, aber sie lachte auch nicht, mir schien, er tat ihr leid.

Bis wir eines Tages nebeneinander in Reih und Glied angetreten standen, ein riesiges Karree, weiße Blusen und braune Hemden. Der einarmige Bannführer rief mit lauter Stimme einen Namen über den großen Platz: Horst Binder. Was jetzt kommen sollte, sah ich voraus. Er war ja mein Nachbar, und unsere Straße war seit Tagen voll von seinem Namen, aber ich konnte diesen Namen nicht mehr aussprechen, darum schwieg ich über ihn, auch zu Christa T. Ich wich ihrem fragenden Blick aus und wünschte, was ich nicht wünschen durfte: Ich stünde nicht hier, nicht in dieser Reihe; er, Horst Binder, würde nicht vom Bannführer belobigt dafür, daß er seinen Vater, einen Eisenbahner, wegen Abhörens feindlicher Sender angezeigt hatte.

Ob sie begriff, warum wir uns nicht in die Augen sehen konnten, als wir wegtreten durften, habe ich nicht erfahren. Jetzt, während wir noch einmal vom Kaufhaus zum Bahnhof gehen, könnte ich ihr sagen, daß Horst Binder zuletzt, ehe die Rote Armee einzog, seine Mutter und sich erschossen hat. Wir könnten uns fragen, warum wir verschont geblieben waren, warum uns die Gelegenheiten nicht zugetrieben waren. Welche denn hätten wir ergriffen: Alle, keine? Und was wußten wir von uns, wenn wir das nicht wußten?

Diese entsetzliche Dankbarkeit über den Mangel an Gelegenheit wird man nicht vergessen. Und diesen Argwohn gegen den Erwachsenen in sich ... Gegen ihn vorgehen, endlich, in voller Schärfe. Ihn verdächtigen, ihn anklagen, ihn überführen. Keine Widerrede dulden. Verteidigung höhnisch zurückweisen; das Urteil sprechen: lebenslänglich. Es annehmen. Es selbst vollstrecken.

Lebenslänglich. Kein leeres Wort.

Ein halber Satz genügt, auf einem Weg, sieben Jahre später, sich auch darüber zu verständigen.

Damals brach sie zusammen. Die Arbeit war es nicht, obwohl sie schwer gewesen sein mag, Uniformteile zuschneiden in diesem mecklenburgischen Bauernhaus, an einem zerkratzten Holztisch, während es trotz allem wieder Sommer wurde. Der junge sowjetische Leutnant kam manchmal herein und stellte sich an den Türrahmen, sah ihr zu, sah sie an, keiner wußte, was der andere denken mochte. Er gab ihr einmal die Hand, ehe er ging: Warum traurig? Da lief sie nach Hause, warf sich aufs Bett, biß in die Kissen, dann half nichts mehr, sie schrie. Ach du lieber Himmel, Herr Lehrer, diese Empfindlichkeit aber auch! Und immer ohne Grund!

Der Reiter, hinter dem nichts lag als ein zufällig festgefrorener See, fiel tot vom Pferd, als er erfuhr, was er hinter sich hatte. Sie schrie nur, das ist nicht zuviel. Sie verbrannte ihre alten Tagebücher, da gingen die Schwüre in Rauch auf und die Begeisterungen, deren man sich nun schämte, die Sprüche und Lieder. Die Lebenszeit wird nicht ausreichen, wieder davon sprechen zu können, *ihre* Lebenszeit nicht. Für diese Sache bis zum Schluß die halben Sätze ...

Da haben wir in demselben Sommer, keine fünfzig Kilometer voneinander entfernt, auf Feldern gearbeitet, die einander sehr ähnlich waren. Da muß sie gemerkt haben, daß man auch hier atmen kann, daß auch für diese neue Luft die Lungen gemacht sind. Also leben, sich aufrichten, schweißüberströmt, um sich blicken. Dieses Land also. Felder, Wiese, ein paar Büsche, der Fluß. Magere schwarzfleckige Kühe, Koppelzäune. Diese fremde flimmernde Hitze, die weit hinten am Horizont zwischen Himmel und Erde hin und her ging, ungemildert, ungekühlt vom Wald, der nach tiefer Überzeugung den Blick nach allen Seiten zu begrenzen hat. Das Gefühl von Unziemlichkeit überwinden, wenn das Land sich nackt und kahl und direkt, ohne die Vermittlung der Bäume, an den Himmel wendet. Den Blick heben. Nur nicht bis zur Sonne, die bringt mich um. Sie wird das Blau flüssig machen, metallisch und flüssig, sie gönnt es uns nicht, diese unerträgliche Sehnsucht nach dem wirklichen Blau, aber ich hole es mir, jetzt, eine Sekunde noch ... Ja.

Man legte sie auf einen Wagen, man fuhr sie vom Feld. Ihr seht doch, sie schafft es nicht. Sieht kräftig aus, aber inwendig ist sie zart oder was. Soll sie doch annehmen, was der Bürgermeister ihr vorgeschlagen hat. Ihr kann doch so ein Neulehrerkurs nichts ausmachen. Sieht sie denn nicht, was mit den Kindern hier los ist? Also gut, sagt sie, warum nicht Lehrerin. – Sie sah mich von der Seite an, ob ich verstand, daß es ihr nicht geheuer gewesen war, das erste beste zu ergreifen, und dann noch dieses, das man, wie sie wußte, nicht halb tun kann. Lehrerin? sagte ich. Aber da hast du noch Glück gehabt! Aus jener Zeit habe ich ja ihr Bild.

Ja, das mag sein, daß sie bei den Kindern Schutz gesucht hat. Ihr leichter, gefährdeter Atem, ihre kleinen Hände in den eigenen. Und daß mit ihnen nur wichtige Dinge wichtig bleiben. Liebe, zum Beispiel, sie kann doch nicht aufhören, etwas davon zu halten. Als die Zweifel kamen – Liebe, was ist das schon, Liebe! Läßt sich auch nur ein Stäubchen damit bewegen? –, da hat sie manchmal an das kleine Schulhaus gedacht, an die dreißig Kinder vor ihr auf alten, wackligen Bänken, schlechtgekleidet, hungrig, und ach du mein Gott, ihre Schuhe! Aber Schutz anbieten mit der eigenen Schutzlosigkeit ...

Drei Jahre. Die Dachkammer mit den schrägen Wänden, der Stapel schlechtgebundener Hefte mit dem grauen, dicken Papier, die neuen Namen auf den Buchdeckeln: Gorki, Makarenko, die neuen Broschüren, die, so wichtig wie die tägliche Nahrung, jedem in die Hand gegeben werden, der seine Hände nicht zumacht. Ihr kommt, merkwürdig genug, manches bekannt vor, was sie da liest, ihr leuchtet ein, daß es gedacht werden konnte, sie begreift nicht, wieso danach, nach dieser vernünftigen Klarheit, das Äußerste an Unvernunft noch möglich gewesen sein soll. Sie springt auf. Ja, so wird es sein. Dies ist der Weg zu uns selber. So wäre diese Sehnsucht nicht lächerlich und abwegig, so wäre sie brauchbar und nützlich.

Kein Wort davon auf unserem ersten Weg. Zwei, drei Titel im Höchstfall, nüchterne philosophische und ökonomische Begriffe: Werde ich Bescheid wissen? Den Schmerz der Selbstausdehnung kennen, auch die Lust, die man nie mehr vergessen und an der man alle künftige Lust messen wird? Wieviel wird da zu verwerfen sein! Sie aber, Christa T., auf unserem Weg zum Bahnhof, sie schlägt den Kragen hoch, ehe ich ihr zu nahe treten kann. Man weiß, nun gut. Was weiter?

In ihrer Kammer aber, damals, aufsehend von den strengen, erleuchtenden Sätzen der Broschüren, tritt sie ans Fenster. Der Blick auf die siebzehn Pappeln. Auf die höchste klettert heute der Sohn des Schäfers, Schüler meiner Klasse, und holt das Elsternnest herunter, unter den anfeuernden Rufen der Bande am Fuß des Baums. Die Eier aber, fast ausgebrütet, wirft er eins nach dem anderen gegen den großen Feldstein, an dem ich ihnen vorige Woche die geologischen Schichten ihrer Heimatlandschaft erklärt habe. Und ich stehe da, habe meine Broschüren gelesen, sehe mir das mit an und möchte heulen. So dünn ist die Decke, auf der wir gehen, so dicht unter unseren Füßen die Gefahr, durchzubrechen in diesen Sumpf. Den Kater an die Stallwand schleudern, den Jungen im Schnee liegenlassen, die Vogeleier gegen den Stein werfen. Das wird sie nun treffen, sooft es ihr begegnet.

Das Bild! Das Gesicht der Lehrerin, Christa T., »das Fräulein«, einundzwanzigjährig, inmitten der zweiunddreißig Kindergesichter, vor der Backsteinwand des Schulhauses. In diesem Augenblick mögen sie wieder da stehen, die Kinder der damals Zehnjährigen, und sich fotografieren lassen, und die Lehrerin wird einundzwanzig sein, aber sie sieht anders aus. Mit dem alten Bild möchte ich durch das Dorf gehen, mich unter den fast Dreißigjährigen umsehen: Kennt ihr sie noch? Wißt ihr wenigstens noch den Namen? Habt ihr – das eine vielleicht doch – behalten, wie sie euch beschwor, die jungen Katzen nicht im Fluß zu ertränken, die alten blinden Hunde nicht mit Steinwürfen zu verfolgen, die Küken nicht gegen die Wand zu werfen? Habt ihr über sie gelacht? Oder dann, ihr Mädchen, deren Frauengesichter schon durchschimmern auf diesem Bild, habt ihr nicht einmal doch an sie denken müssen, als ihr eure Kinder auf den Armen hattet?

Die Kindergesichter. Lachende, selbstzufriedene, ein paar ängstliche, ein drohendes, einige finstere, aber ein Geheimnis kann ich nicht entdecken. Anders die Lehrerin, links oben, letzte Reihe. Sie hat etwas zu verbergen, eine Wunde, könnte man denken, die schwer heilt. Sie ist zurückhaltend, gefaßt. Da man sich an sie hielt, hat sie Halt gefunden. Da man sie darum bittet, lächelt sie. Die Augen, freilich ...

Ist das ihr Platz auf die Dauer? Drei Jahre lang stellt sie sich vor den großen Ferien zu ihrer Klasse, der Fotograf drückt auf den Knopf, er entwickelt die Platte, er sieht keinen Unterschied, liefert die Bilder ab und kassiert das Honorar. Die Lehrerin, Christa T., geht in ihre Kammer und stellt die drei Bilder nebeneinander, betrachtet sie lange, eine Bewegung ist ihr nicht anzumerken. Am Ende aber setzt sie sich an den Tisch, vor die Bilder, und schreibt ihren Aufnahmeantrag für die Universität.

So ist sie in den Hörsaal geraten, vor dieselbe Tafel wie ich, vor denselben sommersprossigen Jungen, der durchaus mit uns einen Kindergarten bauen will. Er heißt Günter, sagt Christa T. – da sind wir fast am Bahnhof –, ich kenne ihn, er ist nicht zu bremsen. Das ist der Augenblick, da wir zu lachen anfangen, lachen dann weiter, bis meine Bahn kommt.

Alle die Tage, die vor uns liegen

4

Christa T. war scheu.

Vor allem anderen die Angst, einem selbst könnte zustoßen, was gang und gäbe war: spurlos zu verschwinden. Sie war gezwungen, Spuren zu legen, hastig und nachlässig, daß die Rechte nicht weiß, was die Linke tut, daß man jederzeit alles wieder verleugnen kann, vorzugsweise vor sich selbst. Daß auch keiner verpflichtet ist, mich zu finden, es sei denn, er suchte ausdrücklich – aber wer geht so schwachen Abdrücken nach, wie uneingestandene Angst sie hinterläßt ... Wer hätte so viel beschriebenes Papier erwartet? Warum schreibst du nicht, Krischan? Ja, ja, sagte sie, bestritt nicht, gab nicht zu. Wartete. Wußte lange nicht, worauf, da bin ich sicher. Sie muß frühzeitig Kenntnis bekommen haben von unserer Unfähigkeit, die Dinge so zu sagen, wie sie sind. Ich frage mich sogar, ob man zu früh davon erfahren und für immer entmutigt werden, ob man zu früh klarsichtig, zu früh der Selbsttäuschung beraubt sein kann. So daß man verzichtet und die Dinge ihrem Lauf überläßt. Dann haben sie keinen Ausweg: nicht den der Ungenauigkeit, nicht den der Lüge ... Dann machen sie das Beste aus sich, oder das Schlimmste. Oder das Mittelmäßige, was oft das Schlimmste ist. Und was man, wenn man sich davon bedroht fühlt, allerdings nicht mehr mit Schweigen übergehen kann.

Daß ich nur schreibend über die Dinge komme! – Hat sie es sich wirklich vorgeworfen? Erklärt dieser geheime Selbstvorwurf den Zustand ihrer Hinterlassenschaft? Der Tagebücher, Skizzen, Beobachtungen, Geschichten, Titellisten, der Entwürfe und Briefe. So viel Achtlosigkeit läßt sich nicht mehr als Unordnung tarnen oder als Flüchtigkeit. Der Vorwurf der Schwäche schimmert durch, mit der sie sich gegen die Übermacht der Dinge zu wehren meinte: schreibend. Und, trotz allem, über die Dinge kam. Sie hat nicht gewußt, daß sie das von sich sagen konnte.

Mir fällt ein, daß wir sie nie fragen konnten: Was willst du werden? Wie man andere doch fragt, ohne fürchten zu müssen, an Unaussprechliches zu rühren. Man saß sich gegenüber, im Oberstock unseres Stammcafés (Christa T. hatte die Universität gewechselt, auch das Fach, sie studierte das dritte, vierte Jahr, als ich sie wiedertraf), sie blätterte in Aufzeichnungen. Man sieht sie oft an diesem runden Marmortisch in der Nische sitzen, mit verschiedenen Leuten, die nur mit ihr, nicht untereinander befreundet sind. Sie sitzt auch allein da, sie hat zu tun, scheint es. Sie bereitet sich vor – worauf? Mit den letzten Pfennigen Stipendium bezahlt sie den billigen dunklen Kuchen, sie tut, was alle tun, warum soll man sie nicht fragen dürfen, es wäre ja gelacht: Was willst du werden, Krischan? Da läßt sie die Kladde sinken, mit einer Bewegung, die man nicht gesehen haben will, da hat sie das Seminar vergessen, das ihr Sorge machte, kann lange hinaussehen, hinunter auf die Leute, die einzeln und in Gruppen aus der dunklen gegenüberliegenden Gasse treten, sich trennen, einander noch einmal zuwinken oder gemeinsam weitergehen: Alltäglicher konnte kein Schauspiel sein. Was sah sie denn? Also? – Der bekannte Blick, dunkel, leicht spöttisch, ein wenig vorwurfsvoll. Ich? Lehrerin doch wohl? konnte sie fragen. Da gab man es auf, da schwieg man, ließ die Sache auf sich beruhen, bestand nicht darauf, sie festzulegen, da allzu deutlich war: Sie konnte es wirklich nicht wissen. Sie gab sich ja Mühe hineinzupassen, sie fiel nicht aus bloßem Übermut heraus. Sie hatte ja den guten Willen, sich einen der Namen zuzulegen, die auf andere so vorzüglich zutrafen, sie hat es sich als Mangel angekreidet, daß sie nicht fröhlich wie aus der Pistole geschossen erwidern konnte: Lehrerin, Aspirantin, Dozentin, Lektorin ...

Ach, sie traute ja diesen Namen nicht. Sie traute sich ja nicht. Sie zweifelte ja, inmitten unseres Rauschs der Neubenennungen, sie zweifelte ja an der Wirklichkeit von Namen, mit denen sie doch umging; sie ahnte ja, daß die Benennung kaum je gelingt und daß sie dann nur für kurze Zeit mit dem Ding zusammenfällt, auf das sie gelegt wurde. Sie zuckte davor zurück, sich selbst einen Namen aufzudrücken, das Brandmal, mit welcher Herde in welchen Stall man zu gehen hat. *Leben, erleben, freies großes Leben! O herrliches Lebensgefühl, daß du mich nie verläßt! Nichts weiter als ein Mensch sein ...*

Was willst du werden, Krischan? Ein Mensch? Nun weißt du ...

Sie ging ja schon. Sie gab ja zu, daß man an sich zu arbeiten hatte. Sie verschwand für Tage. Sie arbeite, hieß es, und wir taten, als glaubten wir daran; dann war sie wieder da, kurz vor den Prüfungen. Wir hatten den ganzen Stoff schon wiederholt, wir hatten schon unsere Kladden ausgetauscht, hatten schon Auszüge gemacht und Karteikarten angelegt, hatten Lernkollektive gebildet und waren Verpflichtungen eingegangen: Keine Durchschnittsnote unter »gut«! Da erschien sie wieder und konnte sich unschuldsvoll nach den Themen erkundigen. Wir verbargen unsere Verzweiflung. Anstatt sie in der nächsten Versammlung zu befragen, wo sie denn um Gottes willen gewesen sei, womit sie denn ihre Tage hingebracht habe, anstatt sie zur Verantwortung zu ziehen, steckte man ihr Hefte zu, bot ihr Hilfe an. Günter, unser sommersprossiger Sekretär, legte ihr seine Tabellen vor: wie sie durch schlechte Lernergebnisse die Durchschnittsnoten ihrer Seminargruppe drücken werde. Ob sie das wirklich wolle? – Um keinen Preis! sagte Christa T., ihr seid ja alle so tüchtig! Sie ging zu einer Freundin, Gertrud Born, und ließ sich das Versschema der Merseburger Zaubersprüche abfragen, gehorsam deklamierte sie: Ik gihôrta d'at seggen, es wurde spät, sie mußte nach Hause gebracht werden. Es stellte sich heraus, daß sie Dostojewski gelesen hatte und nun nachdenken mußte über die Behauptung, das Allerweichste könne das Allerhärteste besiegen. Ob dieser Satz immer gelte, mußte man sich doch fragen.

Da waren sie schon an ihrer Haustür. Sie brachte Gertrud wieder zurück und überlegte laut, wie aus den Stücken von Leben, die jedem hingehalten werden, ein ganzes Leben zu machen wäre und ob dies überhaupt das Ziel sei ... Wenn aber dies nicht, was dann? Da gingen sie wieder zu ihrem Haus zurück. Die Stadt war schon verstummt. Fern in der Hauptstraße fuhr die letzte Straßenbahn. Vor Müdigkeit lehnten sie sich an eine Plakatwand. Hinter einigen Fenstern brannte noch Licht. Warum blieben die Leute wach? Griff die Unruhe um sich? Steckte sie alle an? Und wie sollte man ihnen Mut machen zu ihrer Unruhe? *Sehnsucht, du Vogel mit dem leisesten Schlaf ...*

46

Von Liebe war kaum die Rede. Sie blieb allein, das kam uns nicht merkwürdig vor. Einmal, als sie sich mit unserem Kind zu schaffen machte, als mir ihre Versunkenheit zu denken gab, habe ich sie geradeheraus danach gefragt. Das ist, hat sie gesagt, schwer zu erklären. Obwohl, diesmal, weißt du, bin ich fast sicher. Glaube ich, setzte sie dann noch hinzu.

Und du weißt, wovon du sprichst?

Sie lächelte. Aber wir dachten beide nicht an jene Szene an der Schulmauer, vorbei war ihre Überlegenheit, ich war es, die zu fragen hatte. Jedenfalls, wenn ich mein Leben mit dem ihren verglich, konnte ich mich für berechtigt halten zu fragen, ob sie überhaupt wisse, wovon sie spreche.

Nun immerhin, sagte sie. Dieses und jenes habe es schon gegeben.

Ich nannte einen Namen.

Ach, nicht doch, sagte sie. Schon früher. Eine Sommerliebe. Und alles, was dazugehört. Aber das ist, fügte sie dann noch hinzu, schwer zu erzählen. Ach, das ist lange her. – Sie nahm ihr Buch wieder auf und verfiel in Schweigen.

Schwer zu erzählen. Aber gar nicht erzählbar unter dem entmutigenden Zwang der Tatsachen, die wir zum Glück nicht kennen. So daß es womöglich ihr letzter Dorfsommer war. Ein Abend Ende Juni. Wo sie also, wenn wir wollen, am Zaun stand unter den Kirschbäumen im Schulgarten, die verbürgt sind ebenso wie der kleine Ententeich, dem sie den Rücken zukehrte. Die Frösche schwiegen noch. Er kam den Weg heruntergefahren, sie sah ihn von weitem, sie dachte vielleicht: Also kommt er doch, gerade heute. Oder sie dachte es nicht, sondern fühlte es. Sie reichte ihm ein paar Kirschen über den Zaun, als er scharf bremste und absprang. Weglohn, sagte sie, sah sich da am Zaun stehen und einem Mann Kirschen reichen, mußte lachen, denn solange man sich noch selbst dastehen sieht, so lange kann einem nichts passieren.

Er hat aber die Kirschen nicht beachtet, er wollte zuerst wissen, ob es stimme. – Es wird schon stimmen, sagte sie, wenn es Sie so böse macht. Was ist es denn?

Sie gehen von uns weg, sagte er.

Wenn Sie's so nennen wollen, sagte Christa T., das stimmt.

Warum? wird er gefragt haben. Haben wir Sie gekränkt?

Da muß sie gelacht haben. Und als er auf seinem Warum besteht, was kann sie ihm antworten als eine Gegenfrage: Das sollte ihn wirklich interessieren? Sie weiß, so macht man es, und sie will es auch einmal so gemacht haben, will, ihren Blick in seinem, die paar Schritte den Zaun entlanggegangen sein bis zur Pforte, will in Gedanken den Riegel zurückschieben und nun also neben ihm auf dem Weg stehen, der um das Dorf herumführt, will spüren, daß man ihm etwas über die Schulter reicht, ein gutes Maß. Und solange man noch mißt, kann einem nichts passieren.

Und Sie? sagt Christa T., damit doch etwas geredet wird. Sie wollen nicht weggehen? Wenigstens in den Ferien?

Ich? Hier weg? Aber nein.

Sie seufzt. Das ist mal einer, der weiß, was er will. Zwischen zwei Häusern biegen sie ab auf den Feldweg. Ginster links und rechts, schon verblüht. Jasminhecken, über denen sich, ein bißchen mühsam schon, vom Sinken bedroht oder verlockt, die Sonne noch hält. Das gäbe, denkt Christa T., ein schönes Bild in Öl, aber merken läßt sie ihn ihre Spottlust nicht, tiefernst, wie er ist. – Er habe sich also schon eingelebt?

Vollständig, erwidert er. Für immer, denk ich mir. Warum lachen Sie? Es gibt Gründe.

Ich zweifle nicht.

Jetzt machen Sie sich über mich lustig.

Das war, mein Lieber, der erste Augenblick, wo ich mich nicht lustig machte, aber gemerkt hast du's nicht.

Sie hat gehört, wie er »für immer« sagte, ein winziger Stich, schon vorbei. Aus uns wird nichts, es soll nicht sein.

Sie wissen doch selbst, sagt er. Die Schule. Entwicklungsfähig, gewiß. Aber ganz und gar auf meinen Schultern, bis zum Schulgarten hin, ob Sie's glauben oder nicht.

Ich glaub's, sagt Christa T. Faßt ihn noch einmal ins Auge. Der neue junge Schulleiter vom Nachbardorf.

Blau steht Ihnen, sagt sie. – So macht man's, ganz recht, sagt es in ihr, aber nun bringt sie die Stimme zum Schweigen.

Blau! ruft er ganz verzweifelt. Das alte Hemd! Hätt ich gewußt, ich hätte mich vollständig anders ...

Vollständig ist Ihr Lieblingswort? fragt Christa T.

Solche Sachen fragen nur Sie, sagt er, still erbittert. Ich hab schon gemerkt: Es gefällt Ihnen nicht, wenn etwas vollständig richtig oder vollständig in Ordnung ist.

Da irren Sie, sagt sie ernsthaft. Wie es mir gefallen würde, wenn ich es irgendwo anträfe! Aber wo wollen Sie das an mir gemerkt haben?

49

Ach, sagt er mutlos. Oft. Wenn der Schulrat redet zum Beispiel. Sie lachen nie, nein, das nicht. Aber ich sehe: Sie zweifeln.

Nicht immer, sagt sie. So genau Sie hingesehen haben: Ich vergleiche. Ich vergleiche die Rede des Schulrats mit meiner Schule.

Sehen Sie, sagt er heftig. Und ich vergleiche seine Rede mit meinem Traum von meiner Schule.

Komisch, erwidert sie. An Ihnen gefällt mir das. Sie horcht in sich hinein: Keine Stimme? Nein, nichts.

Jetzt ist die Sonne in die Hecken gefallen. Fehlt bloß noch, daß sie quer über eine Wiese laufen und das ausgebreitete Heu duftet. Also gut, sie laufen, und das Heu duftet, das haben wir ja alles in der Hand. Jetzt soll sie ihn nach den Pappeln fragen: Ob er je auf Pappeln gestiegen ist. – O doch, bei ihm zu Hause ...

Ich habe mich falsch ausgedrückt. Sie haben nie ein Elsternnest ausgehoben? Sie haben nie die nackten jungen Vögel gegen die Scheunenwand geworfen?

Ehrlich gesagt, erwidert er verlegen, das hab ich nie gekonnt. Ich bin darin komisch, wissen Sie.

Und Menschen?

Was meinen Sie, wird er wohl fragen, aber er wird wissen, was sie meint. Drei Jahre nach dem Krieg weiß man, was mit solchen Fragen gemeint ist.

Sie waren Soldat, wird sie sich erklärt haben.

Ich hab Glück gehabt, sagt er. Nach einer Weile setzt er hinzu: Ich hab manchmal gedacht, daß ein Mädchen mich mal danach fragen wird.

Sie sitzen jetzt am Wiesenrand, und Christa T., die vergessen hat, wie man es macht, fängt an, sich zu wundern: So ist das alles, mag sie gedacht haben, Schritt für Schritt und Stück für Stück vorgesehen, und ich gebe zu, es ist beruhigend, wenn das erste Mal nichts Unvorhersehbares passiert.

Nun ist es geschehen, erinnert sie ihn: Ein Mädchen hat dich danach gefragt.

Tatsächlich, sagt er, beinah traurig. Und ich hätte es fast nicht erkannt.

Wen – das Mädchen nicht oder die Frage nicht?

Beides, erwidert er.

Sie aber denkt: So mag es gehen. Unerkannt, aber vorhergesehen. Besser kann ich es mir nicht wünschen.

Zeig mir deine Hände, sagt sie.

Er tut es einfach. Entweder, sagt er, es ist dir ganz schlimm ergangen oder gar nicht.

Ganz schlimm, sagt sie. Gar nicht.

Du bist sehr merkwürdig, sagt er. Und ich weiß: Was auch passiert, du gehst. Ich kann dich nicht halten.

Nein, das kannst du nicht.

Muß ich drei Proben ablegen? fragt er noch.

Gut, drei Proben.

Da ist die Sonne nur noch eine Handbreit über dem Horizont. Jede Menge Zeit.

Die erste: Was hab ich eben gedacht?

Du denkst Tag und Nacht, daß du um jeden Preis hier weggehen wirst und daß keiner dich halten kann.

Die zweite: Was wird aus mir?

Das willst du nun von mir wissen, sagt er bitter. Noch dazu hast du falsch gefragt. Was *muß* aus mir werden, hättest du fragen sollen. Denn sonst wüßt ich's.

Drittens, sagt Christa T., was braucht der Mensch?

Eine Aufgabe, sagt er, endlich überzeugt.

Das hast du dir selbst zuzuschreiben, solche Proben gehen nie eindeutig aus, und das hast du auch gewußt. Die Sonne ist auch untergegangen, nichts ist entschieden. Das merk dir mal.

Ich hab's gewußt, sagt der Mann neben ihr. Sie hört ihn aufstehen.

Bleib doch, sagt sie da. Bleib.

Bloß sie hat es sein müssen, die wählte, hier und immer.

Versprechen, sagt sie, versprechen kann ich allerdings nichts.

So oder anders. In diesem oder im folgenden Jahr. Dieser oder ein anderer. Sommerliebe, wird sie sagen, später, zu mir. Der Sommer wird nicht lang und nicht kurz gewesen sein, die Liebe nicht zu schwer und nicht zu leicht, das Nachbardorf, oder was immer es war, nicht zu nah und nicht zu weit. Der Weg um das Dorf noch vertraut und schon fremd. Sie aber sich selbst bis zum Überdruß bekannt und schmerzhaft unbekannt.

Das soll sie gehabt haben, ich will es. Sie soll erfahren haben, was sie wissen mußte, und gegangen sein. Schwer zu erzählen.

Sie kam in die Stadt und blieb lange allein.

Zu meiner Überraschung sehe ich, daß man beides erklären muß, so einleuchtend mir das eine wie das andere damals vorkam. Ihre Schwester, die um ein Jahr ältere, die sie sehr liebte, mag sie dringlich befragt, sogar gewarnt haben, aus der Kenntnis ihrer Gemeinsamkeiten, aus Sorge, die Jüngere könnte sich überanstrengen, was leicht geschah. Der Vater hat, wortlos fast, seine Anfälligkeit ins Spiel geführt, sie wäre der willkommene Nachfolger an seiner Schule gewesen. Die Mutter hat, wenn sie unter sich waren, in Worte gebracht, was er nur andeutete: Sollte sie alleine zurückbleiben? Und was würde dann aus der Dienstwohnung, die sie bewohnten?

Christa T. ging dann doch. Sie hat diesen Vorgang – wegzugehen – später noch öfter wiederholt, dahinter verbirgt sich ein Muster, schon ablesbar beim erstenmal: hinter sich lassen, was man zu gut kennt, was keine Herausforderung mehr darstellt. Neugierig bleiben auf die anderen Erfahrungen, letzten Endes auf sich selbst in den neuen Umständen. Die Bewegung mehr lieben als das Ziel. – Die Nachteile einer solchen Natur für ihre Umgebung und für sie selbst liegen auf der Hand.

Damals, übrigens, fiel sie wenig auf: Jedermann war gezwungen, den Mut zur Bewegung in sich wachzuhalten, die Zeit floß sehr schnell. Man überlegte nicht lange, fischte sich fast, ohne hinzusehen, ein Leben heraus, fragte nicht viel, ob es paßte, lebte es eben, da wurde es passend. Oder jedenfalls glaubte man das mit der Zeit.

Die äußeren Umstände freilich standen dazu im lächerlichen Widerspruch. Christa T., in der neuen Stadt, sah sich Zimmer an, Wirtinnen. Sie begriff, daß sie nach siebzehn Pappeln nicht suchen durfte, da ging sie lieber gar nicht ans Fenster. Sie schob die Unterlippe vor, also gut, sie nahm das Zimmer. Die Straße war nach einem deutschen Philosophen benannt. Abends wusch manchmal ein Kind sorgfältig die Ziersteine im baum- und strauchlosen Vorgarten ab. Frühmorgens klopften Armeen von Hausfrauen ringsum auf allen Höfen ihre Teppiche. Und in der Tür erschien die Wirtin, einen Brief zwischen spitzen Fingern oder unter dem Arm einen Wandspruch, den Christa T. eben heruntergenommen und in den Flur gestellt hatte – »Wenn auch der Hoffnung letzter Anker bricht, verzage nicht.« Wär es möglich – auch dieser sollte Ihnen nicht gefallen? So wollen Sie ohne jeden geistigen Zuspruch leben? Die Dame Schmidt, zerfallend in zwei Hälften, wirtinnenhaft die eine, den Anfechtungen der Menschenfreundlichkeit ausgesetzt die andere, also ausspielbar gegen sich selbst. Sie erkennt sich nicht wieder, wenn sie aus dem Zimmer geht. Nun trägt sie eigenhändig den Spruch hinaus, worauf hat sie sich da eingelassen? Schnell holt sie einen Hammer und schlägt einen Nagel auf ein freies Plätzchen in der langen Korridorwand, da wird der Spruch hängen, an sichtbarer Stelle zwischen den anderen Schildern: Wann jeder ihrer Untermieter zu Hause zu sein hat, allein, versteht sich, wann gutwillig das Licht zu löschen, wie oft die Toilette zu benutzen ist und welcher Wasserverbrauch für welchen Zweck angemessen erscheint.

Bürger, schützt eure Anlagen, sagt Christa T. und lacht der Dame Schmidt ins Gesicht. Vergebens, natürlich. Denn niemand kann auf die Dauer in der Welt leben, wie sie nun mal ist, ohne genau zu wissen, was verboten ist und was nicht. So tue ich meinen Untermietern etwas Gutes und nehme ihnen den Zweifel ab.

Bei der Dame Schmidt hat Christa T. drei Jahre gewohnt.

5

Wir wissen nicht viel über diese Jahre, denn man weiß
nicht wirklich, was noch nicht ausgesprochen ist – die
Möglichkeit, durch Aussprechen zu verfestigen, mit ein-
gerechnet. Das eigene Zögern belehrt mich, daß noch
nicht die Zeit ist, flüssig und leicht über alles und jedes
zu berichten, wobei man anwesend war oder es doch
hätte sein können. Warum dann aber überhaupt? Warum nicht schweigen, wenn man sich für befangen erklären muß?

Nun ja – wenn es sich um eine Wahl gehandelt hätte. Sie
ist es ja, Christa T., die mich hineinzieht. Der Umstand,
daß sie wirklich gelebt hat und wirklich gestorben ist,
weitgehend unerkannt, ist ja alles andere als erfunden.
Jetzt, wenn ich mir Zeit nehme aufzublicken, sehe ich
sie vor mir hergehen, nie dreht sie sich um, aber folgen
muß ich ihr wohl, hinunter, zurück. Auch wenn ich zu
ahnen beginne, worauf das alles hinausläuft und was
sie mit mir vorgehabt hat, von Anfang an. Als von allen
Beispielen – denn nichts anderes ist schreiben als: Beispiele anbieten – gerade sie sich aufdrängte. Sie, Christa
T., auf die doch keines der rühmenden Worte paßt, die
unsere Zeit, die wir mit gutem Recht hervorgebracht
haben. Obwohl manches von ihnen ein wenig paßt,
manches sogar stärker, wenn auch in einem anderen
als dem landläufigen Sinn. Ach, hätte ich die schöne
freie Wahl erfundener Eindeutigkeit ...

Nie wäre ich, das möchte ich doch schwören, auf sie
verfallen. Denn sie ist, als Beispiel, nicht beispielhaft,
als Gestalt kein Vor-Bild. Ich unterdrücke die Vermu-

tung, daß es nicht anders erginge mit jedem wirklich lebenden Menschen, und bekenne mich zur Freiheit und zur Pflicht des Erfindens. Einmal nur, dieses eine Mal, möchte ich erfahren und sagen dürfen, wie es wirklich gewesen ist, unbeispielhaft und ohne Anspruch auf Verwendbarkeit.

Christa T. mußte sich damals jahrelang über sich selbst getäuscht haben, und sie hat dafür bezahlt, wie ein Mensch mit starkem Wirklichkeitssinn Täuschungen aller Art bezahlt, am bittersten die über sich selbst. Mir ist es nicht aufgefallen, ich fand es natürlich, daß sie sein wollte wie alle. Nachträglich bin ich über ihre Tagebücher erschrocken. Ich könnte mich fragen, warum ich nichts bemerkt habe, oder fast nichts. Hatten wir uns nicht wiedergefunden? Hatten wir nicht, bei dieser Wiederbegegnung, am Ende die richtigen Worte, jedenfalls das richtige Lachen gehabt? Überraschung, Freude? Und Vertrautheit? Gewiß. Bis zu einem gewissen Grad. Da ich am Leben bin und sie nicht, kann ich bestimmen, worüber gesprochen wird, worüber nicht. Das ist die Rücksichtslosigkeit der Lebenden gegenüber den Toten. Was wir unser gutes Recht nennen: das Recht des Nichtwissenwollens oder des Nichtsagenmüssens. Ein gutes Recht.

Vielleicht sollte ich, wie die Dinge liegen, die Verantwortung nicht allein übernehmen. Ich könnte Zeugen aufsuchen, die, wie es den Gefährten einer zu früh Verstorbenen angemessen ist, noch am Leben sind. Könnte in die Stadt fahren, in der wir gemeinsam studierten. Über den Platz vor der Universität gehen. Wenn mich nicht alles täuscht, würde ich da jetzt Blumenrabatten finden, nichts Selbstangelegtes wie unsere unbeholfenen Beete in unserem Patenkindergarten, auf denen Günter, der sommersprossige Günter, verbissen Tomaten und Feuerbohnen zog. Ich werde lachen müssen. Der Staub, das wird mir auffallen, der damals über den Platz trieb und uns immer zur Eile zwang, hat sich wirklich gelegt. Das war das letzte, was ich erwarten konnte, jedoch die Rabatten erklären auch das.

Im Innern des Gebäudes übrigens würde ich wenig verändert finden, weniger, als man wünschte. Der Innenhof auch von der neuen Generation unbetreten, immer noch behütet durch das Schild: Vorsicht! Einsturzgefahr!, obwohl wenig wahrscheinlich ist, daß die im Krieg beschädigte Dachkonstruktion nach mehr als zwanzig Jahren doch noch einstürzen wird. Die Studenten von heute würden, wie wir damals, gleichgültig an dem Schild und an mir, der Fremden, vorbeigehen, ich müßte mir einen Ruck geben und mir klarmachen, daß sie mich nicht als ihre Altersgenossin erkennen können, sosehr ich es auf beunruhigende Weise in diesen Wochen bin. Ich würde auf der Treppe – immer die gleichen ausgetretenen Steinstufen, immer noch der Zugwind durch das unreparierte Dach – einen von ihnen ansprechen, ihn nach Frau Doktor Dölling fragen. Er würde nicht zögern mit der Antwort wie ich mit meiner Frage, weil ich zuerst das Bild der schmalen, blassen Gertrud Born beiseite schieben muß, ehe ich ihren neuen Namen und ihren neuen Titel ohne Stocken sagen kann. Natürlich würde ich sie da antreffen, wo man auch vor zehn, elf Jahren die Dozenten traf. Ich würde anklopfen und eintreten, Gertrud Born würde aufblicken und mich erkennen. Ob ihre Freude gekünstelt wäre oder echt, das würde viel entscheiden.

Nehmen wir an, ihre Freude wäre echt. So würde sie sich doch, nach wenigen Minuten, wundern, warum gerade Christa T. – von allen unseren Bekannten ausgerechnet sie – mich interessiert. Doktor Dölling wird maßvoll bleiben und sich nicht einmischen, das hätte ich mir auch verbeten. Obwohl – warum würde ich sonst zu ihr gehen? Sie, Gertrud Born, wüßte ja sicher, wie man auszusehen hat, um »der Gestaltung« wert zu sein, so würde sie sich wohl ausdrücken. Wenn sie sich erheben, hinter ihrem Schreibtisch hervorkommen könnte, ihre Festung verlassen – die paar Schritte durch das Zimmer zu der Sesselgruppe am Fenster könnten genügen, sich wieder in sie einzuleben. Die dort geht, ist Frau Doktor Dölling, eine gut angezogene, gepflegte Frau, kein Mensch, der aus der Fülle schöpfen kann, aber einer, der das Pfund nicht verkommen läßt, das ihm gegeben ist. Was es sie gekostet hat, die blasse, unscheinbare Gertrud Born loszuwerden, ihre Schüchternheit zu unterdrücken, so gehen zu lernen, wie sie es jetzt kann, das weiß nur sie, und sie will nicht, daß sonst irgend jemand es erfährt. Das würde ich, während ich mich ihr gegenüber setzte, zu respektieren haben.

Christa T. also. Gertrud Dölling wird eine Abwehrhaltung einnehmen, und ich werde nicht wissen, warum, werde mich aber verwünschen, daß ich hierhergekommen bin.

Sie war, wird sie sagen, anders als andere. Aber das weißt du ja. Von Einordnung hat sie nicht viel gehalten. Gleichmäßig gearbeitet hat sie nie – sie konnte es nicht.

Und du, Gertrud, diszipliniert wie nur einer, hast die Last damit gehabt, doch nie hat einer dich klagen hören.

Sie war merkwürdig, würde Gertrud Dölling sagen. Und ich müßte sie lange auffordernd ansehen, bis sie das Wort herausrückte: Ich möchte sagen, sie war – gefährdet.

Das Wort lasse ich sich zerstreuen, es gehört nicht in diesen Raum und vergeht schnell.

Ich möchte sagen – das hast du schon immer gesagt, erinnere ich Gertrud Dölling. Sie lacht und legt die Fingerspitzen aneinander, das tat schon Gertrud Born, wenn sie verlegen war.

Wodurch gefährdet?

Doktor Dölling ist gewöhnt, schnell und genau nachzudenken und das Ergebnis ihres Denkens zu formulieren. Jetzt mag sie zögern.

Durch ihre Vorstellungskraft, wird sie dann vielleicht sagen, nicht recht zufrieden mit sich. Sie war – ausschweifend. Sie hat es nicht fertiggebracht, die Grenzen anzuerkennen, die jedem nun einmal gesetzt sind. Sie verlor sich in jede Sache, du konntest drauf warten. Manchmal konnte man denken, das ganze Studium, der ganze Bücherkram gingen sie eigentlich nichts an, sie war auf was andres aus. Und das, weißt du, war fast – verletzend.

Sie blickte mich schnell an. Das wird der Augenblick sein, da ich die Lider senke, nehme ich an, denn daß ich mein eigenes Empfinden ruhig von ihr ausgedrückt hören kann, ist nicht denkbar.

Gertrud Born ist immer schnell errötet, sie steht auf und tritt ans Fenster. Ich aber begreife endlich die Rolle, die Christa T. in ihrem Leben gespielt hat: Sie hat es in Frage gestellt. Und die blasse, schüchterne Gertrud Born hat das drei Jahre lang ausgehalten, sie hat es, wenn ich es recht bedenke, gesucht. Hier werde ich

anfangen, Achtung vor ihr zu kriegen. Werde sie allerdings auch, auf Kosten der Wahrheit, beschwichtigen
müssen.

Nun, werde ich sagen, sie hat eben zu viele Interessen
gehabt; die weise Selbstbeschränkung hat ihr gefehlt,
sie selbst hat es sich oft genug vorgeworfen.

Verrückt, werde ich denken, schon fängt man an, Christa T. zu verschleiern, die Tote zu opfern zugunsten
der Lebenden, die die ganze Wahrheit nicht brauchen
kann. – Aber da habe ich mich wieder geirrt in Gertrud
Born.

Ach nein, wird sie sagen, eigentümlich einfach. Sie hat
nur ein Interesse gehabt: Menschen. Das falsche Fach
hat sie vielleicht studiert – Literatur, was sollte ihr
das? Aber was wäre das richtige Fach gewesen?

Wider Erwarten soll man mit Gertrud Dölling darüber
nachdenken können?

Übrigens, sagt sie da wahrscheinlich: Außer mir hat sie
damals niemanden gehabt.

Nein, widersprechen werde ich nicht, aber es doch auch
nicht ganz auf sich beruhen lassen. Kostja, werde ich
sagen. Vergiß nicht Kostja.

Da wird sie natürlich den Kopf schütteln. Die Beharr-
lichkeit, die sie immer hatte, ist in Eigensinn übergegangen.

Niemanden, wird sie sagen, außer mir. Kostja! Kann
man dieses Umeinanderherumgehen ernst nehmen?

Ich, im Besitz der Tagebücher von Christa T., werde in
Schweigen verfallen. Also hat sie wirklich niemanden
gehabt, also ist mein Rechtfertigungsversuch – denn
warum sonst wäre ich zu Gertrud Dölling gegangen? –
gescheitert. Warum sollte ich ihr weiter zuhören?

Du denkst wie sie, wird Gertrud Dölling sagen: Alles käme darauf an, wie man eine Sache ansieht, ihr Verhältnis zu Kostja, zum Beispiel. Aber darauf eben kommt es nicht an, niemals. Das war auch so ein Zug an ihr: sich über die objektiven Tatsachen hinwegsetzen. Und danach der große Katzenjammer, daß man reden und reden konnte ...

Katzenjammer? werde ich vorsichtig fragen.

Mehr als einmal. Dieses Meer von Traurigkeit! Bloß weil die Leute nicht so sein wollten, wie sie sie sah.

Oder, werde ich zu bedenken geben, weil sie nicht so sein konnte, wie wir sie haben wollten?

Gertrud Dölling hat sehr wohl verstanden, aber über diese Anfechtungen ist sie hinaus. Wollten? wird sie heftig erwidern. Wollten? Hat es uns denn freigestanden? Waren wir nicht gezwungen, das Nächstliegende zu tun, so gut wie möglich, und es zu verlangen, immer wieder? Ist nicht Erstaunliches daraus geworden? Oder könnte es uns heute besser gehen?

Aber das war ja nicht die Frage. Wohin geraten wir, werde ich denken, und sie, Gertrud Dölling, werde ich schonend fragen: Was wirfst du ihr vor?

Wem? wird sie verwirrt sagen. Ach so. Ihr. Du mußt mich falsch verstanden haben. Vorwerfen? Vergiß nicht, wir waren befreundet, wirklich befreundet. Sie hat sich immer auf mich verlassen können.

Und das ist wahr. Wenn Christa T. unruhig wurde, wenn sie umherzustreunen begann, wenn sie verschwand und irgendwann wieder auftauchte, fremd, als wäre sie lange weggewesen – immer konnte sie sicher sein, daß Gertrud Born an ihrem Platz geblieben war und sie erwartete, unwandelbar in Treue und Liebe, daß keine Fragen gestellt würden und keine Erklärungen verlangt, daß sie aber auch ohne Erklärung verstanden wurde.

Was bleibt mir übrig, als aufzustehn und mich still davonzumachen?

Was ich ihr vorwerfe? sagt Gertrud Dölling da, vom Fenster her, und ihre Stimme hat sich verändert. Daß sie tatsächlich gestorben ist. Immer hat sie alles wie zum Spaß gemacht, versuchsweise. Immer konnte sie mit allem wieder aufhören und ganz was anderes anfangen, wer kann das schon? Und dann legt sie sich hin und stirbt in vollem Ernst und kann damit nicht mehr aufhören. – Oder denkst du, daß sie an dieser Krankheit gestorben ist?

Nein.

Ich werde nicht zu ihr gehen, ich werde Gertrud Dölling nicht besuchen. Das Gespräch wird nicht stattfinden, diese Gemütsbewegungen werden wir uns ersparen. Und die Frage, woran Christa T. gestorben ist, werde ich selbst stellen, zu ihrer Zeit, ohne in Zweifel zu ziehen, daß es die Krankheit war, Leukämie, mit der sie nicht fertig werden konnte.

Ich werde zu Hause bleiben. Warum soll ich Gertrud Dölling traurig machen? Sie ist, wie sie sein kann. Wer kann wie sie von sich sagen, daß er bis an seine Grenzen geht? Und gewisse Fragen, die ich ihr stellen wollte, kann ich ebensogut – oder besser – mir selbst stellen. Der Umweg war überflüssig.

Übrigens verlieren alle Fragen mit der Zeit ihre Schärfe, und an die Stelle des Ich kann – diesen Ausweg läßt die Sprache – fast immer das Wir treten, niemals mit mehr Recht als für jene Zeit. So daß einem nicht zugemutet werden muß, die Schulden einer fremden Person zu übernehmen, oder doch nur unter gewissen Umständen.

Selbstverständlich glaubte ich, weiter mit ihr befreundet zu sein. Mit meinem Wiedererscheinen hat sie, wie ich heute weiß, keine besonderen Hoffnungen verknüpft. Erst später hat sie begonnen, mit mir zu rechnen, auch nur für gewisse Zeiträume, dazwischen konnte sie sich wieder abtreiben lassen. Ich habe Briefe gefunden, in denen ich ihr das vorhalte: Zum letzten Mal, drohe ich, immer wieder zum letzten Mal. Dann ein matter Entschuldigungsbrief von ihr: Wenn ich nun endlich mich dazu aufraffe ...

Die Wahrheit ist: Wir hatten anderes zu tun. Wir nämlich waren vollauf damit beschäftigt, uns unantastbar zu machen, wenn einer noch nachfühlen kann, was das heißt. Nicht nur nichts Fremdes in uns aufnehmen – und was alles erklärten wir für fremd! –, auch im eigenen Innern nichts Fremdes aufkommen lassen, und wenn es schon aufkam – ein Zweifel, ein Verdacht, Beobachtungen, Fragen –, dann doch nichts davon anmerken zu lassen. Weniger aus Angst, obwohl viele auch ängstlich waren, als aus Unsicherheit. Eine Unsicherheit, die schwerer vergeht als irgend etwas anderes, was ich kenne.

Außer der Sicherheit, deren Kehrseite sie ist. Wie soll man es nur erklären? So ist es.

Denn die neue Welt, die wir unantastbar machen wollten, und sei es dadurch, daß wir uns wie irgendeinen Ziegelstein in ihr Fundament einmauerten – sie gab es wirklich. Es gibt sie, und nicht nur in unseren Köpfen, und damals fing sie für uns an. Was aber immer mit ihr geschah oder geschehen wird, es ist und bleibt unsere Sache. Unter den Tauschangeboten ist keines, nach dem auch nur den Kopf zu drehen sich lohnen würde ...

Sie hat, jetzt spreche ich von Christa T., nichts inniger herbeigewünscht als unsere Welt, und sie hat genau die Art Phantasie gehabt, die man braucht, sie wirklich zu erfassen – denn was man auch sagen mag, mir graut vor der neuen Welt der Phantasielosen. Der Tatsachenmenschen. Der Hopp-Hopp-Menschen, so hat sie sie genannt. Und sich ihnen, in ihren finsteren Stunden, tief unterlegen gefühlt. Auch wohl versucht, sich ihnen anzugleichen, einen Beruf angestrebt, der sie in die Öffentlichkeit geführt hätte: Sie hatte sich mit diesem Ziel selbst überrascht und überlistet. Und zur Raison gezwungen. Ihrem Hang zum Schauen, Träumen, Geschehenlassen eine Grenze gesetzt. Die schmerzhaft empfundene Schranke zwischen Denken und Tun beiseite geräumt. Alle Bedingungen gestrichen. *Wir müssen schon einiges dazu tun, um alle lebenswert zu leben. Man muß bereit sein, eine gewisse Verantwortung zu übernehmen. Allerdings* – das setzt sie sofort hinzu – *muß man sie glatt überschauen können und sie voll ausfüllen und darin nicht lasch sein ...*

Sie hat an unseren Gesprächen teilgenommen, jenen herrlichen ausschweifenden nächtlichen Gesprächen über die Beschaffenheit des Paradieses, an dessen Schwelle wir, meistens hungrig und Holzschuhe an den Füßen, mit großer Gewißheit standen. Die Idee der Vollkommenheit hatte uns erfaßt, aus unseren Büchern und Broschüren war sie in uns eingedrungen, und von den Podien der Versammlungen kam die Ungeduld dazu: Wahrlich, ich sage dir, heute noch wirst du mit mir im

Paradiese sein! Oh, wir hatten das Vorgefühl davon, es war unleugbar und unersetzbar, wir vergewisserten uns seiner, indem wir stritten: Würde es mit Atomstrom beheizt sein, unser Paradies? Oder mit Gas? Und würde es zwei Vorstufen haben oder mehr, und woran würden wir es, wenn es endlich einträte, erkennen? Wer aber, wer würde würdig sein, es zu bewohnen? Die Allerreinsten nur, das schien doch festzustehen. Also unterwarfen wir uns erneut den Exerzitien, lächeln heute, wenn wir uns gegenseitig daran erinnern. Werden noch einmal, für Minuten, einander ähnlich, wie wir es damals durch diesen Glauben jahrelang waren. Können uns heute noch an einem Wort, einer Losung erkennen. Blinzeln uns zu. Das Paradies kann sich rar machen, das ist so seine Art. Soll den Mund verziehen, wer will: Einmal im Leben, zur rechten Zeit, sollte man an Unmögliches geglaubt haben.

6

Was braucht die Welt zu ihrer Vollkommenheit?
Das und nichts anderes war ihre Frage, die sie in sich verschloß, tiefer noch aber die anmaßende Hoffnung, sie, sie selbst, Christa T., wie sie war, könnte der Welt zu ihrer Vollkommenheit nötig sein. Nichts Geringeres hat sie zum Leben gebraucht, der Anspruch ist allerdings gewagt und die Gefahr, sich zu überanstrengen, groß. Nicht umsonst hat die Schwester sie gewarnt, die auf ihrem Dorf ihrer Schule treu geblieben und sogar im Begriff ist, sich vernünftig zu verheiraten. Christa T., in den Briefen, die sie ihr schreibt, schwankt zwi-

schen neidvoller Bewunderung: Sie ist doch tüchtig, die Schwester, sie packt das Leben an, sie überläßt sich nicht unfruchtbaren Grübeleien – und dem Vorwurf, die Schwester gebe sich zu früh zufrieden, bescheide sich, hole nicht alles aus sich heraus. Aber was tu ich denn! endet ein solcher Brief. Wird auch nicht jeder abgeschickt.

Sie ging in die Vorlesungen, saß auf ihrem Platz im Lesesaal, folgte mit den Augen den Reihen der Bücherrücken und fürchtete auf einmal, hier könnte schon auf jede Frage eine Antwort stehen. Da sprang sie auf, lief hinaus, fuhr mit der Straßenbahn den weiten Weg zur Stadt zurück, schon wieder war Nebel, sie fror. *Gestern bin ich*, schreibt sie der Schwester, *abends durch die Altstadt nach Hause gegangen. War plötzlich rasend abgespannt, landete in einer feuchten Spelunke, die Damen und Herren glotzten mich an. Ein durchreisender Plantagenbesitzer aus dem Magdeburgischen hat sich von seiner professionellen Begleiterin freigemacht und ist zu mir gekommen. Gerne hätte er sich mit mir einen vergnügten Abend in Auerbachs Keller gemacht. Wir politisierten, nicht zu seinem größten Vergnügen, tranken und rauchten tüchtig auf seine Kosten, schließlich ließ ich ihn sitzen und flitzte weg. Ich rauche zu stark, bin oft zerschlagen und traurig ...*

Ein erstes Anzeichen, vereinzelt, nicht beachtet, ihr selbst nicht erklärbar. Ab Trümoh, sagt sie sich, schmeiß die Pantoffeln! Dann war sie auch wieder ganz obenauf, weil sie, so lächerlich das klingt, ihren Inder getroffen hatte: Klingsor – anders konnte er nicht heißen – mit seinem glutvollen Blick, dem schneeweißen Turban und den leider durchlöcherten Socken, das soll sie nicht rühren! Niemand wird sich um ihn kümmern, hat sie sich gesagt und ist in seiner Nähe geblieben, auf der Buchmesse, solange es ging, ohne aufzufallen. Und auch dann noch, warum bloß nicht? Denn er hat sie natürlich schon bemerkt, ist stehengeblieben, hat ausprobiert, wohin sie ihm folgte. Und hat, du wirst es nicht glauben, mir zugenickt, als wir uns endlich doch trennen mußten.

In der Nacht habe ich dann von ihm geträumt. Auf der Technischen Messe, träumte ich, wohin ich sonst nicht gegangen bin, habe ich ihn wiedergetroffen, er hat mich an der Hand genommen und zu den Werkzeugmaschinen geführt: Komm, mein Kind, ein Dichter muß sich auch um die Nachbardisziplinen kümmern ... Ich bin am nächsten Tag natürlich zur Technischen Messe gegangen. Dort hab ich ihn, bei den Werkzeugmaschinen, getroffen. Er hat sich so wenig gewundert wie ich und mir eine echt Klingsorsche Verbeugung gemacht.

Nein, gewundert hab ich mich nicht. Gefühl und Traum hatten nicht getrogen.

Sie hat nicht gemerkt oder nicht zugegeben, wozu der ganze Traum gemacht war. Denn nur in dieser romantischen Verkleidung, unter so viel umständlichen Vorkehrungen war dem Wort gestattet hervorzutreten. Dichter hat jemand sie genannt, und sie ist leicht darüber hinweggegangen. Aber was sie gehört hat, hat sie gehört.

Es hat keinen Sinn, sich zu entrüsten, daß sie mit uns allen Versteck gespielt hat: Mit sich selber hielt sie es nicht anders. Wie ich alle ihre Ausflüchte jetzt durchschaue! Wie ich ihr ihre Versuche, sich zu entziehen, jetzt durchkreuzen würde! Da hat sie sich endgültig entzogen. Das war die Krankheit, die Krankheit war es, Gertrud.

Merkwürdig oder nicht – in jenen Jahren hat sie zu schreiben begonnen. Wieso merkwürdig? Sollte nicht jede Zeit gleich gut oder gleich schlecht für den Versuch sein, sich in und außer sich zu suchen? Denn das war, soviel ich sehe, damals ihr Fall. Heute wird man schwer verstehen, was daran erstaunlich sein soll.

Christa T. hat, auch wenn sie lässig schien, anstrengend gelebt, das soll bezeugt sein, obwohl es hier nicht darum gehen kann, sie zu verteidigen: Kein Verfahren findet statt, kein Urteil wird gesprochen, nicht über sie noch über irgend jemanden sonst, am wenigsten über das, was wir »die Zeit« nennen, womit nicht viel gesagt ist. Sie hat nicht versucht, sich davonzumachen, womit gerade in jenen Jahren so mancher begonnen hat. Wenn sie ihren Namen aufrufen hörte: »Christa T.«, dann stand sie auf und ging hin und tat, was von ihr erwartet wurde, aber wem soll sie sagen, daß sie lange dem Namensruf nachlauschen muß: Bin wirklich ich gemeint? Oder sollte es nur mein Name sein, der gebraucht wird? Zu anderen Namen gezählt, emsig addiert vor dem Gleichheitszeichen? Und ich könnte ebensogut abwesend sein, keiner würde es bemerken? Sie sah auch, wie mancher anfing, zu entschlüpfen, die bloße Hülle, den Namen zurückzulassen. Das hat sie nicht gekonnt.

Aber auch die Fähigkeit, in einem Rausch zu leben, ist ihr abgegangen. Die heftigen, sich überschlagenden Worte, die geschwungenen Fahnen, die überlauten Lieder, die hoch über unseren Köpfen im Takt klatschenden Hände. Sie hat gefühlt, wie die Worte sich zu verwandeln beginnen, wenn nicht mehr guter Glaube und Un-

68

geschick und Übereifer sie hervorschleudern, sondern Berechnung, Schläue, Anpassungstrieb. Unsere Worte, nicht einmal falsch – wie leicht wäre es sonst! –, nur der sie ausspricht, ist ein anderer. Verändert das alles? Christa T., sehr früh, wenn man es heute bedenkt, fing an, sich zu fragen, was denn das heißt: Veränderung. Die neuen Worte? Das neue Haus? Maschinen, größere Felder? Der neue Mensch, hörte sie sagen und begann, in sich hineinzublicken.

Denn die Menschen waren nicht leicht zu sehen hinter den überlebensgroßen Papptafeln, die sie trugen, und an die wir uns, was sehr merkwürdig ist, schließlich sogar gewöhnten. Für die wir dann zu streiten anfingen: Wer würde heute noch an sie erinnern, wenn sie wirklich ganz und gar draußen geblieben und nicht auf vielen Wegen in uns eingedrungen wären? So daß nicht mehr sie uns mißtrauten, sie und die schrecklich strahlenden Helden der Zeitungen, Filme und Bücher, sondern wir uns selber: Wir hatten den Maßstab angenommen und – beklommen, erschrocken – begonnen, uns mit jenen zu vergleichen. Es war dafür gesorgt, daß der Vergleich zu unseren Ungunsten ausfiel. So entstand um uns herum, oder auch in uns, was dasselbe war, ein hermetischer Raum, der seine Gesetze aus sich selber zog, dessen Sterne und Sonnen scheinbar mühelos um eine Mitte kreisten, die keinen Gesetzen und keiner Veränderung und am wenigsten dem Zweifel unterworfen war. Der Mechanismus, nach dem sich das alles bewegte – aber bewegte es sich denn? –, die Zahnräder, Schnüre und Stangen waren ins Dunkel getaucht, man erfreute sich an der absoluten Perfektion und Zweckmäßigkeit des Apparats, den reibungslos in Gang zu halten kein Opfer zu groß schien – selbst nicht das: sich auslöschen. Schräubchen sein. Und erst heute kommt das rechte Erstaunen darüber bei uns an: So weit ist der Weg der Gefühle.

Welche Idee: Sie, Christa T., hätte diesem Mechanismus ihr *Kind am Abend* entgegengesetzt! So direkt darf man sich Wirkung und Gegenwirkung nicht vorstellen. Sie hat, übrigens, unter keine ihrer Arbeiten ein Datum geschrieben. Aber alles, die Schreibart der Manuskripte, die Beschaffenheit und das Alter des Papiers, deutet darauf hin, daß die Skizzen über ihre Kindheit eben aus jener Zeit stammen. Schwer zu sagen, ob sie das ernst nahm, ob sie den Ernst vor sich verbarg. Ganz sicher aber hat sie nicht gewußt, warum sie gerade jetzt dem Kind in sich selbst nachgehen mußte. Wie aber innerlich beteiligtes Schreiben immer auch mit Selbstbehauptung und Selbstentdeckung zu tun hat; wie jeder nicht nur die Leiden, sondern auch die Ermutigungen hat, die zu ihm passen, so hat sie, abends in ihrem Zimmer, unter den vielen Schildern, keineswegs im reinen mit sich, doch die Genugtuung gehabt, das Kind am Abend wieder aufstehen zu sehen: ängstlich, an die Latten der Gartenpforte geklammert, den Auszug der Zigeunerfamilie beobachtend. Schmerz empfinden, Sehnsucht, etwas wie eine zweite Geburt. Und am Ende »ich« sagen: Ich bin anders.

Manche, die sie damals kannten, haben sie wirklichkeitsfremd genannt. Wahr ist: Sie kam mit ihrem Geld nicht zurecht. Sie rauchte, kaufte sich teure Seife und konnte sich ohne Sinn und Verstand in eine der neuen HO-Gaststätten setzen und für zehn Mark Bratkartoffeln mit Sülze essen, dabei schnaufte sie vor Behagen.

Dann trank sie, wenn sie ganz verrückt wurde, auch noch Wein, und in ihrer Gesellschaft, wenn sie auf Gesellschaft aus war, war sie nicht wählerisch. Jeden fragte sie aus, schnitt ihm das Wort ab, wenn er abschweifte: Keine Deutung, mein Lieber, die wahre Wirklichkeit, das wirkliche Leben. Wirklichkeitshungrig saß sie in ihren Seminaren und wurde nicht satt von den Lehrmeinungen über Bücher, sah reihenweise die Dichter der Vergangenheit noch einmal ins Grab sinken, da sie nicht genügten, uns nicht. Kaltblütig ließen wir sie hinter uns in ihrer Unvollkommenheit. Christa T., angreifbar durch Liebe und Ehrfurcht, zog sie abends wieder hervor, wenn sie bis zuletzt, bis keiner mehr da war, im Seminar blieb. Die Stimmen, die tagsüber nicht mehr stritten – denn der heftige Streit der früheren Jahre war in Einstimmigkeit übergegangen, Monologe nach dem immer gleichen Textbuch wurden gehalten –, nachts kamen sie in ihr wieder auf. Die Macht der Tatsachen, an die wir glaubten ... Aber was ist Macht? Was sind Tatsachen? Und schafft nicht auch Nachdenken Tatsachen? Oder bereitet sie doch vor? *Der Pilot*, schrieb sie auf den Rand eines Heftes, *der die Bombe auf Hiroshima geworfen hat, ist ins Irrenhaus gegangen.*
Sie machte sich auf den Weg nach Hause. Vor einem Blumenladen in der Innenstadt standen ein Dutzend Menschen, die schweigend warteten, daß um Mitternacht eine seltene, hell angeleuchtete Orchidee für wenige Stunden ihre Blüte entfalten sollte. Schweigend stellte Christa T. sich dazu. Dann ging sie getröstet und zerrissen nach Hause.
Sie erinnerte sich später nicht, wie sie in ihr Zimmer und ins Bett gekommen war. Als sie am nächsten Mit-

tag erwachte, hatte sie eine Klausurarbeit verschlafen. Sie trat ans Fenster und sah, daß nur noch kleine Inseln von Schnee im Vorgarten sich hielten. Bald, dachte sie glücklich ohne Grund, wird es wieder an der Zeit sein, diese Ziersteine abzuwaschen. Sie lachte und sang, sie ging in die Küche zu der Dame Schmidt und überzeugte sie, daß sie nicht umhinkam, mitten in der Woche ein Bad zu nehmen. Die Dame Schmidt ergab sich seufzend – aber nicht vollaufen lassen die Wanne! –, Christa T. lachte immer noch und ließ das Wasser bis an den Rand steigen. Dann zog sie sich frisch an und kaufte für ihr letztes Geld das teure Vogelbuch, das sie schon lange haben wollte. Sie setzte sich in den zerschlissenen Lederstuhl und sah es in Ruhe an. Morgen würde sie sich allerlei Entschuldigungen ausdenken, aber sie war nicht bange, daß sie sie im rechten Augenblick überzeugend zur Hand haben würde.

7

Ein neues Großstadtglück hab' ich gewonnen,
hoch auf dem Dach, die Stadt zu meinen Füßen.
Im Dämmern schon das Häusermeer versponnen,
von Osten noch die schlanken Türme grüßen.

Noch schießen Schwalben kühne Linien, Bogen
am grünen, reinlich kühlen Abendhimmel.
Schon brechen aus den Häusern Lichterwogen,
die Straßenzüge füllt ein schwarz Gewimmel.

Ich stehe, möchte leise für mich singen.
Der Abendwind bringt süße Lindendüfte.
Es wäre schön, die Nacht hier zu verbringen. –
Ich steig' hinab in dunkle Stubengrüfte.

Zwölf, dreizehn Jahre, die noch vor ihr liegen. Soll man wünschen, sie hätte die Formel für sich früher gefunden? Sie wäre ins reine gekommen mit sich? Die Spannung hätte nachgelassen? Die Schwingungen wären flacher geworden zwischen mühelosen, glücklichen Aufschwüngen und schrecklichen Abstürzen? Ich weiß doch nicht ...
Sie hielt dafür, daß man alle Farben gesehen haben soll. Ich aber, der Versuchung ausgesetzt, schön und gut zu finden, alles, wie es ihr nun einmal oder wie es durch sie geschehen ist, ich lege ihr Gedicht vor mich hin, wenn ich Lust auf Zorn habe. Ein loses Blatt, eines, das sich gehalten hat, entgegen seiner Bestimmung, möchte man meinen. Die verlorenen kennt man nicht, hat man auch nicht kennen sollen. Auch dieses hat zu ihren Lebzeiten keiner gesehen. Warum, ist nicht schwer zu erraten. Ihr Geschmack war sicher. Sie hat natürlich die Reime belächelt, das »Häusermeer«, die »Lichterwogen« glatt verworfen, die »süßen Lindendüfte« bemängelt. Immerhin hätte auch sie nichts sagen können gegen die Einfachheit des Ganzen, gegen den Ton wahrer Empfindung. Nichts könnte rührender sein als der Punkt am Ende der Strophe. Vier Punkte gleich in der letzten, und zwischen dem dritten und vierten der Gedankenstrich: Zwischen dem Wunsch und seiner Überwindung, zwischen Sehnsucht und Zurückweisung der Sehnsucht. *Es wäre schön, die Nacht*

hier zu verbringen. – Ich steig' hinab in dunkle Stuben-
grüfte.

Zufall? Ein Versprechen? Sollte dies, einmal, wenn auch unbeholfen, aus dem rohen Stoff herausgearbeitet, sie nicht weiter und immer wieder gereizt haben? Zwölf Zeilen, verblaßte Tinte auf einem losen Blatt, zum Verlieren bestimmt, doch nicht verloren.

Sie hat sich treiben lassen. Noch dreizehn Jahre. Vier Wohnorte. Zwei Berufe. Ein Mann, drei Kinder. Eine Reise. Krankheiten, Landschaften. Ein paar Menschen bleiben, ein paar kommen hinzu. Dafür reicht die Zeit. Was ihr fehlte, war Zeit. Wie aber könnte man das mit Gewißheit sagen?

Zum Glück treibt das Leben selbst die Romanhandlungen an, allerdings nur infolge der seltsamen Inkonsequenz unserer Seele. Ein romantisches Motiv aus ihren Studententagen: Kostja, so nannte sie ihn. Kostja oder die Schönheit.

Das Muster schimmert durch.

Was fehlt der Welt zu ihrer Vollkommenheit? Zunächst und für eine ganze Weile dies: die vollkommene Liebe. Und wenn es nur wegen unserer Erinnerungen wäre, für die man beizeiten zu sorgen hat, und wenn es, zunächst jedenfalls, nur zum Schein wäre. Wer hat da Liebe gesagt? Liebe verbirgt man, unglückliche Liebe verschließt man in sich wie eine üble Krankheit, aber diese beiden, man muß lächeln, wenn sie zusammenstehn. Kann ja auch, zum Spaß natürlich, beiseite treten, laß sie sich aussprechen, sie kriegen ja nicht genug davon. Es ist ja nichts. Noch den unschlüssigen Blick von Kostja auffangen, Leute, er ist der Sache nicht gewachsen, soll er zusehen, wie er zurechtkommt.

Er ist, freilich, ein wenig zu schön.

Und wenn es zuerst nur die Augen waren, die nicht mehr loskamen. Wie er ihr gefiel! Er durfte den Kopf nicht drehen, wenn er neben ihr saß, sie knurrte, weil sie sein Profil sehen wollte. Da hielt er still, obwohl sie doch beide wissen mußten: Das Ganze ist ein Mißverständnis, so wie es ein Mißverständnis ist, daß wir zum Glück gemacht sein sollen. Solche altklugen Reden führten sie, denn ernst sollte es ja nicht werden. Wir lassen uns nicht zwingen, das ist ausgemacht, am wenigsten von uns selbst. Wenn ich dich liebe, was geht's dich an. Halt du nur still, sitz du nur neben mir, laß dich nur anschaun, dreh du nur den Kopf nicht weg, dann knurr ich. Zwingen will ich dich nicht. Wir wollen nebeneinander hergehen.

So arglos war er wieder nicht, aber er ging darauf ein. Ein schönes Spiel, Übung für schwebende Stunden, haarscharf am Rande der Wirklichkeit. Die Luft in Schwingung bringen, die wirkliche Berührung vermeiden. Das Gefühl zügeln. Wenn da aber kein Gefühl ist? Ach, sie war, immer noch lächelnd, längst verstrickt. Die Sinne waren von den Augen geöffnet, das Abenteuer fand statt, die seltsamste ihrer Lieben, die körperloseste. Aber das Grundmuster schimmert durch: Hingabe, was immer daraus folgt. Mangel an Vorsicht und Zurückhaltung. Das Erlebnis bis auf seinen dunklen Rest. Wenn schon Spiel, dann mit hohem Einsatz.

Nun hab ich dich durchschaut, sagt er eines Tages, welche Komödie spielst du mir vor! Da weiß sie, daß er fürchtet, sich selbst zu begegnen, die Komödie seiner Eitelkeit zu durchschauen, die sie liebt – das ist das Wort: liebt – und nicht verlieren kann, da lacht sie: Wenn ich spiele – was kümmert's dich? Und hat ihm die Leichtigkeit zurückgegeben, die Unverantwortlichkeit, die Bestätigung seiner Makellosigkeit, die er braucht. Seine Moral als Waffe, seine Keuschheit als Panzer, weil die ganze Welt ihn mit unendlichen Farben und Formen und Gerüchen bedroht, die er nicht aushielte. Sie aber, waffenlos, ausgeliefert, hält stand, lächelnd, spielend, verwundet von Liebe.

Bettinen, sagt er, und Anetten gibt es nicht mehr, solltest du das nicht wissen?

Das heißt? fragt sie ihn.

Daß du unzeitgemäß bist.

Ja, sagt sie. Das kann sein. Dann werde ich nicht lange leben. Du aber, mein lieber Kostja, wirst sehr alt werden, das soll kein Vorwurf sein. Lach doch. Ich lach ja auch. Mal hab ich einem drei Fragen gestellt, drei Proben. Eine fast richtig und eine gar nicht und eine falsch beantwortet, mehr kann man wohl nicht verlangen. »Vollständig« hat er immer gesagt, ich kam aus dem Staunen nicht heraus.

Sie sind zum Stausee gefahren, und er liegt neben ihr, sie kann zu ihm sprechen wie zu sich selbst: Das ist aus dem allen doch herausgekommen. Sie schwimmen und rudern, sie legen sich auf den Rücken, schließen die Augen, das Blau ist nicht auszuhalten und macht ein Ende mit der Komödie. Das ist der Tag, kein Irrtum denkbar, und er muß es wissen. Er schweigt. Sieht zu, wie das Schweigen sich steigert auf einen unerträglichen Punkt. Da stützt er sich auf den Ellenbogen, da sagt er: An einem Tag im schönen Mond September ...

Die ganze Geschichte von einer gewissen Marie A., halbblau, mit einem Lächeln, das weiß, was es tut und sich entschuldigt und noch Verständnis verlangt, daß es nicht anders kann.

Du aber, wenn du mein Gesicht nicht mehr weißt, wirst wissen, dieses Gedicht hab ich ihr aufgesagt, da und da, an einem blauen Tag im September. Und der Dichter, der dir einfiel, hat vor langen Jahren für dich mit allen deinen Mädchen geschlafen, auch mit mir, ach Kostja ... Alles, alles hast du in deinen Büchern schon erlebt, die Wirklichkeit könnte dich nur noch beschmutzen. Ich aber weiß nichts, ehe ich es nicht probiert habe.

Sein Gesicht nahe vor dem ihren, sagt sie: Ach, Kostja. Die Marie A., wenn sie dir übern Weg liefe, sie wär ja nichts als ein verworfenes Frauenzimmer, und du machtest einen Bogen um sie. Aber es gibt sie, ja, es gibt sie ja immer in Wirklichkeit, ehe sie ins Gedicht kommt und du sie nun ruhig bewundern kannst ... Hagestolz, sagt sie, denn nun will sie ihn auch verletzen. Aber er ist schuldbewußt und großmütig und erwidert immer nur: Ich weiß.

Die eine, sagt sie, die eine einzige, für die du dich aufhebst: Sie allerdings gibt es nicht. Man muß sie sich machen. Die einfachsten Dinge verstehst du nicht ...

Ich weiß, sagt er reumütig, und sie sieht seinen Augen an, daß ihm hundert Verszeilen durch den Kopf gehen, für jeden ihrer Sätze eine. Daß er nicht aufhören kann, ihnen zu lauschen und ihre wirklichen, aber unvollkommenen Sätze an ihnen zu messen. Eines Tages, sieht sie, wird er das eine mit dem anderen vertauschen: die Verse, nun Wirklichkeit geworden, und der Mensch, der ihm begegnet, ihnen allenfalls ähnlich: Wie das Leben selbst, wird er erstaunt und befriedigt denken.

Zehn Jahre später wird er ihr einen Brief schreiben. Sie wird schon krank sein, der Gedanke an den Tod wird sie schon berührt haben, aber noch ist Hoffnung, der Tag am Stausee ist allerdings sehr fern. Sie wird den Brief lesen wie eine alte, fast vergessene Geschichte, und ich werde seinen Brief mit ihren übrigen Papieren bekommen. Er möge mir verzeihen, ich habe ihn gelesen. Das würde ich wieder tun, mit und ohne Verzeihung, mit und ohne ein Recht dazu. Nicht ohne Schuldgefühl, nicht ohne den Wunsch, mein Eindringen zu bezahlen. Mit Gerechtigkeit, soweit das möglich ist.

Nun ja, das Mädchen, das in seinem Brief auftritt, als seine Frau, hat es gegeben, kleine Schwester, blond, schutzbedürftig. Schutz vor allem gegen sie, Christa T. Auch darin hat sie ihn von Anfang an durchschaut. Inge mußte sie heißen, die blonde Inge, beziehungsreicher Name. So stellte er sie ihr vor, mit beziehungsreichem Lächeln, und sie verstand: Man würde in Zukunft zu dritt sein. Daran war nichts zu ändern. Sie liebte, er hatte sie in der Hand. Besser gleich den Sprung tun als viele kleine schmerzhafte Schritte: Kleine Schwester, sagte sie leise, und zum erstenmal sah sie in seinen Augen etwas wie Bewunderung. Warum es später doch zuviel für sie wurde, läßt sich vermuten mit einem hohen Grad von Wahrscheinlichkeit, so daß ich nicht zögere, es als wahr und wirklich wiederzugeben. Kostjas Brief spielt, in gebotener Zurückhaltung, auf die Vorgänge an, oder wie man es sonst nennen will, und ihr Zeugnis ist ihr Tagebuch. In beiden allerdings haben die Ereignisse andere Spuren hinterlassen, auf andere Weise machen sich die geheimen Manipulationen und Ausflüchte der Erinnerung geltend, anders geht bei jedem die eilfertige, gefährliche Arbeit des Vergessens vor, so daß man, je nach dem Zeugen, dem man sich anvertraut, die Spuren leugnen oder sie übertreiben kann: Das wären, soviel ich sehe, die Vorbehalte, die gegen mein Verfahren gelten könnten und gegen die sich zu verteidigen sinnlos wäre. Es sei denn ... Immer gibt es ein »Es sei denn«.

Wie man es erzählen kann, so ist es nicht gewesen. Wenn man es aber erzählen kann, wie es war, dann ist man nicht dabeigewesen, oder die Geschichte ist lange her, so daß einem Unbefangenheit leichtfällt. Allein daß man trennen muß und hintereinanderreihen, um es erzählbar zu machen, was in Wirklichkeit miteinander vermischt ist bis zur Unlösbarkeit ... Dies war, soviel ich sehe, immer der Fall bei ihr, Christa T. Niemals hat sie auseinanderhalten können, was nicht zusammengehört: den Menschen und die Sache, für die er eintritt, die nächtlichen unbegrenzten Träume und die begrenzten Taten im Tageslicht, Gedanken und Gefühle. Man sagte ihr, daß sie naiv sei, das wäre das mindeste. Frau Mrosow sagte es ihr, die Direktorin der Schule, an der wir unsere praktischen Übungen abhielten. Sie standen im Lehrerzimmer am Fenster, Kostja war dabei, aber er hielt sich im Hintergrund.

Übrigens ging es um den sommersprossigen Günter, es war eine alberne Affäre, jedenfalls hat Kostja sie zehn Jahre später in seinem Brief an Christa T. so genannt. Die Mrosow sei nun mal bei bestimmten Anlässen losgaloppiert wie ein alter Zirkusgaul, der die Trompete blasen höre, dagegen hätte niemand was machen können. Nun muß man aber wissen, was Christa T. natürlich wußte, daß Kostja und Günter alte Freunde waren von ihrer Schulzeit her, aus ihrer gemeinsamen Kindheit in der Chemnitzer Gegend.

Aber von dieser Seite kommen wir an die Geschichte nicht heran. Denn eine richtige kleine Geschichte war es, wie ich jetzt merke, mit Einleitung, Hauptteil, Höhepunkt, Umschlag und schnellem Abfall, mit Kabale und Liebe, bloß wir haben es, da wir mitten darin steckten, nicht gesehen. Da sie erzählbar geworden ist, scheint sie hinter uns zu liegen ...

Kurz und gut: Die Liebe hatte den Günter zu Fall gebracht. Als wir Kostja mit der blonden Inge sahen, dachten wir natürlich, zwischen ihr und Günter könnte nichts Ernstes gewesen sein, damit beruhigten wir uns schnell, denn Liebe, das war unsere Überzeugung, ging gegen seine Natur. Ich weiß nicht, wie es mit der Liebe im allgemeinen ist – er blieb ja unverheiratet bis heute –, die blonde Inge jedenfalls schien nicht gegen seine Natur zu gehen. Da kam Kostja und nahm sie im Vorbeigehen mit, noch dazu als dritte zu einem Paar, das doch schon – seltsam oder nicht – feststand. Dies alles nach klassischen Mustern, Gott weiß, welche Beispiele Kostja dazu einfielen. Bloß Günter schien alles direkt zu nehmen, auch wenn man ihm nichts anmerkte – es sei denn, daß er noch eine Spur steifer und prinzipienfester wurde. Dabei muß er allmählich ganz außer sich geraten sein. Das aber bestritt Kostja Christa T. glatt ins Gesicht, am Fenster im Lehrerzimmer, in Gegenwart von Frau Mrosow. Er hat den Kopf verloren, sagte Christa T., und ich denke, du weißt, warum. Worauf Kostja schwieg und Frau Mrosow, die jede Handlung und jede Regung Kostjas gespannt verfolgte, eben jenen Satz sagte. Sie sind naiv, und das ist das mindeste.

Sie sah nämlich in Günters Affäre alle Zutaten zu einem Fall, und sie wußte wirklich nicht, was sie hindern sollte, diese Zutaten zusammenzurühren und vor die Gruppenleitung zu bringen, schon fertig angerichtet, so daß man den Brei nur noch schlucken konnte. Was dann auch geschah. Günter wurde seiner Funktion enthoben. Vor der Versammlung sagte er, ja, er habe große Fehler gemacht, ja, die Kritik bestünde zu Recht, er habe es erst nicht einsehen wollen. Er werde versuchen, die tieferen Ursachen für sein Versagen in sich selbst zu suchen. An jenem Abend ging es Christa T. zum erstenmal um Günter, so lange war es um Kostja gegangen, immer nur um ihn.

Übrigens haben wir alle dabeigesessen, auch Kostja, auch die blonde Inge und Christa T., denn Günter hielt seine Prüfungsstunde vor großem Auditorium. Wir beneiden ja manchmal die Alten um ihre großen Gelegenheiten, die Reden auf dem Forum, »Doch Brutus ist ein ehrenwerter Mann«, die Duelle vor allem, was damals zur Welt gehörte, »Den Dank, Dame, begehr' ich nicht«. Und verließ sie zur selbigen Stunde. Uns bieten die großen Gelegenheiten sich an, wir ergreifen sie oder lassen sie vorbeigehen – aber niemals trauen wir sie uns zu. Auch Günter hat sie sich nicht zugetraut, das ist verständlich: Was wäre eine Prüfungsstunde gegen die Rede Mark Antons auf dem Forum? Was Kostja gegen Brutus, was die Klasse 11 der Pestalozzi-Oberschule und Günters Mitstudenten gegen die versammelten Bürger von Rom? Günter hatte den Ablauf seiner Stunde genau nach den Ausarbeitungen geplant, die Frau Mrosow ihm gegeben hatte. Und auch die Schüler, schien es, kannten diese Ausarbeitungen. Jedenfalls gingen sie widerstandslos und willig auf das Frage-und-Antwort-Spiel ein, das unfehlbar zu dem Ziel dieser Stunde führen mußte. Das Ziel war aber: Arbeiten Sie anhand von Schillers »Kabale und Liebe« den Vorrang der gesellschaftlichen vor den persönlichen Motiven im Verhalten Ferdinands heraus.

Dahin ist Günter nicht gekommen.

Wir erinnerten uns später nicht mehr genau, wann es anfing. Vielleicht hat ihn schon jenes hübsche braunäugige Mädchen erbittert, das, ohne mit der Wimper zu zucken, die Luise Millerin ein bißchen überspannt fand, mit einem Wort: bürgerlich. Unglückliche Liebe sei, in der neuen Gesellschaft, kein Grund mehr, sich umzubringen. Alle waren sich einig: So weit hatten wir es schon gebracht. Ja, dies war wohl der Umschlagpunkt, von da an ging es rasend bergab, Günter hatte seine große Gelegenheit, und er ergriff sie. Wir alle haben ihn stürzen sehen, und er selbst, während er für die Tragödie in der modernen Liebe stritt, während er seine Schüler bis zum Unglauben verwirrte und Frau Mrosow bis zum Zittern empörte, er sah selbst auch, wie er fiel, und er versuchte nicht umzukehren. Er wußte, was er tat, er wartete nicht die Auswertung der Stunde ab, mit dem Klingelzeichen raffte er seine Bücher zusammen und ging.

So kam Christa T. zu Frau Mrosow und Kostja ins Lehrerzimmer, aber Kostja war vor ihr dagewesen, und als Christa T. eintrat, fuhren die beiden auseinander. Frau Mrosow hing an Kostjas Lippen, jeder wußte es, und die besten Witze darüber machte Kostja selbst, bis keiner mehr Spaß darin fand, eine alleinstehende Frau, die hinter sich hatte, was keiner von uns sich überhaupt nur vorstellen konnte, Proben bestanden hatte, die uns sagenhaft vorkamen, so eine Frau zu bewitzeln. Wir hatten auch zu schweigen, wenn sie sagte: Sie sind naiv, das ist das mindeste.

Günter aber würde nicht als Günter abgeurteilt werden, sondern als Beispiel, wohin ein Mensch gerät, der dem Subjektivismus verfällt. So ist es auch gekommen, der Mensch Günter und der Fall des Subjektivismus wurden voneinander abgetrennt, und Frau Mrosow war die erste, die nach der Versammlung, nachdem alle Hände hochgegangen waren – auch meine, auch die von Christa T., von Kostja und von der blonden Inge –, Frau Mrosow war es, die zu Günter ging, ihm die Hand gab und ihn sogar um die Schulter faßte. Er hielt sich steif, aber er hielt sich.

Soweit, um den Tatsachen Genüge zu tun, die Handlung. Die Wahrheit aber ist das nicht. Jetzt kann man es ja ruhig sagen, und wahrhaftig, Kostja hat es geschrieben in diesem Brief an Christa T., den ich gelesen habe: Manchmal, schrieb er, spricht alles gegen einen, und man kann sich nicht verteidigen, und doch ist man nicht schuldig. Jedenfalls nicht so, wie alle denken. – Damit hat er nicht Günter gemeint, sondern sich selbst. Jetzt, nach zehn Jahren, hat Christa T. ihm zweifellos recht gegeben: Als über Günter verhandelt wurde, war Kostja schon nicht mehr schuldig. Denn in jener Stunde, da Günter sich um Kopf und Kragen redete um seiner Liebe willen, hat Kostja angefangen, die blonde Inge wirklich zu lieben, und so hat er die Lippen nicht mehr aufgekriegt zu dem Eingeständnis: Ja, ich hab sie ihm weggenommen, bloß aus Spaß, und er hat darüber den Kopf verloren. Sondern hier sollte kein Spaß, kein Versehen, hier sollte Schicksal im Spiel sein, und Günter hat dagegen nicht aufgemuckt, daß Kostja schwieg. Da stand der denn wie ein Feigling, und wir alle haben nichts anderes gedacht. Ich würde es heute noch denken, wenn ich nicht seinen Brief gelesen hätte und den Satz darin: Inge, meine Frau, ist jahrelang krank gewesen. Mir ist deshalb nicht alles so gegangen, wie es sollte. – Doch aus dem Ton des Briefes spricht, daß ihm nichts leid tut.

Wieviel Christa T. in jener Prüfungsstunde gesehen hat – ich weiß es nicht. Ich weiß, wie sie sich an jenem Tag von Kostja verabschiedet hat, unter einer Linde, die vor der Schule stand. Er kehrte wieder den kalten Spötter heraus: Wir wollen Abschied nehmen unter diesem Baum, die Liebe war ein schöner Traum . . . Schreib das auf, sagte er noch, schreib alles auf – das willst du doch? Sie gingen nach verschiedenen Seiten auseinander, auch die Abschiedsmusik fehlte nicht. Aus einem Fenster kam ein Lied: Jetzt kommt der Sommer in das Land, fahr hin mit deinem falschen Sinn . . .

Du hast es nicht gewollt.

Das Lied, das so widerwärtig paßte, schloß freilich mit einer neuen Liebe.

Sie sind so blaß, sagt die Dame Schmidt, als sie am Abend nach der Versammlung nach Hause kommt, krank werden Sie mir doch nicht werden? Die Dame Schmidt sieht empfindsame Filme sehr gerne, aber seelische Schmerzen in der Wirklichkeit sind ihr ein Greuel. Was also, wenn die eigene Untermieterin in ihrem Zimmer hockt und nicht ißt und nicht trinkt?

Vorerst aber, am selben Abend noch, hat Christa T. einen Brief an ihre Schwester geschrieben.

Wann – wenn nicht jetzt?

So beginnt der Brief, den ich gerne unterschlagen hätte, denn er wurde nicht abgeschickt, und außer ihr und mir kennt ihn niemand. Also nur noch ich. Am nächsten Morgen schon begann das, was die Dame Schmidt respektvoll ihre »Krankheit« nannte, das Herumsitzen und Sich-nicht-Rühren, zwei Tage lang, knapp, daß man ein Stück Brot in sich hineinbrachte, bis der junge Mann kam, nein, nicht der schöne junge Herr mit dem vornehmen Wesen, der andere, sommersprossige, sie hat ihm nur schnell im Flur ein paar Worte zuflüstern können, er war sehr höflich, auch zu einer einfachen Frau, und dann ging er schon ins Zimmer, lange hat man nur ihn sprechen hören. Bis das Fräulein zu weinen anfing, da konnte man aufatmen, nicht wahr? Am nächsten Tag hat er sie dann ja auch zur Bahn gebracht.

Der Brief blieb in ihrem Tagebuch liegen bis heute.

Ich habe nämlich gar nicht gemerkt, als sie ziemlich lange vor den Semesterferien auf einmal verschwand und nichts von sich hören ließ. In dem Brief steht aber, daß sie sterben wollte und sonst zu nichts Lust hatte. Wie konnte einer, den man fast jeden Tag sah, unversehens auf Sterben verfallen?

Ich muß diesen Brief leider mitteilen, weil man niemals für möglich hält, daß diese Briefe geschrieben werden. Ich erfinde ihn nicht, aber ich erlaube mir, ihn zu kürzen, zusammenzurücken, was bei ihr verstreut ist.

Liebe Schwester, schrieb Christa T., im Frühsommer dreiundfünfzig. Wann – wenn nicht jetzt?

Du weißt, wie das ist: Die Zeit geht schnell, aber an uns vorbei. Diese Atemlosigkeit oder diese Unfähigkeit, tief einzuatmen. Als ob ganze Teile der Lunge seit Ewigkeit nicht mehr mittun. Kann man aber leben, wenn ganze Teile nicht mittun?

Welch eine Vermessenheit: Man könnte sich am eigenen Zopf aus dem Sumpf ziehen. Glaub mir, man bleibt, was man war: lebensuntüchtig. Intelligent, nun ja. Zu empfindsam, unfruchtbar grübelnd, ein skrupelvoller Kleinbürger ...

Gewiß, Du erinnerst Dich unserer Losung, wenn einer von uns mal den Kopf hängenließ: Wann – wenn nicht jetzt? Wann soll man leben, wenn nicht in der Zeit, die einem gegeben ist? Damit brachten wir uns immer wieder hoch. Jetzt ach, könnte ich es Dir schildern ... Mir steht alles fremd wie eine Mauer entgegen. Ich taste die Steine ab, keine Lücke. Was soll ich es mir länger verbergen: Keine Lücke für mich. An mir liegt es. Ich bin es, der die notwendige Konsequenz fehlt. Wie ist mir doch alles, als ich es zuerst in den Büchern las, so sehr leicht und natürlich vorgekommen.

Ich weiß nicht, wozu ich da bin. Kannst Du verstehen, was das heißt? Ich erkenne alles, was falsch an mir ist, aber es bleibt doch mein Ich, ich reiß es doch nicht aus mir heraus! Und doch. Einen Weg kenn ich, den ganzen Jammer auf einmal und von Grund auf loszuwerden ... Ich kann meine Gedanken nicht mehr davon losmachen.

Eine Kälte in allen Sachen. Die kommt von weit her, durchdringt alles. Man muß ihr entweichen, ehe sie an den Kern kommt. Dann fühlt man sie nicht mehr. Verstehst Du, was ich meine?

86

Menschen, ja. Ich bin kein Einsiedler, Du kennst mich. Aber kein Zwang darf dabeisein, es muß mich zu ihnen drängen. Dann wieder. muß ich allein sein können, sonst leide ich. Ich will arbeiten, Du weißt es – mit anderen, für andere. Aber meine Wirkungsmöglichkeiten sind, soviel ich sehe, schriftlicher, mittelbarer Natur. Ich muß mich mit den Dingen in Stille, betrachtend, auseinandersetzen können ... Das alles ändert nichts, unlösbarer Widerspruch, an meiner tiefen Übereinstimmung mit dieser Zeit.

Doch schon der nächste Schlag – wie wenig, wüßtest Du es, genügt, für mich ein Schlag zu sein! – kann mich endgültig an den Strand werfen. Aus eigener Kraft finde ich dann nicht mehr zurück. Ein Leben mit anderen Gestrandeten würde ich nicht führen, das ist das einzige, was ich sicher weiß. Ehrenvoller, ehrlicher ist immer noch der andere Weg. Auch stärker.

Bloß den anderen nicht zur Last fallen, die weitergehen werden, die recht haben, weil sie stärker sind, die sich nicht umblicken können, denn sie haben keine Zeit.

Hätte ich ein Kind, schrieb sie noch.

Da bricht der Brief ab.

Und jetzt wird man mich ja nicht mehr fragen, warum ich ihn zurückhalten wollte.

Ich frag mich selber.

Nur, weil man ihn nicht wird lesen wollen? Was ich verstehen würde. Gewiß, man kann auch aus Stärke schweigen. Doch es gibt Narben, die nur noch schmerzen, wenn man zu wachsen gezwungen ist. Soll man sich still verhalten aus Angst vor diesem Schmerz?

Warum nur habe ich sie damals nicht vermißt? Womit waren wir denn so sehr beschäftigt?

Ja, auf Versuchungen hat sie sich verstanden. Damals also ist sie in der Versuchung gewesen zu gehen. Da sie in der Welt nicht zweifeln konnte, blieb ihr nur der Zweifel an sich. Die Furcht, das könnte ihre Welt ein für allemal nicht sein. Die Unvermeidlichkeit des Bestehenden hat ihr angst gemacht. Da hat sie sich auf Zeichen, fast wortloses Klagen verlegt: Ein Kind. Später leben. Ach, tüchtig sein. Festhalten. Durchkommen ...

Ganz gerne hätte ich den Brief ausgelassen, oder wenigstens gemildert, aber was hätte es mir genützt, da ich ihn kannte? So hat er sich wie von selbst an die Stelle gesetzt, die ihm zukommt. Meine Abwehr ist nicht verschwunden, aber beiseite gerückt. Dies ist also, unvermutet, der Ort, ihrer Herr zu werden.

Von Krankheit kann man immer sprechen. Todeswunsch als Krankheit. Neurose als mangelnde Anpassungsfähigkeit an gegebene Umstände. So der Arzt, der das Attest für die Universitätsbehörden schrieb. Am besten, mein Fräulein, Sie kommen zu mir in die Therapie. Sie werden begreifen müssen, worauf es ankommt. Bei Ihrer Intelligenz ... Sie werden sich anpassen lernen.

Christa T. schickte das Attest an das Dekanat und sah den Arzt nicht wieder. Sie fuhr in das Dorf zurück. Sie legte den Stoß Bücher auf die linke Seite des Tisches, sie kontrollierte, ob die Aussicht dieselbe geblieben war, siebzehn Pappeln, eine Handbreit höher als vor vier Jahren. Sie heftete in Augenhöhe einen Tagesplan an die Wand, ihre Tage sollten ein Gerippe haben, das sie hielt.

Nachts träumt sie. Sie gleitet in Schlaf, wie man in einem Fahrstuhl auf Grund fährt, nur daß das Wasser nicht dunkler wird, sondern heller, am Ende taghell, wie flüssige Luft. Man stößt sich ab und schwebt: Zu schön, um Schlaf zu sein. Sie beschließt, schlafend: Ich schlafe nicht. Daß ich schwebe, ist nicht verwunderlich, wenn man es sich so lange gewünscht hat. Was geschieht, soll gelten. Kostja, da ist er ja, wie sich alles fügt. Wir treiben aufeinander zu, sieh selbst, daß ich keinen Finger rühre. Wie wir es uns immer gewünscht haben. Jetzt mußt du mich noch ansehen, das weißt du sicher, es gehört dazu. Gleich wirst du es tun. Wohin blickst du denn?

Dann sah sie das Mädchen. Kleine Schwester, dachte sie zärtlich. Wie blond sie ist, wie schutzlos. Oh, wie gefährlich in all ihrer Schutzlosigkeit, daß er sie immer ansehen muß. Daß ich aus dem Weg gehen muß, beiseite treten. Weinen. Kann man im Schlaf denn weinen? Ich schlafe ja, und ich kann und kann nicht wach werden, obwohl ich das Wichtigste vergessen habe – was war es bloß? Die Tür verriegeln, das ist es. Dann käme der Schmerz nicht herein. Aber er kommt, diese ganze flüssige Luft ist in Wirklichkeit Schmerz. Ich schlafe, und was geschieht, gilt.

Aber sie war nicht geschaffen, sich aufzugeben, wenn sie auch die Fähigkeit hatte, geschlagen zu werden. Sie hatte auch eine zähe Kraft, wieder hochzukommen. Boden gewinnen, zentimeterweis. Das erste, sich der Kräfte zu versichern, die, trotz allem, geblieben sind. Die Pappeln, hinter denen jeden Tag die Sonne sinkt, ob ich es sehe oder nicht, ob es mich freut oder quält. Da sind auch die Kirschen wieder, da der Teich. Abends die Frösche. Kilometerweit fahren mit dem Rad über Land. An den Zäunen stehn und mit den Leuten reden.

Etwas tun, mit meinen Händen arbeiten, daß ich es sehen kann: die Bank zimmern, die hier stehen bleibt und auf der noch meine Kinder sitzen werden. Das Beet umgraben, das Unkraut aus den Erdbeerreihen ziehn. *Sinne, liebe Sinne.*

Sie gibt kaum Zeichen nach außen, *alle Korrespondenz ist mir so lästig.* Augentier, sagt sie zu sich. Warum kann der Verstand nicht sehen, hören, riechen, schmecken, tasten? Warum dieses Auseinanderfallen in zwei Hälften? Hätte ich einen Beruf, bei dem man anfassen kann, was man gemacht hat. Mit Holz umgehen müßte schön sein. Auch mit Wasser ...

Sie geht, in tapfersten Stunden, so weit, sich nicht mehr nur zu verwerfen: *Mein Denken ist dunkler, merkwürdig mit Empfindungen gemischt. Muß es deshalb falsch sein?* Dann wieder, beim kleinsten Versagen, schrecklicher Rückfall: *Wie dünn die Decke ist, auf der ich gehe. Wie lange noch?*

Niemanden geht sie um Hilfe an, kämpft um sich mit sich selbst, sieht auch keinen anderen Widersacher. Da mag sie so unrecht nicht gehabt haben. Sie weiß nun: Das kann Vorspiel gewesen sein, jetzt erst wird es ernst. Dieses Gefühl erreicht uns schubweise, der erste Schub schien sie umzuwerfen, der Schein trog.

Anpassen lernen! Und wenn nicht ich es wäre, die sich anzupassen hätte? – Doch so weit ging sie nicht.

Ein gewöhnlicher Sommer, der nicht verlorengehen darf. Sie hat so viele Sommer nicht mehr, wir haben kein Recht, ihr diesen zu entziehen. Sie selbst, da darf man sicher sein, hätte ihn nicht hergegeben. Da sollten wir nicht die Sicherheit haben, an ihm teilzunehmen, heute? Damals hat sie keinen Grund gesehen, auf sich aufmerksam zu machen, auch keine Möglichkeit, möchte ich annehmen. Wir hatten uns daran gewöhnt, nur auf starke Zeichen zu achten. Da mußte schon geschrien werden oder gestorben oder geschossen. Heute, obwohl doch die Zeit nicht stiller geworden ist, sehen wir eher eine Trauer, die nur in den Augen sitzt, oder eine Freude daran, wie einer geht. Wie sie läuft, Christa T., hinter dem riesigen weißroten Ball her, den der Wind den Strand entlangtreibt, wie sie ihn einholt, laut lacht, ihn packt, ihrer kleinen Tochter zurückbringt, unter unseren Blicken, die sie fühlt und mit einem Seitenblick beantwortet, nicht im Zweifel über unsere Bewunderung. Justus, ihr Mann, tritt auf sie zu, greift ihr ins Haar, zieht ihren Kopf nach hinten, he, Krischan. Sie lacht und schüttelt sich. Da können am ganzen Strand alle Leute zusehen, wie sie mit Klein-Anna Große-Schritte-Machen übt und dazu, braun und schlank, das ganze Meer, das leicht schäumt, und den blassen Himmel darüber als Hintergrund benutzt. He Justus, ruft sie.

He Krischan.

Ja, sagt sie zu uns. Am Meer wohnen!

In der letzten Zeit, sagt Justus, muß sie oft an diesen verfluchten Spökenkieker gedacht haben, an den sie damals geraten ist. Er hat ihr angeblich gesagt: Sie sterben früh. Das hat sich festgehakt, du konntest nichts machen.

Aber ich würde vielleicht etwas darüber in den Papieren finden, die er mir bringe. Für ihn sei es, sagte er, noch zu früh, sie anzusehen.

Auch für mich war es zu früh, das mußte ich zugeben. Ich begann zu lesen, als Justus gegangen war, hörte auch den Tag nicht mehr auf und fing, als ich am Ende war, wieder von vorne an, Heft für Heft, Zettel für Zettel, Manuskript für Manuskript, in der Reihenfolge, in der sie geschrieben waren. Dabei verglich ich jeden Satz mit meiner Erinnerung. Auf das Äußerste entmutigt, wollte ich von meinem Vorhaben zurücktreten und, wie es das Natürlichste war, Trauer walten lassen.

Nur stand es mir nicht mehr frei, davon war schon die Rede. An die unbekannte Hinterlassenschaft einer längst vergangenen, dem Bewußtsein der Nachwelt entrückten Gestalt zu geraten kann ein seltener Glücksfall sein. Das Vermächtnis einer – wenn es nur mit rechten Dingen zugegangen wäre – Lebenden auf dem Hals zu haben, schien mir damals ein besonderer Unglücksfall, nicht gerade aufgehellt durch den Doppelsinn des Wortes »entledigen«: Ich entledige mich ihrer, ich rücke sie weg, unaufhaltsam geht sie ein in den Namen, den ich ihr gegeben habe: Christa T., während ich mit der Bitterkeit fertig werden muß, daß Leben – Leben ist und Papier bleibt Papier, schwacher Abdruck. Wen bedrückte das nicht?

Dann wollen wir schon unsere Trauer von uns abtun und sie nehmen und sie wirklich vor uns hinstellen, die längst Verblichene, Gestalt aus fernen Tagen, dann wollen wir schon uns zu staunen trauen: daß es sie gab. Dann wollen wir sie schon annehmen, die angegilbte Hinterlassenschaft: Was die Zeit nicht kann, übertragen wir unseren Gedanken. In Gedanken nämlich sehen wir ihr schon eine ganze Weile zu, wie es sie umhertreibt, auf ein Ziel zu, das sie juckt, aber noch widersteht sie. Wir aber, zusehend, schieben die Unterlippe vor, denn wir finden, was sie vorhat und also gewiß tun wird – denn diese Art unvernünftiger Vorhaben richtet man sich immer ein, frag bloß nicht, wie, frag bloß nicht, mit welchen Ausreden bei sich selbst: Also, wir finden ihren Plan bedenklich. Da heißt es schon »Plan«, ist aber doch erst ein Gerücht in den Dörfern: In Niegendorf hat sich einer niedergelassen, der hat den Blick. Durch die Nase schnauben und meiner Wege gehen, nur daß dieses Gerücht gerade jetzt aufkommt oder gerade jetzt zu mir kommt, ist ärgerlich. Wieso denn? Willst du etwa ...?

Von Wollen konnte ja gar keine Rede sein. Bloß daß man in diesen Wochen – nun ja, wie drückt man es aus? – schwach war, ein bißchen anfällig für Überirdisches. Rückfall, registriert sie bei sich. Rückfall – na und?

Da hörte sie – denn man hört ja, worauf man aus ist –, daß ein Trüppchen sich sammelt. Wallfahrertrupp, sagt sie zu Frau Kröger, die versteht aber nicht: Der plötzliche Tod einer Frau, der der »Generool« aus Niegendorf ein Unglück geweissagt hat, hat sein Ansehen sehr gehoben. Nun ist es an der Zeit, daß sich zu ihm auf den Weg macht, was mühselig und beladen ist.

Noch Platz? fragt Christa T. da wohl beiläufig. Dann käm ich mit. So was muß man auch mal gesehen haben. Das wäre die Ausrede für sich selbst.

Ein Kastenwagen in aller Herrgottsfrühe. Vater Fuchs, der ein unheilbares Leiden hat. Die Krögern eben, die ja vielleicht doch noch etwas über ihren vermißten Mann zu hören kriegt. Das magere Fräulein Feensen, überfällig seit einigem, der kann nur noch der Hexer einen Bräutigam zaubern. Noch ein paar Leute dieser Art. Ein bißchen wundern sie sich ja, nicht zuviel. Was führte die Lehrerin zum Generool? Ein Leiden doch wohl nicht, das dürfte man wissen. Vertrackte Liebe? Oder die Krankheit des Vaters? Der wird ja weniger von Tag zu Tag, und sie soll an ihm hängen. Frau Kröger seufzt. Nicht jeder Christenmensch trägt sein Kreuz für jedermann sichtbar.

Die Kreisstadt. Wer noch aussteigen will, hier wär Zeit. Zu mir gesprochen, ich kenn doch Vater Fuchs. Scheint ihm nicht unlieb zu sein, daß ich mich taub stell. Sieht aus, die wolln mich alle ganz gern dabeihaben. Schiet wat. Ick glöw ja doar nich an, so die Kröger. Ick ook nich. Basta.

Dann kommen die unbekannten Dörfer, Gören, Koserow. Und auch die Stelle, wo die Gasmaske im Wald liegt, verrottet, wir sprachen schon davon, damals lag dieser Augenblick weit voraus, jetzt ist er doch herangerückt. Sie denkt, nein: sieht, als zerreiße ein Vorhang vor einem lange gemiedenen Bild, nur diesmal von einem Standort außerhalb des Vorgangs, ihr Munitionsauto im Schneesturm stehen, sich selbst darin sitzen und zwei Meter weiter einen kleinen Hügel, das Bündel darunter, ein bißchen Fleisch und Knochen und etwas Stoff, das schneit allmählich zu.

Sie kneifen doch nicht, Fräulein? Die Kröger, sie spricht immer alles deutlich aus. Aber wer wird denn ... Übrigens, heißt es ja, soll er die Wahrheit sagen.

9

Wat de Generool seggt hett.
Und wenn sie ihn einfach erfunden hätte? Denn wenn es ihn nicht gab, hätte sie ihn erfunden, weil sie ihn

94

brauchte. Aber den Mut zum Erfinden hatte sie nicht, darüber wird noch zu reden sein. Also gab es ihn, tritt er wirklich auf, wird allerdings zur Vorsicht gleich wieder versteckt und zurückgenommen hinter die ironische Überschrift. Wat de Generool seggt hett.

Wenn Sie näher treten wollen, mein Fräulein.

Was da eintrat, war nicht die bloße Neugier, die bloße Wundergläubigkeit, die bloße Bereitschaft, vor den Über-Gaben eines anderen in die Knie zu gehen – der Mann, ein Österreicher, Generaloberst a. D., assistiert von einer jungen, ängstlichen Frau im Dirndlkleid –, der Mann wittert es gleich.

Er bietet ihr Platz an, mit dem Gesicht zum Licht, so machen sie es. Er selbst, gegen das Fenster, bleibt ein Schattenriß, so fangen alle Kunststückchen, alle Beichten und alle Verhöre an.

Wie war gleich der Name? Studentin, wenn ich nicht irre? Sehen Sie. Übrigens tut es nichts zur Sache. Und nicht bei den Studien, um diese Jahreszeit? Oder sollten die Semesterferien jetzt früher anfangen, wie angeblich alles? – Er lacht. – Nun ja. Jeder Mensch braucht einmal außer der Reihe Erholung.

Sie hat das Zimmer noch nicht zu Ende angesehen, nicht die Wandsprüche durchbuchstabiert, die alle von der Nichtigkeit der menschlichen Kräfte handeln, die Zinnkrüge auf dem Wandbrett nicht gemustert, da weiß er schon, was er wissen muß.

Daß sie ihm auch ihre Hand noch überlassen soll, findet sie abgeschmackt, vielleicht geht sie lieber? Der General hat es schon gespürt, die Regung hat sich bis in die Hand fortgesetzt. Sehen Sie, sagt er, Weiteres wird nicht nötig sein. Geht so weit, die Requisiten seiner Kunst

verächtlich zu machen: kein Kaffeesatz, keine Karten ... Aber er benutzt sonst sowohl Kaffeesatz als auch
Karten, sie weiß es, und er, ihren Blick suchend, macht
eine kleine Bewegung mit den Schultern: Die Welt,
mein Fräulein, will betrogen sein. Sie aber ... Wenn
man so ausgeprägte Handlinien sein eigen nennt ...
Du kannst gehen, sagt er kalt zu seiner Frau.
Ihr Vater, mein Fräulein, ist in einem Intelligenzberuf
tätig, wenn mich nicht alles täuscht? Ein guter Vater.
Klug, geschickt auch in handwerklichen Fertigkeiten.
Sollte er noch leben? Richtig. Wenn auch, was Sie sich
gewiß vor Augen halten, dem menschlichen Leben eine
Grenze gesetzt ist ... Zwei Geschwister, wie ich sehe.
Die Schwester nur? Sehr geliebt, ja, das ist nur zu deutlich. Was das zweite betrifft – ich bitte, sich gegenwär-
tig zu halten, daß nicht nur die am Leben gebliebenen,
nicht nur die geborenen Geschwister in der Welt, auf
die ich mich beziehen muß, existieren.
Da denkt sie schon: die Fehlgeburt. Die Eltern haben es
vor uns verheimlichen wollen, damals, ich hab's immer
geahnt.
Der General ist zufrieden.
Wissen Sie übrigens, mein Fräulein, daß der Mond-
rhythmus für Sie bedeutsam ist? Daß gerade von ihm
Ihr Zug zur Süd-Ost-Linie sich herleitet? Nun, sie
muß noch nicht so deutlich hervorgetreten sein in Ihrem jungen Leben. Später, wenn Sie sich in einer Stadt
wie – nun, sagen wir: Dresden niederlassen, werden
Sie, vermute ich, an mich denken ...
Von den Sternen ... Ja: Venus und Saturn stehen sehr
nahe. Venus, die Liebe, auch Zärtlichkeit, ist immer
da. Übrigens seien Sie getrost: Einen weiten Sternen-

kreis sehe ich um Sie versammelt. Vieles, Mannigfaltiges verbirgt und offenbart sich darin, reiche Anlagen, die vielseitigsten Interessen ...

Hier zeigt er Einblicke aus Seelenverwandtschaft: Wer wüßte nicht, daß auch Reichtum zuzeiten – lästig werden kann?

Natürlich, möchte ich hier einflechten, denn es hat mir keine Ruhe gelassen, natürlich hat sie den General dennoch erfunden, am nächsten Tag nach ihrer Séance bei ihm, allein in ihrem Zimmer, den Blick auf die siebzehn Pappeln, das Tagebuch vor sich auf dem Tisch: Erfand ihn mit der besten Absicht, genau zu sein, objektiv zu sein, des Generals Rede mit seinen Worten niederzuschreiben, ohne ihn auch nur einmal zu unterbrechen, auch wenn sie sich geniert: Könnte man noch gerechter sein? So ist sie gerecht, wie jedermann es ist: Holt heraus, was das Zeug hält und was aus ihrem Zeug ist, das andere aber, abstrus, falsch, mein Gott, ja: dumm bis zur Albernheit, wird gerade noch erwähnt.

Ich nehme mir heraus, sie zu korrigieren, und erfinde mir meinen General selbst. Bin gerecht, wie jedermann es ist. Was sonst?

Ein Examen steht bevor, sagt ihr General. Besonders glänzend werden Sie nicht abschneiden, da sage ich Ihnen ja nichts Neues. Mittelmäßig, könnte man sagen, wenn man nicht wüßte, daß Ihr Intelligenz- und Gedächtniskreis, augenblicklich noch begrenzt, sich ausdehnen wird. Sie wissen wohl, daß die Frau ihre Leistungshöhe Ende der zwanziger Jahre hat? Bei Ihnen, mein Fräulein, könnte sie eher später liegen.

Seien Sie vorsichtig, sagt ihr General. Das nächste halbe

Jahr wird nicht ganz einfach für Sie. Ihre Nerven sind angegriffen. Mehrere Krankheiten kündigen sich an. Was Sie gerade jetzt durchmachen, möchte ich eine vorübergehende Lebensschwäche nennen.

Hier blickt mein General schnell in ihr Gesicht, vergewissert sich, läßt sie nun endlich die Zügel schießen, oder was? Da sieht er, daß er weitergehen kann.

Seelische Schwierigkeiten, sagt ihr General, werden immer anwachsen, wenn Sie sich vor Entscheidungen gestellt sehen.

Christa T., ach, Krischan, da sitzt sie und fühlt sich denken: Er hat recht. Und das Licht, in das er sie gesetzt hat, verbirgt ihm auch diesen Gedanken nicht, er lehnt sich bequemer zurück, hält ihre Hand weniger fest, erlaubt sich endlich, eine Leere mit dem Hokuspokus auszufüllen, den er bei der Hand hat.

In nicht allzu ferner Zeit, sagt ihr General, werden Sie zu einem Begräbnis gerufen werden. Scheint eine Tante zu sein zwischen sechzig und siebzig, die stirbt.

Da sieht er: Schon entgleitet ihm diese Dame. Es hilft nichts, er muß sich anstrengen, mein General.

Sie grübeln zuviel, sagt ihr General, und nun legt er sogar eine gewisse Dringlichkeit in seinen Ton. Wenn ich Ihnen raten dürfte: Entschlagen Sie sich dieser entnervenden Angewohnheit. Glauben Sie mir: In drei, vier Jahren – ich irre doch nicht, daß ich eine Vierundzwanzigjährige vor mir habe? Sehen Sie! –, also mit sechsundzwanzig, siebenundzwanzig, da sieht für Sie alles anders aus. Ihr Sternbild zeigt mir deutlich: Sie werden über Ihre Altersgenossen hinausragen. Das wird später offenkundig sein, wenn Sie doch das Zutrauen zu sich selbst fassen könnten: zielbewußt sein, sich aber hüten, die Kräfte zu überanstrengen, die Extreme meiden: ein kleines bißchen Lebenskunst, mein liebes Fräulein, auch Ihnen würde sie not tun ...

Jetzt erst, seh ich, streicht sie die Segel, ich auch. Wenn er, trotz allem, ein Menschensucher wäre, wenn er, in diesen Wochen nur er, ein Wort gefunden hätte, das sie besänftigt, Milderung bringt ...

In puncto Liebe zur Zeit – vermute ich recht, Sie wollen auch darüber etwas wissen?

Da nickt sie nicht, schüttelt nicht den Kopf, wird rot in dem deutlichen Licht, dem er sie ausgesetzt hat, macht auch eine Bewegung, die Hand wegzuziehen, und der General, der von all dem nichts gemerkt haben will, läßt sich die Hand entgleiten.

Sie lieben gern, sagt ihr General, oder wer ist es, der dies sagt? Sie lieben zärtlich und innig, aber Ihre Liebe ähnelt der Freundschaft: Daher haben Sie gute Freunde, sind kameradschaftlich, mitfühlend. Bis diese Unzufriedenheit Sie überkommt, Sie wissen wohl, wovon ich rede. Da werden Sie launisch, können selbst Nahestehende zurückstoßen, selbst Liebende, Sie wissen, warum. Das sind die schlimmen Zeiten großer Kälte, die der großen Verliebtheit folgen ...

Wer hat da zu ihr gesprochen? Weiß sie nun, wozu sie hergegangen ist? Aber wie soll er das in Erfahrung gebracht haben?

Nein, auf der Höhe hält er sich nicht, unser General, sowie er ins Konkrete abgetrieben wird, sich zu Weissagungen aufschwingt, was, wie ihm wohl bewußt sein mag, seines Amtes ist. Ein Mann scheine dazusein, der sich Mühe gebe, sie zur Heirat zu bewegen. Diese Ehe, rät unser General, solle sie lieber lassen, sie bringe mit

Sicherheit Kummer: Eifersucht, den Abbruch beruflicher Entwicklungen ...

Dann ist es Zeit, wiederum nach ihrer Hand zu greifen. Was aber sehen wir denn nun beruflich für Sie voraus? Er stellt diese Frage, unser General, gedankenvoll liest er noch einmal in ihrer Hand. Eine Tätigkeit in einer großen Institution? Das könnte wohl sein. Etwas wie ein Verlag, deucht mir ... Hemmnisse am Anfang, nun Sie wissen: Das bleibt nicht aus. Aber dann überzeugendes Sichdurchsetzen. Und mehr. Wenn mir recht ist, mein Fräulein: Sie werden bekannt werden. Ich scheue das Wort nicht: berühmt. Wie ich sehe, zielt doch alles auf etwas Schöpferisches hin. Ein Werk? Musik vielleicht? Doch wohl nicht. Literarisch eher. Nun, hier endet meine Kompetenz. Warum aber den Wunsch, auch manchmal Dame zu sein, unterdrücken? Finanziell dürfte nichts im Wege stehen.

Wie sieht sie sich da auf einmal? Ein langes Kleid, Blumen, Verehrer? Wie wird mir denn? Soll er weitersprechen? Sprechen Sie, General, da Sie im Zuge sind.

Ein Doktor vermutlich, sagt ihr General, der zukünftige Gatte. Ein Professor gar? In sechs, sieben Jahren wäre das glücklichste Heiratsalter. Liebe wird die Grundlage dieser Ehe sein – nun, das versteht sich von selbst. Und der Herr Gemahl sieben, acht Jahre älter. Zwei Kinder sehe ich, gutartig. Keine großen Zwischenfälle.

Weiter, General, nur zu.

Durch eine Freundin lernt man sich wohl kennen. In der Oper? In einem Verlag? Sie begreifen: Genauere Festlegungen sind da nicht möglich. So viel aber doch: eine Wohnung außerhalb der Stadt, eine Villa womöglich, die sogar in einem Park liegen kann. In einer schönen, geraden Linie verläuft das Leben, hält Ihnen die Möglichkeiten offen, Ihre reichen Charakteranlagen auszuschöpfen, die seltene Mischung von romantisch-poetischer und pädagogisch-praktischer Begabung ...

Nur zu, General, vergessen Sie nichts, uns dürstet nach der Ausschmückung! Werden wir ein Auto besitzen? Welche Marke? Oder ziehen wir ein Himmelbett vor?

Vielleicht hätte sie sich nicht anmerken lassen sollen, daß er sie schon wieder verlor. Denn nun nimmt er zum letzten Mal die Hand. Übrigens das Letzte noch, das Lebensende betreffend.

Da hat sie, nach allem, das Heft schon zugeklappt, es dann doch noch einmal hervorgeholt: hat schließlich auch das noch niedergeschrieben, und nun sieht es aus, als ob all die Seiten nur für diesen Satz gemacht sind. *Die Ehe*, schreibt sie, *hat der General gesagt, wird durch den Tod getrennt. Den der Frau oder den des Mannes. Aber die Kinder wären dann wohl schon aus der Schulzeit heraus.*

Sie überliest alles noch einmal, auch den letzten Satz. Dann setzt sie, in eine Klammer, an den Schluß zwei Worte und ein Fragezeichen: *So früh?*

Nun schließt sie ihr Heft endgültig.

Ick glöw doar nich an. Aber merkwürdig ist es doch.

Ende der Szene.

Diese Seiten hat sie nie wieder gelesen, und mit der Zeit glich die Schrift, die in ihrem Innern stehenblieb, immer weniger der in dem Heft. Der angekündigte Tombolagewinn blieb aus, ebenso wie der Kuraufenthalt im nächsten Jahr, auch das Begräbnis der älteren Tante ließ auf sich warten. Sie nimmt nicht Notiz davon. Aber ein frühes Ende ist ihr vorausgesagt, das bleibt. Das ein-

zige, was er sich gehütet hat zu sagen, wird sie für im-
mer behalten: Ich soll früh sterben.
Und wird daran glauben müssen.
Kein Sterbenswort mehr vom General.

10

Rückfall, hätten wir gesagt und die Köpfe geschüttelt,
hätten auch recht gehabt. Diesem und jenem mag sie
ja, probeweise, ihre Geschichte erzählt haben, ganz im
stillen. Da hat sie auf allen Gesichtern, ausnahmslos,
dieses ungläubig-mitleidige Lächeln aufkommen sehen.
Dafür verbürge ich mich, weil ich seinen Abdruck auf
meinem eigenen Gesicht noch fühlen kann.
So schwieg sie denn.
Wird ja nichts Wichtiges sein, was man zu erzählen
hat.
Dann kann man es also ebensogut aufschreiben. Diesen
unheilbaren Hang zum Aufschreiben entschärfen, indem
man ihm einfach nachgibt, ohne ihn ernst zu nehmen.
Wenn der Trick gelingt, ist man, fürs erste, gerettet.
Was fällt mir denn ein, wenn ich die Augen zumache?
Nichts Wichtiges, wie gesagt, das sieht man schon daran, daß es von selbst kommt, daß kein Zwang dabei
ist, keine Deutung, allerdings auch keine Bedeutung.
Eine Seite ist schnell aus einem Heft herausgerissen,
den Arbeitsplan wird man wieder nicht einhalten, in
der Grammatik nicht vorrücken. Schnell ein paar mög-
liche Überschriften ausprobiert, wie es kommt, wie es,
das zeigt sich jetzt, im Kopf schon fertig ist, kleine Geschichten, später einmal. Wann, wenn nicht jetzt?

»Titelliste« steht über der Heftseite, in Anführungsstrichen, genau, wie ich es wiedergebe. Und wenn man den ironischen Abstand wenigstens in die Anführungszeichen legt. Da sind im Lauf der Zeit mehr als zwei Dutzend Titel untereinandergeschrieben worden, manche habe ich mir von anderen Zetteln zusammengesucht. Einige versteh ich, andere nicht. Nicht alle Kritzeleien kann ich lesen, sie selbst hätte es unmöglich gekonnt. Hätte sie es überhaupt gewollt?

Die Frage ist untergeschlüpft, sie steht nicht im Konzept. Zu früh gestellt? Die heikelste Frage übrigens, die mir beim Nachdenken über Christa T. gekommen ist. Denn wenn man mich danach fragen wird – und man *wird* danach fragen, wie denn nicht! –, ich werde nichts vorzuweisen haben: Warum, wird man fragen, stellst du sie vor uns hin? Denn das tu ich, es wird nicht bestritten.

Man wird mich nach ihrem Erfolg fragen.

Wird mich also zwingen, über Erfolg zu reden, doch wohin gerat ich da? Worauf beruf ich mich denn?

Günter fällt mir ein, der sommersprossige Günter, *vor* seinem großen Auftritt, ehe die Liebe ihn zu Fall gebracht und das Leid – nun ja: Leid – ihn hellsichtig gemacht hatte. Er hat Christa T. immer verteidigt und ist immer zornig auf sie gewesen. Als einzelnes Wesen mag er sie damals schon verehrt haben, manches deutet darauf hin, aber mit ihr als Gattung konnte er sich nicht abfinden. Er glaubte zu fest daran, daß alles Bestehende nützlich zu sein habe, und es quälte ihn die Frage, wozu eine Erfindung von ihrer Art nötig gewesen war, »bei allen guten Ansätzen«, die er ihr ja zugestand. Sieh mal, sagte er, als der Termin für eine Jahresarbeit zum erstenmal überschritten war und aus ihrer Gruppe noch niemand eine einzige beschriebene Seite von ihr gesehen hatte – sieh mal, die Gesellschaft hat dich studieren lassen. Nun will sie eine Gegenleistung von dir sehen, das ist recht und billig, oder nicht? – Ja, sagte Christa T., die sich immer lange mit Günter unterhielt, alle seine Beweise anhörte und gründlich prüfte: Recht ist es. Aber nicht billig, weißt du. Ich würde sogar sagen: teuer. – Wie meinst du das? fragte Günter, du machst dich lustig.

Jedoch lustig machte sie sich gerade nicht. Sie fühlte nur einen mächtigen Widerstand in sich, wenn sie einen Preis zahlen sollte in fremder Währung. Daß aber ihre eigene Währung etwas galt, konnte sie nicht glauben, und es ist ja wahr – woher hätte sie den Glauben nehmen sollen?

Worauf berufe ich mich also? Darauf, daß die Zeit für sie gearbeitet hätte. Zeit aber war das einzige, was sie nicht hatte. Ist ihr dies nicht frühzeitig mitgeteilt worden?

Als ich soweit war, bin ich in Zorn geraten. Ich habe die Titelliste noch einmal gelesen. *Beim Waldhüter. Sommerabend. Rick Broders. Jan und Christine. Tag am Meer. Auf den Eldewiesen.* – Was soll das alles heißen? Ich kann mich anstrengen, wie ich will, ich werde nicht herauskriegen, was hinter diesen Überschriften steckt. Ich gab meinen Zorn, der komplizierter Natur ist, als den gesunden Zorn des um seine Geschichten betrogenen Lesers aus. Und wenn ich der einzige Mensch sein sollte, der gerne wissen möchte, was das heißen soll: *Oberleutnant Baer war anders* – hätte sie nicht dann wenigstens auf mich Rücksicht nehmen können?

Vielleicht lohnt es sich nicht, sich um den Zorn eines einzelnen zu kümmern, aber ich dachte, ungerecht, wie man ist: Um meinen hätte sie sich kümmern müssen. Oder die Zettel zerreißen, bitte schön. Womit wird sie sich rechtfertigen wollen? Sie, da unten, sie, begraben, sie, zu deren Haupt – so redet man doch von den Toten – Sanddornsträucher wachsen.

Von den Toten nichts als Gutes.

Ich ließ alles liegen und ging weg. Ich sagte mir: Das mache ich nicht, das kann man nicht von mir verlangen. Wie froh war ich, meinen schönen Zorn zu haben. Ich stand vor einer Plakatsäule, ich las die Anschläge ein dutzendmal. Ich merkte, daß ich doch dem Gedanken nicht entging, der meinen Zorn auslöschen würde. Ich dachte: Sie hätte das alles ja noch gemacht.

So mußte ich meinen Zorn leider aufgeben. Man darf den Toten nicht böse sein. Aber ich war verletzt, und das bin ich bis heute. Es stimmt nicht, was sie sagen – daß nur Lebende einen verletzen können. Wenn es aber stimmt – was würde das bedeuten?

Ich habe ja von Erfolg sprechen wollen. Der hat aber, immer, wenn er eintritt, eine Geschichte, genau wie der Mißerfolg, aber von dem handeln wir nicht. Er kann, der Erfolg, echt sein oder gemacht, verdient oder erschlichen, erzwungen oder gewachsen ... Vor allem aber kann er in diesem und jenem bestehen: im Ruhm zum Beispiel oder in der späten Gewißheit, daß man dieses und nichts anderes machen muß.

So hätte ich also, unter anderem, die Geschichte des Erfolgs der Christa T. zu erzählen. Der Gedanke überrascht mich selbst.

Von meinem Zorn ist ein Rest von Bitterkeit geblieben,

der auch vergehen wird, bald. Dann werde ich sie vielleicht sehen: so, wie sie sein wollte und also war. Aber wie ich diesen Bericht auch in die Länge ziehen mag, mir scheint ausgemacht, daß der Augenblick, sie zu sehen, nach seinem Ende eintreten wird.

Dann aber frei und großmütig, als käme er von selbst.

Sie aber, Christa T., hat in jenem Sommer eine große Entdeckung gemacht, nicht, ohne es gewahr zu werden, doch ohne zu wissen, daß sie groß war. Sie hat auf einmal etwas wie eine Spur gesehen zwischen sich – diesem Leben, das ihr doch durchschnittlich und oft sogar eng vorkam – und diesen freien, großmütigen Augenblicken. Sie hat zu ahnen begonnen, daß man sie selbst erzeugen muß und daß sie das Mittel dazu hatte. Da Sehnsucht von »sehen« kommt: die Sucht, zu sehen, hat sie zu sehen angefangen und gefunden, daß ihre Sehnsucht, wenn sie nur ruhig und gründlich genug hinsah, mit den wirklichen Dingen auf einfache, aber unleugbare Art übereinstimmte.

Ich weiß nicht, wen sie sich vorstellte, aber irgendeinem Gegenüber scheint sie doch erzählt zu haben: *Malina, die Himbeere*

Mit dreizehn Jahren durfte ich zum ersten Male auf eine größere Reise mit. Schon ein Jahr lang waren die Briefe von Onkel Wilhelm gekommen, das heißt eine der drei mit Schreibmaschine getippten Abschriften, die an die Verwandtschaft gingen. Onkel Wilhelm, noch vor kurzem Inspektor in den brandenburgischen Haftanstalten, hatte die Chance genützt, die der Führer den unteren und mittleren Beamten bot: eine Karriere zu machen, die über ihre seit vielen Jahren feststehenden Möglichkeiten hinausging. Der Osten rief nach tüchti-

gen Verwaltungsbeamten, und Inspektor Krause kam und wurde erstmal Oberinspektor mit Amtmannsgehalt auf einer Regierungsstelle.

Dies alles in Kalisch/Warthegau, Litzmannstädter Straße 2, im Jahre 1940.

Schon zwei Wochen vorher saß ich im Garten unter der Sommerlinde, stopfte und nähte an meinen Höschen und Söckchen. Ich freute mich sehr auf die Reise und war überzeugt davon, daß man für mehrere Wochen unbedingt alles mitnehmen mußte, was man besaß.

Von der Fahrt selbst habe ich kaum noch Eindrücke. Sommerglut über gelbgrünen Feldern, stumpfe Ruhe in halbleeren Abteilen. In Kreuz war eine flüchtige Paßkontrolle, kaum geeignet, meine von der Mutter hartnäckig bekämpfte Illusion aufrechtzuerhalten, ich führe ins Ausland.

Ich wußte aus meinem Brockhaus, Jahrgang 1889 – mein Großvater hatte ihn mir vermacht, und er bildete den Hauptbestandteil meiner Bibliothek –, daß Kalisch ein Gouvernement im westlichen Teil von Russisch-Polen sei: »Das Land ist eine flache, nach Westen zu sich senkende Niederung mit geringen Erhebungen. Das Klima ist gemäßigt und gesund. Die Bevölkerung besteht aus 80% Polen (meist römisch-katholisch), 10% Deutschen (meist evangelisch), 9% Juden, der Rest sind Russen und andere. Der Boden ist sandig. Bedeutend ist die Schafzucht und die Zucht von Gänsen, die nach Deutschland ausgeführt werden. Das Gouvernement zerfällt in acht Kreise: Kalisch, Wjelun, Kolo, Konin ...« und so weiter.

Das alles trug ich meiner Mutter vor. Wie mächtig ausländisch das doch klinge! Aber sie wollte mir keine

Auslandsreise gönnen. Das ist jetzt deutsch, punktum.
Allenfalls interessierte sie noch, daß »Kalisch, poln. Ka-
lisz, in einem schönen Tal an drei Armen der Prosna«
gelegen sei und »sechs Jahrmärkte« habe. Dann ist es
da also doch nicht so öde, meinte sie zufrieden.
Um Mitternacht kamen wir in Kalisch an.

Jetzt müßte man wissen, warum sie nicht weiterschrieb.
Was es mit dieser polnischen Himbeere Malina auf sich
gehabt hat, für die sie doch den ganzen Zauber aufge-
baut hat, den Brockhaus aus dem Jahre 1889, die Aus-
landsfahrt, die doch keine sein sollte, die Mutter und
sich selbst in Rede und Gegenrede ... Ihr habt gefragt,
was ich vorzuweisen hätte. Nun denn: den Ton dieser
Seiten, als Beispiel. Sie redet, daß man sie sieht.
Weiter nichts.
Dann muß sie wohl abgerufen worden sein. Besuch war
nämlich da. Besuch, für mich?
Da war es der Schulleiter aus dem Nachbardorf, das
fand sie freundlich von ihm. Wenn sie auch nicht wußte, wie sie das deuten sollte, was, außer gutnachbar-
licher Freundlichkeit, noch in seinem Blick war. Eine
Art Signal, auf Wiedererkennen berechnet, aber das
Echo in ihr blieb aus.
Die Mutter schickte sie in die Jasminlaube und brachte
Apfelmost, später geht auch der Mond auf. Zuerst ist
noch etwas Gezwungenes in seiner Rede, sie kann nicht
darauf kommen, wieso. Er hat gehört, sie sei krank oder
etwas dergleichen, da hat er doch mal nachsehen müssen. Er hat schöne braune Augen zum Nachsehen, muß
sie denken, wohltuend ist ihr auch sein offenes und hei-
teres Wesen, wo ist man ihm schon einmal begegnet?
Dazu ein kluger Verstand, ein sicheres Urteil, eine tätige

sympathische Haltung zum Leben. Bei ihm möchte man zur Schule gehn. Gleich bestätigt er ihre Gedanken und fängt an, von seinen Schülern zu erzählen, sie kennt ja manche noch, nun wird sie aufmerksam, fragt, erklärt, widerspricht, wundert sich. Ja, sagt er einmal, auch wieder mit diesem bedeutsamen Unterton, alle sind wir vier Jahre älter geworden.

Zustimmend lacht sie. Das Geistreichste ist es gerade nicht, aber falsch ist es auch nicht.

Dann kommt noch der Vater dazu, nach langer Zeit hat er wieder einen leichten Tag gehabt, ohne diese Schmerzen, fast ohne Luftknappheit, er kann sich wohl zutraun, in eine Decke gewickelt bei ihnen zu sitzen. Von den Schulgeschichten angeregt, kommt er auf seine eigene Schulzeit, auf seine Jahre im Lehrerseminar, seine Ausbruchsversuche und wie er endlich lernte sich bescheiden. Wie anders! denkt Christa T., und zugleich: Welche Parallelen! Der Vater wird nicht oft mehr so zu ihr sprechen, sie weiß es, und er weiß es auch. Er versteht sich gut mit seinem jungen Kollegen aus dem Nachbardorf, sie fangen an zu fachsimpeln, und auf einmal hört Christa T. den Jungen sagen: Da bin ich aber vollständig Ihrer Meinung!

Vollständig! Das gibt ihr endlich den Ruck, den sie gleich hätte spüren sollen, das erklärt ihr auch seine bedeutsamen Blicke und den Doppelsinn in seinen Antworten. Nun sieht sie auch, daß er immer noch die gleiche graue Reißverschlußjacke trägt. Die ist gut, die ist dauerhafter als ein kleines Gefühl.

Und doch: Mein Gott, wie kann man so etwas vergessen?

Es ist ihr lieb und unlieb.

Als sie nachts noch darüber nachdenken will – was alles geschieht, was alles man vergessen kann, Liebes und Unliebes vollständig vergessen –, da löst sich auf einmal die ganze Trauer und Verzweiflung der letzten Zeit tröstlich auf. Na dann, denkt sie erstaunt: Na dann!

Sie schläft zum erstenmal wieder schnell ein, sie erwacht nicht zu früh und ganz frisch, weiß auch noch, was sie geträumt hat. Sie stand nämlich am Zaun wie damals, der Schulleiter vom Nachbardorf kam angefahren, er trug seine graue Jacke, und sie steckte ihm alle Taschen voll Kirschen, nur daß sie noch grün waren, aber das schien sie beide nicht zu stören. Da war nicht mehr er es, sondern Kostja, ihm gab sie Kirschen mit vollen Händen, da sank ganz schnell die Dämmerung, es wurde Nacht, der Mond stand am Himmel. Da sah der Mann sie an – denn es war Kostja nicht mehr, sondern ein Fremder, und er sagte freundlich: Siehst du, so geht es immer.

Diesen Satz wiederholte sie sich den ganzen Tag über und mußte jedesmal lachen. So geht es immer, so geht es immer – was ist so Tröstliches daran? – Wer der Fremde war, wollte sie gar nicht wissen.

Mittags kam die Schwester mit dem Rad, da fiel ihr ein: Die Sommerferien hatten angefangen. Sie fuhren zusammen zu den Wiesen am Deich, lagen im Gras und redeten über alles, worüber sich reden läßt. Das andere, Malina, die Himbeere – es hatte nun auch angefangen, insgeheim. Wie oft noch bestritten, wie oft tief bezweifelt!

Wurde auch nicht zu Ende geführt.

11

Ich kann nur sagen: Sie hat es mitgenommen.

Denn ihr Weg dorthin war nicht frei von Gegenkräften, daher langwierig wie viele Wege unserer Generation. Aber ein Weg war es immerhin, eine Richtung war eingeschlagen, was kommen soll, hat sich angekündigt, hat, nach langer Mühe, sogar zu erkennen gegeben, von welcher Art es sein müsse; seine Wirklichkeit, seine Mühe läßt sich, unbestreitbar wie die Spannung, am Ausschlag des Zeigers ablesen, an der Stärke ihrer Unruhe.

Nun soll sie also den Mut zu sich selber festigen, der Sommer ist noch nicht zu Ende. Nur daß jetzt nicht mehr wahllos vorgegangen wird. Nicht, was ihr in die Hände fällt, sie selbst ist es wieder, die zugreift, nach offenem, nach geheimem Plan. *Das neunzehnte Jahrhundert ist mir literarisch sehr ansehenswert.* Sie liest Raabe, Keller, Storm, hält sich ans Nüchterne, steigt, nicht ohne zu wissen, was sie tut, hinab in die kleine Welt. Sichere, scharf abgegrenzte Vorgänge, überschaubar bis in die Verästelung der Gefühle, die doch immer einfach bleiben. Ihre andere Liebe, die bis zum Laster geht: die Kompliziertheit, Vieldeutigkeit, Verfeinerung, die Endzeitgefühle: Thomas Mann – das bleibt jetzt in der zweiten Reihe. Was sie selbst notiert – Geschichten, die sie sich hat erzählen lassen, Lebensläufe, Überliefertes und Kontrollierbares, als mißtraue sie tief der Phantasie, als lägen in ihr die Möglichkeiten zur Verirrung. Feste, klare Umrisse, nichts in Gefühl aufgelöst, nichts in Gedankenspiel gebrochen. *Hart schreiben*, fordert sie sich selber auf, *trockener Humor, scharfer Blick, zwischen echtem Gefühl und Sentimentalität unterscheiden, vor Verfälschungen hüten! Genauigkeit!* Einmal entziffere ich am Rand eines abgebrochenen Manuskripts: *Gottfried Keller! Man muß Geschichten immer wieder lesen können.*

Nie hätte sie zu schreiben gewagt: Meine Geschichten.

Da fragt man sich doch, ob es nicht nützlich sein kann, sich etwas länger zu täuschen. Bis zu dem Augenblick wenigstens, da das Mißverhältnis zwischen den Anforderungen, denen man sich stellt, und den eigenen Kräften nicht mehr derart erdrückend ist. Die Enttäuschung allmählich steigern, so daß man nicht durch den ersten ungemilderten Ansturm von dem, was man Einsicht nennt, zu Boden geworfen wird.

Nun will sie jedenfalls erfahren, womit sie es eigentlich zu tun haben wird. Aus keinem anderen Grund geht sie, als das neue Studienjahr begonnen hat und sie in die Stadt zurückgekehrt ist – wie fern die Niederlagen, die sie weggetrieben haben, wie komisch und unangemessen die vorsichtig-teilnahmsvolle Miene der Dame Schmidt! –, sie geht also vor allen anderen, so, als könnte man ihr etwas wegschnappen, zu ihrem Professor und versichert sich ihres Themas für die Examensarbeit: Der Erzähler Theodor Storm.

Auf meine Bitte hat das Institut mir die Arbeit geschickt, zuvorkommend angedeutet, daß man sie nicht sogleich zurückerwartet. Ich weiß schon: Sie steht – graumelierte Klemmappe, grüner Lederrücken – unter der Registriernummer 1954/423 in einer Reihe mit den Hunderten von Examensarbeiten, die die Jahrzehnte hier abgelagert haben, und niemand als der trockene Staub dieser Institute kümmert sich um sie. Ob nun der jeweilige Professor »sehr gut« darunter schrieb, wie in diesem Fall, oder ob er sie gerade so durchgehen ließ, der Staub macht sie schnell gleich. Und jeder hat – denn das ist die Regel – ganz an das Ende seiner Bemühungen einen Satz gesetzt: *Ich versichere, daß ich die Arbeit selbständig angefertigt und keine anderen Hilfsmittel als die angegebenen benutzt habe. Christa T. Am 22. Mai 1954.* Da hat sie noch acht Jahre und neun Monate. Die Uhr ist aufgezogen, keine Sorge, sie läuft ab. Von jetzt an wird ihr Ticken uns begleiten. Sie hat ihre Arbeit keinem von uns gezeigt, wir haben sie auch nicht danach gefragt. Wahrscheinlich hat es sie Überwindung gekostet, sie im Sekretariat des Instituts abzugeben – stark verspätet übrigens. Günter hat sie zuletzt jeden Tag ermahnt. Die sehr gute Note hat Christa T. gleichgültig zur Kenntnis genommen, später wird sie nie wieder angesehen haben, was sie da geschrieben hat. Unter ihren Papieren fand sich diese Arbeit nicht.

So lese ich sie zum ersten Mal, gefaßt auf den überlegenen Tonfall, die vorgeformten, klappernden Sätze, mit denen wir unsere Themen damals mehr attackierten als ergriffen. Auf mitgehendes Verständnis, auf Bekenntnisse war ich nicht gefaßt, noch weniger auf Selbstprüfung und fast unverhüllte Selbstdarstellung, auf den Einbruch persönlicher Problematik in die leidenschaftslose Untersuchung.

Daß die richtigen Fragen zur rechten Zeit sich einstellen, darauf kommt viel an, und sie, Christa T., hat Glück gehabt, die Frage ist fertig: wie man denn – und ob überhaupt und unter welchen Umständen – in der Kunst sich selbst verwirklichen könne.

So kommt es, daß ich sie sprechen höre, während ich lese. Sie redet von den geistigen Abenteuern ihres Dichters, und es scheint sie nicht zu stören, daß zwischen ihm und einer anderen Person, die ungenannt bleibt, aber anwesend ist, sich eine Verwandtschaft herstellt. Warum gerade dieser Storm? Sie sagt: Weil sein Weltverhältnis »vorwiegend lyrisch« ist und weil eine solche Natur, in eine von Niedergangstendenzen und Epigonentum gezeichnete Zeit gestellt, besondere Anstrengungen nötig hat, um dennoch ihr Werk hervorzubringen. Diese Anstrengungen sind es also. Nicht, daß sie das Werk überschätzte, aber sie schätzt, daß es dennoch zustande kam. Nicht, daß sie den Idylliker verteidigte, die Provinz, die er besetzt hält, zu einem großen poetischen Reich umzudeuten suchte. Aber er hat, was er immerhin besitzt, wirklich erobert, und unter welchen Bedingungen!

Ich sehe ihn gehen, ihren Dichter, wie ich sie über ihn reden höre. Manches läßt sie ihm durchgehen, die *Empfindlichkeit der Nerven* zum Beispiel, da sie der *Unmittelbarkeit der Eindrücke* keinen Abbruch tut; manches an ihm bekennt sie zu lieben: *das ungebrochene Künstlertum, das sich als volles Menschentum auffaßt.* Manches kreidet sie ihm an: *die Rettung der Poesie vor der drohenden Zerstörung der menschlichen Persönlichkeit an den Rand des Geschehens.* Sie kann niemanden täuschen, der zu lesen versteht, vielleicht hat sie dieses eine Mal auch nicht täuschen wollen über die Unruhe, die hinter den strengen und gerechten Urteilen steht. Kein Ich kommt auf, natürlich nicht. Jetzt noch nicht. Ein »Wir«, ein »Man«: *Das Grauen eines ungebrochenen Menschen mit leidenschaftlicher Lebensliebe vor dem Sterbenmüssen, dem drohenden Nichts, weht einem immer wieder Schauer aus seinen Gedichten entgegen ...*

Sie, die Schreiberin – *daß ich nur schreibend über die Dinge komme!* –, weiß sich selbst von einem Hang zum Peripheren, zum kleinen Naturstück, zum abgrenzbaren Fall, zur durchschaubaren, einfachen Figur versucht und bedroht. Dem Häßlichen ausweichen – ach, sie versteht nur zu gut. In Resignation noch Tapferkeit, Lebensmut in sich erzeugen und auf den Leser zu übertragen suchen ... Dahin folgt »man« ihm ja. Läßt sich auch gerne hineinziehen in die begrenzte Welt seiner Gestalten, *liebenswert, reich an Gefühlen*, vermerkt aber doch schon, wie sie als Persönlichkeiten eingeschränkt werden durch die hartnäckige Einkreisung in die Themen Liebe, Familie: *Bei so spärlichen menschlichen Beziehungen sinkt die Flamme bald in sich zusammen* ...

Davon hat »man« Distanz zu gewinnen, hat sich abzustoßen, allen Mut zusammenzuraffen, und wenn er sich gegen einen selbst richtet: *Es ist wahr: Die Konflikte ergreifen den ganzen Menschen, zwingen ihn in die Knie und vernichten sein Selbstgefühl. Aber sie vertragen ja auch alle miteinander nicht allzuviel, und ihre Mittel sind gering, sich zu wehren. Darin liegt doch ihre Lebensschwäche.*

Das verräterische »Doch«. So spricht man gegen Einwände. So redet man von Mitlebenden, an denen sich zu messen man nicht umhinkann. Wer jetzt ihre unaufhaltsame Rede aufhalten könnte! Wer sie zwingen könnte, aufzublicken, anzuhören, was man ihr entgegenhalten möchte, jetzt endlich entgegenhalten, war um erst jetzt? Aber sie fährt fort, ihre Erfahrungen zu unterbreiten, ihre Stimme hebt sich nicht, ruft sich selbst zur Ordnung, verweist sich die Faszination, die unverkennbar war: *Ihn hat der Konflikt zwischen Wollen und Nicht-Können in den Lebenswinkel gedrängt ...*

Und zeigt nun sogar – woher bloß, zu jener Zeit? – Einsicht in die Grundlagen des Tragischen, das sie, anstelle seines *unglücklichen persönlichen Bewußtseins*, ihrem Dichter abverlangt. Der Widerspruch, in dem er lebte, hätte ihn zerreißen sollen. Er aber, der *letzter geistiger Konsequenz aus dem Wege geht*, bleibt vergleichsweise heil, *klagt aus, was sein empfindsames Gemüt verletzt, ehe die Konflikte ihre volle Höhe und Schärfe gewinnen können.*

Dies im Ton des Getroffenseins. Wen weist sie da zurecht? Kleinlich ist sie nicht, wenn sie streng wird. Die Verpflichtung, tragisch zu enden oder sich einer vollen Lebensleistung stellen. Also glücklich zu sein. Alles dazwischen ist Schwäche.

Und dann, wenn man es schon nicht mehr erwartet, tritt sie doch noch selbst hervor, unverhüllt, »ich«. Man glaubt, nicht recht zu hören; was kann sie dazu gebracht haben, ihre eigene Kindheit der des Dichters gegenüberzustellen? Zwang zur Selbstbehauptung, nach so viel Selbstkritik? Von der *Reaktion eines normalen Lesers – meine eigene – auf eine Novelle des Dichters Storm soll die Rede sein, des Dichters, dem die stillen Orte, die den Knaben tief beeindrucken, zur Sehnsuchtslandschaft geworden sind. Ähnliche Erlebnisse der eigenen Kindheit wachen auf. Pirschgang auf Rotwild mit dem Förster im Hochwald – Rückkehr in den*

Baumgarten des Großvaters. Ganz hinten von dichten grünen Büschen eingeschlossen das Bienenhaus mit den summenden Körben an der offenen Sonnenseite, die einfachen Geräte an der Holzwand, auf der Bank der Geschichten erzählende Großvater, das liebe schöne Gesicht der Großmutter im Blättergewirr der Heckenpforte – ein Teil unvergessenen dörflichen Kinderglücks wird lebendig. Grüngolden sind die Farben der Erinnerung.

Da ist sie wieder, die Sprache ihrer Skizzen, da ist wieder ihre Stimme. Einmal wird sie ja doch aufhören müssen zu reden, der Augenblick, da die Stimme versagt, steht nahe bevor, und zu unterbrechen ist sie nicht. Manches geht, in Erwartung des Endes, an mir vorbei. Jetzt ist es soweit. Jetzt sagt sie, ohne zu stocken, auch diesen letzten Satz:

Manche der Gedichte und Novellen dieses Dichters werden nicht vergehen. Nur werden sie von den späteren glücklicheren Menschen anders verstanden werden. Weniger einsame Trauer wird aus ihnen rinnen. Eher wird ein hohes Lebensgefühl sich in ihnen wiederfinden, eine Schwermut des Glücks in den einsamen Stunden, die zu allen Zeiten auch der heiterste Mensch braucht. Storms schönste Dichtungen werden als Sehnsuchtsbild menschlicher Schönheit noch länger gelesen und geliebt werden.

Dies: Sie finden und noch einmal verlieren, war der gesuchte Punkt des Berichts. Beides wissen, beides annehmen. Hingehen, den ersten Satz schreiben: Nachdenken, ihr nachdenken. Dann Satz für Satz. Monatelang kein Tag ohne sie, bis nur noch übrigbleibt, sie wieder zu entfernen. Ihren Beistand, dessen man sich gerade versichert hat, wieder entziehen. Oder seiner nun erst recht sicher sein.

Das meiste ist getan.

12

Unsere Silvesterfeiern waren dann schon in Berlin, in unserer Wohnung zwischen S-Bahn, Kohlenplatz und Kraftwerk, die sie, Christa T., manchmal anlief wie einen Hafen, denn mit ihrem eigenen Leben verglichen war sie fest. Sie aß mit uns Abendbrot, spielte mit dem Kind, sie sagte: Ich werde mal fünf Kinder haben, und ich fragte: Von wem denn bloß? Dann zuckte sie die Achseln. Sie kauerte sich hin und hörte sich die neuen Schallplatten an, dann machten wir ihr in der Veranda ihr Bett. Sie schlief aber nicht. Also was ist? fragte ich sie, stört dich die S-Bahn?

Keineswegs. Ich zähle die Züge. Eben haben sie im Kraftwerk Feuer in den Himmel gejagt. Trotzdem gibt's in eurem Garten eine Nachtigall.

Du brütest doch was aus, sagte ich. Ich dachte ja immer noch, man müsse auf sie aufpassen, sie »an die Hand nehmen«, wie der Ausdruck heißt. Oder sie doch wenigstens behüten.

Es ist sehr komisch, sagte sie, wie wir doch alle was geworden sind.

Nun, dieses Gefühl muß man heute schon erklären. Doch zuerst lasse ich sie ausreden. Sie sagt nämlich noch oder fragt: Denk mal nach. Lebst du eigentlich heute, jetzt, in diesem Augenblick? Ganz und gar? Erbarm dich! sagte ich, worauf läuft das hinaus?

Heute möchte ich ihr die Frage zurückgeben können. Denn sie hat ja recht gehabt, wenn ich jetzt darüber nachdenke. Nichts hat uns ferner gelegen als der Gedanke, man würde eines Tages irgendwo ankommen und fertig. Etwas sein und gut. Wir waren unterwegs, und etwas Wind war immer da, mal uns im Rücken, mal uns entgegen. Wir sind es nicht, doch wir werden es sein, wir haben es nicht, doch wir werden es haben, das war unsere Formel. Die Zukunft? Das ist das gründlich andere. Alles zu seiner Zeit. Die Zukunft, die Schönheit und die Vollkommenheit, die sparen wir uns auf, eine Belohnung eines Tages, für unermüdlichen Fleiß. Dann werden wir etwas sein, dann werden wir etwas haben.

Da aber die Zukunft immer vor uns hergeschoben wurde, da wir sahen, sie ist nichts weiter als die Verlängerung der Zeit, die mit uns vergeht, und erreichen kann man sie nicht – da mußte eines Tages die Frage entstehen: *Wie* werden wir sein? *Was* werden wir haben?

Obwohl zum Innehalten die Zeit nicht ist, wird einmal keine Zeit mehr sein, wenn man jetzt nicht innehält. Lebst du jetzt, wirklich? In diesem Augenblick, ganz und gar?

Wann, wenn nicht jetzt?

Vormittags ist sie in der Schule, Christa T., davon reden wir noch. Kaum geht sie zurück in ihr dunkles Schlauchzimmer, zu der schmuddligen Wirtin, ruht sich aus, die Müdigkeit der ersten Arbeitswochen ist unbezwinglich. Dann geht sie los. Jeden Nachmittag läuft sie durch die Stadt.

Flüchtige Notizen in dem rotbraunen Büchlein. Die jungen Frauen sind überraschend schön geworden. Die schnellen Blicke, wenn zwei sich begrüßen auf dem Bahnhof, heute. Oh, sie sind auf der Höhe, diese jungen Frauen, wie sie schnell noch nach Feierabend durch die Geschäfte laufen, die Kinder aus der Krippe holen; am meisten sieht man ihren Händen an, kräftig, doch nicht ohne Gefühl, sie halten auch den Mann noch, wenn's sein muß, wer hat es ihnen beigebracht? Sie, Christa T., als Gleiche unter Gleichen. Ihr Lächeln, ihr Gang, die Bewegung, mit der sie einem gefallenen Kind aufhilft. Die Ironie, mit der sie einen störrischen Schüler zur Vernunft bringt. Die Festigkeit, mit der sie auf sauberer, ehrlicher Arbeit besteht. Nachlassen, meine Lieben, dürfen wir allerdings nicht.

Warum eigentlich nicht? Weil die großen Entwürfe niemals aus sich selber leben, sondern aus uns gespeist werden. Edel sei der Mensch. Sie klappt das Buch zu, ein Mädchen in der letzten Reihe kämmt sich verstohlen das Haar. Wir müssen groß von uns denken, sonst ist alles umsonst. Sagt es die Lehrerin, sagt sie es nicht? Lernt es auswendig, sagt sie. Meinetwegen kämmt euch die Haare dabei, steht am Fenster und wartet auf euern Freund. Nur einmal denkt die Sätze als eure eigenen. Denn das unterscheidet ihn ... Es war doch groß gedacht.

Mensch, hörte sie einen Jungen in der Pause sagen. Manchmal könnt ich mich totlachen über die Neue. Jetzt soll man auch noch die Lesebuchgedichte ernst nehmen! – Der andere zuckte bloß die Schultern. Ich kann's schon auswendig, sagte er, kleine Mühe. Er zog einen Detektor aus der Tasche. Gefunden, sagte er, ein prima unausgeweidetes Trümmerfeld. Meinst du, mit dem läßt sich noch was machen? – Sein Freund bekam einen Ausdruck, den Christa T. in ihren Stunden noch nie an ihm gesehen hatte. An diesem Tag blieb sie zu Hause, sie hatte Aufsätze zu korrigieren. Abends brachte sie mir die Hefte. – Lies, sagte sie. Die Musterklasse der Schule.

An die Aufsätze kann ich mich genau erinnern, sogar an das Thema. Es war eines der Pflichtthemen jener Jahre: Bin ich zu jung, meinen Beitrag für die Entwicklung der sozialistischen Gesellschaft zu leisten? Ich las die Aufsätze, alle vierundzwanzig. Ja, sagte ich dann, alle zehn Jahre beginnt wohl eine neue Generation.

Was soll ich machen? sagte Christa T. Ich müßte ihnen doch allen eine Vier geben. Aber es ist eine Wettbewerbsarbeit, unsere Schule schneidet dann schlecht ab im Punktvergleich. Die halten mich ja glatt für verrückt.

Was ist? fragte ich. Warum regst du dich auf?

Christa T. wollte nicht, daß ihre Klasse log. Sie sprach mit den Schülern, einen, den sie Hammurabi nannten, nahm sie sich besonders vor.

Sie schildern, sagte sie, in glühenden Farben, was Sie als Mitglied des Jugendverbandes für die Gesellschaft tun können. Aber Sie sind, soviel ich weiß, überhaupt nicht Mitglied.

Hammurabi behielt undurchsichtige Augen.

Ich bin's nicht, sagte er trocken. Aber ich könnt's ja sein, nicht?

Fast wortlos belehrten die Schüler sie über gewisse Spielregeln des praktischen Lebens. Das Mädchen in der letzten Reihe unterbrach sogar ihre Schönheitspflege, um der Lehrerin mitzuteilen, daß niemand sie zwingen könne, durch Dummheit die Zensur zu versauen. Und eine Vier, falls die Lehrerin es wirklich wagen sollte – die würde sie sich gewiß nicht gefallen lassen. Übrigens ließ die Klasse keinen Zweifel – und das war schlimmer als alles –, daß sie den Zorn der Lehrerin zwar verstand, aber als Zorn einer Unerfahrenen nahm, ein Gefühl, das längst hinter ihnen lag.

Der Direktor war ein alter Mann, er lebt nicht mehr. Als er Christa T. angehört hatte, ließ er seine Sekretärin Kaffee kochen. Sie haben etwas Zeit, nicht wahr?

Über die Aufsätze hat er, wenn ich mich richtig erinnere, gar nicht geredet.

Dieser Mann, von dem sie mir erzählt hat – aber ich kenne ihn nicht –, muß hier erfunden werden. Von sich sprach er nicht, oder nur von sich, wie man will. Denn er macht keinen Unterschied zwischen sich und der Zeit. Er ist ein Überlebender aus dem kleinen Häuflein, und seine Tage sind gezählt, das alles weiß er auch. Übrigens ist er Historiker, überzeugter Materialist, gebildet, nicht zuletzt durch die Zuchthausjahre, das sagt er lächelnd, und ein leidenschaftlicher Lehrer. Ich möchte nichts anderes sein.

Das Mädchen vor ihm – anders kann er sie ja nicht sehen – ist aufgeregt. Für ihn ist die Szene nicht neu, wie viele haben schon so vor ihm gesessen, er weiß schon, wie es ablaufen wird, er kennt diesen Typ von Mensch. Er denkt sogar, oder fühlt, den Bruchteil einer Sekunde, daß er zu viele solcher Szenen schon hatte, daß er zu oft weiß, wie etwas ablaufen wird – und immer recht behält –, daß ihm immer seltener etwas wirklich neu ist. Nun ist ihm auch klar, was dieses Gefühl bedeutet. Überdruß ist es gewiß nicht, etwas wie Weisheit, er lächelt. Weisheit, das wäre das Ende vom Lied.

Worüber können sie eigentlich geredet haben, gerade diese beiden, gerade zu jener Zeit? Rede und Gegenrede kommen leicht ins Stocken, wenn der eine zuwenig weiß und der andere zuviel – wenn nicht wußte, doch ahnte. Sich aber oft gefragt hat, ob er nicht in der Haut dieser Jungen sein möchte, glatte Stirn, helle Aufregung um – ach mein Gott, um ein Nichts. Über die Aufsätze verlieren wir besser kein Wort. Das bißchen Hintergrunddenken lernen, das einem das Leben doch immer wieder möglich gemacht hat, das Lachen sogar – sollte das so schwer sein für die? – Die Antwort gibt er sich selbst: So schwer wie für uns.

Da hören aber die Gleichheiten schon auf. Ja, er ist ein bißchen hochmütig, das muß er sein. Sein Schicksal wird sich nicht wiederholen, an diesen Jungen nicht, ob sie sich das nun verdient haben oder nicht. Nie werden sie uns ganz begreifen, das ist eine Tatsache. Eine Tatsache, die auch einsam macht. Was wissen denn die?

Was weiß denn ich? denkt Christa T. Natürlich findet er mich komisch. Vielleicht hat er recht. Was er gemacht hat, werden wir nie machen.

Übereinstimmung wird es nicht geben, denkt der Mann, und er weiß, sie ist nicht immer zu erreichen. Also ist er überlegen. Übrigens sieht er das Mädchen nicht ohne Vorurteil an, genau wie sie ihn: Ein jeder hat ein Bild vom anderen, und ein jeder weiß, der andere hat dieses Bild von mir. Ich kann versuchen, es zu verändern, oder ich kann mich ihm anpassen. Wie schwer ein Bild zu verändern ist, das weiß wieder nur der Mann. Er verzichtet darauf, immer häufiger. Sie wird es auch lernen. Etwas wie Mitleid, vermischt mit Neid. Einst hat auch er zu den leicht erregbaren Gemütern gehört. Davon hat er nur behalten: Die Schlechtesten sind es nicht. Und: Man muß sie dämpfen. Das ist vor langer Zeit ein für allemal durchdacht, an Beispielen, die ihm entfallen sind, aber die Lehre ist geblieben. So teuer wie wir werden die sich ihre Lehren nicht einkaufen, das ist eine flüchtige Empfindung. Der Gedanke dazu ist aber: Man kann nicht jeden neuen Fall von vorne behandeln.

Der Anflug von Routine entgeht Christa T. nicht, aber wer würde bestreiten, daß richtig sein kann, was mit Routine vorgebracht wird? Sie stimmt also zu, daß man in jedem Augenblick, wenn es auch schwerfalle, Wesentliches von Unwesentlichem unterscheiden müsse. Er liest hinter ihrer Stirn: Wie oft man mir das schon gesagt hat!, denn er hat nicht verlernt, in den Blicken von Leuten zu lesen, das hat ihm mal das Leben gerettet, und immer noch liebt er das Gefühl, wenn er sein Gegenüber durchschaut.

Wenn du erst wüßtest, denkt er, wie oft man es *mir* sagt. Dann muß er lächeln, als er merkt, daß seit einiger Zeit niemand mehr nötig hat, es ihm zu sagen: Er sagt es sich selbst. Oft.

Aber so kommen wir nicht weiter. *Will* ich denn weiterkommen? Da stutzt der Mann. – Ich habe keine gute Nacht gehabt, wer fragt schon danach? Ich selber nicht, das wäre das letzte. Er hat sich wieder in der Hand.

Ihr wollt alles auf einmal haben, sagt er, nachdenkend. Macht und Güte und ich weiß nicht, was noch.

Da hat er ja recht, denkt sie erstaunt. Ihr war nicht eingefallen, daß man das nicht alles sollte haben wollen. Plötzlich begreift sie: Das ist sein Fall. Er hat sich erzogen, nur so viel zu wollen, wie er erreichen kann, mit äußerster Kraft. Sonst lebte er gar nicht mehr, oder er säße nicht hier. Dazu war nichts zu sagen. Aber was man so leichtfertig hinsagt: Wie man denkt, soll man auch handeln, oder: Das Leben aus einem Guß, oder: Keine Kompromisse; die Wahrheit und nichts als die Wahrheit … Das alles lag hinter ihm.

Komisch ist, sagt er in ihre Gedanken hinein, daß das Leben immer weitergeht, banaler könnte Ihnen wohl kein Satz vorkommen. Aber daß dies zuzeiten das wichtigste sein kann …

Da sind sich einmal, in der Mitte des Gesprächs, ihre Gedanken begegnet, damit wollen wir es genug sein lassen. Mehr ist bei dem Stand der Dinge nicht zu erreichen. Er weiß zuviel, aber nicht genug, doch hat er Ahnungen. Die freilich werden von der Wirklichkeit übertroffen werden; daß durch neue Gewißheiten seine Nächte leichter würden, kann er nicht mehr hoffen. So weiß er nicht: Wartet er auf die Gewißheit, oder fürchtet er sie?

In jedem Fall hat er zu schweigen. Die Junge da, ach, mit ihren Aufsätzen!

Als sie hinausgeht, Christa T., nicht weiß, was sie denken soll: Was hat er ihr denn überhaupt gesagt? Gar nichts, genaugenommen. Doch, etwas noch, einen merkwürdigen Satz am Schluß. So viel ist sicher, hat er gesagt, vergessen Sie das niemals: Was durch uns in die Welt gebracht ist, kann nie mehr aus ihr hinausgedrängt werden.

Diesen Satz wird sie vorerst vergessen, er kommt später wieder hoch, zu seiner Zeit. Jetzt, wenn sie nach Hause fährt, überwiegt ein neues Gefühl, eigenartig genug. Sie ist auf einmal froh, daß sie Wünsche hat, die über sie hinausgehen. Und über die Zeit, die ich erleben werde, sagt sie sich zum erstenmal. Dem Mann da, ihrem Direktor, ist sie dankbar, anders als sie dem Bild dankbar war, das sie sich von ihm gemacht hat. Sie dankt ihm ihre Wünsche. Er hat sie für sie mit bezahlt.

So kann es gewesen sein, aber ich bestehe nicht darauf. Wir haben uns ja die verschiedensten Bilder gemacht, manche sind zäh, man will kein anderes mehr. Vielleicht war der Mann, ihr Direktor, nicht so, aber er könnte so gewesen sein. Fragen kann man ihn nicht, er ist tot. Aber wie sollte man ihn fragen, selbst wenn er lebte? Wie soll man wissen, welches Bild er von sich selbst hätte und preisgeben würde? Zehn Jahre später. Er würde nicht bereit sein, in den Schacht zurückzuklettern. Denn er müßte haushalten mit seiner Kraft, die ihm geblieben ist.

Auffällig ist, daß nicht notwendig sie es war, Christa T., die da vor dem Mann gesessen hat. In dieser Szene ist sie austauschbar gegen eine Menge Personen ihres Alters. Gegen eine Menge, nicht gegen alle. Die Zeit, sich zu unterscheiden, rückte allmählich heran, aber wir ahnten es nicht. Bis sie uns über den Hals kam.

Was jetzt folgt, konnte so wieder nur ihr passieren. Die Krötengeschichte. Ich wußte nicht, daß sie ihr so nahegegangen war. Eigentlich hatte sie wenig darüber gesagt, ein paar Sätze. Stell dir vor, neulich hat doch ein Junge aus meiner Klasse in meiner Gegenwart einer Kröte den Kopf abgebissen. – Pfui Teufel, werde ich gesagt haben – ach, jetzt erinnere ich mich: Wir entwarfen zum Spaß noch einen Brief an unseren alten Pädagogikprofessor, der gipfelte in der Frage: Was tut eine junge

Lehrerin, Herr Professor, wenn in ihrer Gegenwart einen ihrer fast erwachsenen Schüler das Gelüst ankommt, einer gemeinen Feldkröte den Kopf abzubeißen?

Nun nehme ich die ganze Geschichte ruhigen Gewissens von ihr selbst, denn sie ist ja festgehalten, auf zwölf Blättern, und es spielt gar keine Rolle, ob sie sich genau so zugetragen hat oder nicht. Beginnen wir, wie sie, mit dem letzten Abend vor der Abreise ihrer Klasse aus dem Dorf. Die Kartoffeln sind fast abgeerntet. Beginnen wir mit der Kneipe. Christa T. hat ihren Schülern gestattet, ein bißchen zu feiern, jetzt tauchen ihre Köpfe manchmal aus dem Qualm auf, der über den Tischen liegt; Wolfgang, der mit dem Traktoristen Schach spielt; Jörg, der sich an einer Beethovensonate auf dem verstimmten Klavier versucht; Irene, die mit den Dorfjungen über Comics streitet. Christa T., die Lehrerin, sitzt mit den Bauern in der Ecke am Ehrentisch und wird mit Bier traktiert. *Mir scheint, am Anfang hab ich meinen Beruf und die seelische Struktur meiner Schüler etwas unterschätzt ...*

Nehmen wir den nächsten Tag. Die neblige Kälte des frühen Morgens, das nasse Kartoffelkraut, die klammen Finger. Das letzte Feld. Bis Mittag zu schaffen, wenn Hammurabi will. Christa T. mißt mit dem Blick die Länge des Feldes, dann sieht sie Hammurabi an, wiegt zweifelnd den Kopf – pure Taktik. Hammurabi hat nichts gesehen, er braucht keine Aufforderung, er wechselt einen Blick mit Wolfgang, stößt seinen Pfiff aus, und dann fangen sie an, den Korb zwischen sich. Christa T. ist beruhigt: Zur Frühstückspause werden die beiden am anderen Feldrand sein. Sie selbst hält sich mit den Mädchen etwas zurück, manchmal sei es schlau, die

Männer siegen zu lassen. Die Mädchen betteln, sie soll noch ein paar plattdeutsche Sprichwörter zum besten geben. Wenn't Hart man swart is, seggt de Köster, dann hadd hei taun Gräwnis ne rod West antreckt. – Noch eins, bitte! – Ja, Geld up de Sparkass is schön, seggt de Deern, aber Kauken is doch noch'n bätten schöner! – Sick de Arbeit bequem maken, is kein Fulheit, seggt de Knecht taun Burn. – Die Jungen werden neidisch auf das Gelächter in ihrem Rücken, sie werfen mit Erdbrocken.

Inzwischen ist die Sonne durchgekommen. Frühstück. Christa T. biegt das Kreuz gerade, zufrieden blickt sie über das zu zwei Dritteln leere Feld. Sie schleppt mit Irene die Kanne herbei und läßt den Deckel mit dem heißen Kaffee kreisen. Die Erde an den Händen wird schon trocken und spröde, ein Zeichen, daß die Pause dem Ende zugeht. Da bringt Bodo die Kröte.

Sie sitzt auf seiner ausgestreckten Hand und glotzt angstvoll. Niemand wundert sich, daß wieder eine Wette fällig ist, aber niemand nimmt Bodo ernst. – Was krieg ich, wenn ich der Kröte den Kopf abbeiße? Von dir? – Dreißig Pfennig. – Von dir? – 'ne Mark. – Von dir? – Mach dich weg, pfui Deibel! – Natürlich ist es Unfug, nichts als Angabe, es kommt nicht dazu, aber die Gesichter der Jungen beleben sich. Irene springt auf, gibt Bodo einen Stoß: Weg mit dem Vieh! – Bodo trägt die Kröte in die feuchten braunen Blätter zurück.

Da steht Hammurabi hinter ihm. Warum sie ihn bloß so nennen, und wo ist er eigentlich bis jetzt gewesen? – Her mit der Kröte! Also: Was krieg ich, wenn ich ihr den Kopf abbeiße? Von dir? Von dir? Von dir? – Da kommt Pfiff in die Sache, da fliegen die Antworten schneller, auch der Preis scheint gestiegen zu sein: fünfzig Pfennig – nichts – hast ja Hemmungen – 'ne Mark – 'n Groschen – wenn du dich traust: einsuffzig. – Hammurabi, sagt Christa T., zu leise, sie fühlt es selbst. Wilhelm! Das tust du nicht! – Sie tritt auf ihn zu, da weicht er lässig aus. – Fünf Mark achtzig, sagt er. Schäbig, aber der Mensch freut sich.

Dann wird es still auf dem Feld. Man hört den angstvollen Atem der Kröte, sieht ihre weiße Brust pulsieren. Das tut er nicht, das tut er nicht … Da hat er dem Tier schon die Vorderbeine heruntergebogen, schnellt seinen Kopf seiner Hand entgegen und beißt zu. Christa T., die Lehrerin, sieht seine gesunden, blendend weißen Zähne schnappen, einmal, noch einmal. Das Krötenhaupt sitzt fest am Rumpf.

Da knallt der schwarze Kater noch einmal an die Stallwand. Da zerschellen noch einmal die Elstereier am Stein. Da wird noch einmal der Schnee von einem steifen kleinen Gesicht gewischt. Noch einmal schnappen die Zähne zu.

Das hört nicht auf.

Christa T. fühlt eine Kälte den Rücken hochsteigen, bis in den Kopf. Sie wendet sich ab, geht weg. Nicht Ekel kommt – Trauer. Später laufen ihr auch die Tränen übers Gesicht, sie hockt sich auf den Ackerweg und weint. Irene holt sie nach langer Zeit zurück. Sie arbeiten schweigend bis zum Mittag.

In den nächsten Tagen, als sich ihr befremdendes Verhalten herumgesprochen hat, spricht der Biologielehrer sie auf dem Gang an: Ich wundere mich über Sie, Kollegin. Ich denke, Sie sind vom Lande. Und da weinen Sie um eine Kröte?

Wie ich eben in ihren Notizen blättere, finde ich noch einen Zettel, den ich früher übersehen hatte. Er gehört zum Krötenmanuskript. »Möglicher Schluß« steht darüber. Er zeugt davon, daß sie sich mit der nackten, wahren Wirklichkeit nicht abfinden wollte. Sie läßt die Kochfrau aus dem Dorf auftreten. Vor dem Mittagessen soll sie zu ihr, Christa T., gesagt haben: Was ist denn bloß passiert, Fräulein? Der Lange, Kraushaarige, der mit dem komischen Namen, liegt oben im Stroh und heult. Erst kam er mit ganz wildem Gesicht hereingelaufen und hat sich wie toll überm Becken die Zähne gebürstet und den Mund gespült. Dann hat er sich ins Stroh geschmissen, jetzt heult er wie ein kleines Kind.

Diesen Schluß – wie mag sie ihn sich gewünscht haben. Wie stimmen wir im Innersten überein mit allen, die solche Schlüsse, je weniger sie stattfinden, um so heftiger begehren. – In Wirklichkeit passierte das Wahrscheinlichere: Ihr Direktor ließ sie rufen. Kaffee wurde ihr diesmal nicht angeboten. Die Eltern des Schülers, den sie Hammurabi nennen, haben sich über sie beschwert: Verletzung ihrer Aufsichtspflicht während der Arbeit auf dem Acker. Und hatten sie nicht recht? Nicht daß ich Sie direkt tadeln will, sagte der Direktor. Sie fangen erst an. Sagten Sie nicht selbst, der Arbeitseifer dieses Hamm-, nun ja, des Wilhelm Gerlach, war über jeden Zweifel erhaben? Er war einer der Fleißigsten? Also! Dagegen, denk ich doch, verblaßt diese alberne Geschichte mit der Kröte. Immerhin: Dafür, daß unsere Schüler in unserem Beisein wenigstens kein Ungeziefer essen, müssen wir die Verantwortung schon übernehmen, nicht wahr?

Fleißig und roh ist er, sagte sie zu mir. Er hat nur Glück,

daß er hier lebt. Anderswo wäre er – sonstwas. Sein Typ ist noch gefragt. Wenn wir uns bloß nicht täuschen lassen von seiner Tüchtigkeit! Denn – wohin würde das führen?

Darauf konnten wir uns keine Antwort geben, wir wußten auch zu wenig von der ausgleichenden Wirkung der Zeit.

Szenenwechsel, Sprung von sieben Jahren, die Chronologie stört. Da sitzt sie noch einmal einem ihrer Schüler gegenüber, im Rilagebirge, im Klosterrestaurant, hierher ist sie mit Justus, ihrem Mann, gefahren, es ist ihre letzte und einzige große Reise. Der junge Mann, der sich ihnen nähert, ist Mediziner, im letzten Semester, er stellt sich vor: Sie erkennen mich nicht? Er hat Christa T. mit ihrem Mädchennamen angeredet. – Ich war der, der immer »nämlich« mit »h« geschrieben hat, bis Sie mich durch den Vergleich mit »dämlich« kurierten. So muß ich jetzt immer an Sie denken, wenn ich »nämlich« schreibe. Gestatten?

Er setzt sich mit seiner Braut an ihren Tisch. Die Braut könnte nicht schöner und eleganter sein, auch sie wird Ärztin werden. Christa T. staunt, und ihr ehemaliger Schüler ist zufrieden. Er kennt die Gerichte, die man ihnen bringt, er gibt ein zutreffendes Urteil ab, ohne rechthaberisch zu sein, er hat Humor, er steht über den Dingen, er ist überhaupt so unrecht nicht. Er bekennt, daß Christa T., wenn sie nur länger an seiner Schule geblieben wäre, seine Lieblingslehrerin hätte sein können. Setzt aber freimütig hinzu: daß es dazu nicht gekommen sei, habe auch seinen Vorteil. Sie habe doch gar zu unpraktische Anforderungen gestellt. – Ja? fragt Christa T. Ich erinnere mich nicht. – Nur ein Beispiel, sagt ihr ehemaliger Schüler, dieses Dichterwort, das Sie uns mal vorgelesen haben. Ich weiß nicht mehr, von wem. Über die halb reale, halb phantastische Existenz des Menschen. Das ist mir direkt nachgegangen. – Gorki, sagt Christa T. Also es hat Sie beunruhigt. – Bis ich studierte, sagt der Medizinstudent. Bis mir klar wurde: Die reale Existenz des Menschen hat mir als Arzt zu genügen. Und wir haben ja auch weiß Gott einiges mit ihr zu tun. Bloß eben, als ich Sie erkannte, fiel mir Ihre »phantastische Existenz« wieder ein. Komisch, nicht?

Er hat nämlich eine Entdeckung gemacht, und es ist ihm sogar gelungen, sie in Worte zu fassen, was der schwerere Teil der Arbeit ist, nun kann er sich nicht satt hören an seiner Entdeckung: Der Kern der Gesundheit ist Anpassung. – Das wiederholt er gleich noch mal, sie solle nur nicht die Brauen heben, ob sie denn wirklich begreife, was das heißt?

Nun, Christa T. verstand allzugut, sie glaubte auch seinen entwicklungsgeschichtlichen Exkurs entbehren zu können, aber er ist nicht zu unterbrechen. Überleben, ist ihm klargeworden, sei das Ziel der Menschheit immer gewesen und werde es bleiben. Das heißt, ihr Mittel zu jeder Zeit: Anpassung. Anpassung um jeden Preis.

Ob ihm nicht auffalle, daß er dieses Wort nun wenigstens zweimal zu häufig gebraucht habe?

Aber so leicht wie früher können Sie mich jetzt nicht mehr in Verlegenheit bringen, Sie haben mich nicht mehr unter Ihrer moralischen Fuchtel, ich bin so frei zu kontern: Was könnte denn, vom ärztlichen Standpunkt, aus einer Programmierung der Jugend mit einer

tritt den Hof, mit dem hölzernen Hammer schlägt er das Holzrohr: dong, ding ding ding. In der reichgeschnitzten, goldprunkenden Kirche, hinter der Trennwand zum Allerheiligsten, öffnet ein junger Mönch den Reliquienschrein. Die Knochen der Heiligen hinter der Glasplatte. *Einer nach dem anderen unter endlosen Wechselgesängen, treten sie heran, das Glas zu küssen, Weihekerzen werden angezündet, kleine Geschenke dargebracht. Was für Gesichter unter den Mönchen! Feiste gedankenlose Grauköpfe, hagere, bleichhäutige Fanatiker, ein verschmitztes Burgundergesicht, ein guter gedankenvoller Gelehrtenkopf und mein Träumer, der Seidenhaarige, der den Schrein öffnen durfte.*

Gehen wir doch in die Arkaden, spazieren wir unter den Martyrien der Heiligen, unter der Apokalypse, die uns nicht mehr betrifft. So, eines Tages, wird man unter unseren Martyrien spazieren. Der Mediziner aber, mein früherer Schüler, spaziert heute schon drin herum, und nichts davon betrifft ihn – das ist doch merkwürdig, nicht? Übrigens hat er mir mit einem Schlage klargemacht, was das eigentlich auf sich hat mit dieser »halbphantastischen Existenz des Menschen«, mit der ich damals wohl, das geb ich zu, ein bißchen im luftleeren Raum herumjongliert habe. Unsere moralische Existenz ist es, nichts anderes. Und die ist allerdings sonderbar genug. Phantastisch sogar. Mein schlaues Schülerlein hat nicht zu Ende gedacht, das hab ich ihm nicht beibringen können. Er war ein bißchen gar zu freudig erregt von seiner Entdeckung, daß er nicht verantwortlich ist für irgend etwas, was es auch sei ...

Das hohe hölzerne Kreuz auf dem Westgrat über dem Gebirgstal hebt sich schwarz vom gelben Abendhimmel ab. Wir können wohl nur, sagt Christa T., in aller Ruhe damit rechnen, daß nicht verlorengehen wird, was noch so dringend gebraucht wird.

Ich weiß nicht, ob wir auf ihre Reise noch zurückkommen werden, ihre einzige, die sie so sehr genoß, weil jetzt das Kapitel über Justus kommt. Es ist längst im Gange, ihre Liebe hat schon angefangen, sie weiß nur noch nichts davon.

In der Mensa – sie studierte noch – hat er sie zum erstenmal gesehen. Er war Gast von einer anderen Universität, die Konferenz würde noch zwei Tage dauern. Sie steht am Essensschalter an – wer ist das, woher kenn ich sie? Da fängt es an, wenigstens auf seiner Seite. Ihm fällt das Bild in der Wohnstube seiner Eltern ein, das Mädchen im Profil, das ist sie, das Bild war aus einem Kalender geschnitten und stellte irgendeine ägyptische Königin dar.

Er läßt sich von einem gemeinsamen Bekannten an ihren Tisch bringen und lädt sie für den nächsten Abend zum Abschlußfest ihrer Tagung ein. Sie, weder überrascht noch beleidigt, sagt einfach zu, so leicht geht das. Nur daß er sich leider nicht einreden kann, sie sei besonders angerührt, auch den nächsten Abend nicht, auch nicht den Tag über draußen am Kanal. Dann muß er schon wieder abfahren und weiß: Ich bin keinen Millimeter weitergekommen. Obwohl er in seinem ganzen Leben noch nichts so dringlich gewünscht hat wie dies.

Das muß dann später den Ausschlag gegeben haben.

Wir haben ihn lange nicht zu sehen bekommen, obwohl wir wußten, von ihr selbst, da ist jetzt einer. Er wollte mich lange.

Dann blickte sie unschuldsvoll in unsere wißbegierigen Gesichter. Nichts weiter.

Da treten wir am besten ein paar Schritte zurück.

Wie jung sie ist! Wie sie sich nach der Leidenschaft sehnt! So frisch und neu tritt ihr alles entgegen, jedes Gesicht, jede Bewegung, die ganze Stadt, sie duldet nichts Fremdes, lebt in der Gegenwart, verlockt von Farben, Gerüchen, Tönen: *Immer neu sich verbinden und immer wieder davongehen dürfen* ... Die Stadt gehört ihr – wird sie je wieder so reich sein? Das Kind gehört ihr, das in der Straßenbahn in die Ecke gedrückt sitzt und seine Mutter nach allem fragt, was es von draußen nur hören und nicht sehen kann, der schwarzhaarige Mann – *viel Weißes in den schmalen Augen und ein Zug von Härte in seinem Gesicht*, dem sie Zärtlichkeit zutraut, ihr wird heiß, wenn sie ihn ansieht, er lächelt und sagt leise »Auf Wiedersehen«, als er fortgeht. Der junge Gärtner, dem sie den viel zu teueren Flieder abkauft und den sie in Verwirrung bringt: »Einem so schönen jungen Mann kann man eben nicht widerstehen ...« Aber den Flieder gibt sie weiter an einen ratlosen Ehemann, der aus einer Versammlung losgelaufen ist, weil ihm sein Hochzeitstag einfiel, und nun sind alle Blumenläden geschlossen. Und auch die Dame gehört ihr, die ihren Sohn besuchen kommt, Theologiestudent, taxiert Christa T., intelligent, aber hochmütig: Nicht unser Freund. Da gehört er ihr auch.

So hat sie sich auf ihre Liebe vorbereitet, denn davon handelt dieses Kapitel. Die Briefe, die Justus ihr schrieb, hat sie freundlich beantwortet, da hört er im rechten Moment zu schreiben auf: Er hatte die Gabe, im rechten Moment das Rechte zu tun. Das war ihr lieb. Seine

Telefonnummer verlor sie inzwischen nicht, aber sie wird sie auch nicht oft angesehen haben. Drängen konnte man sie nicht. Sie konnte sich selbst nicht drängen, schnell fiel ihr nichts zu, viel war schon, daß jetzt häufiger eine Ahnung durchschien, worauf das alles hinauslaufen soll, dann aber, wie es sich für sie versteht, gleich mit Verzweiflung gemischt wird: *Es faßte sie plötzlich eine große Angst, daß sie nicht schreiben könne, daß es ihr versagt sein werde, je in Worte zu fassen, was sie erfüllte.* Dabei redet man vorsichtshalber in der dritten Person, man selbst kann es sein oder irgendeine, die man zum Beispiel »sie« nennt. Von der kann man vielleicht eher wieder loskommen, muß sich nicht hineinziehen lassen in das *Unglück ihres falschen Lebens*, man kann sie neben sich stellen, sie gründlich betrachten, wie man sich angewöhnt hat, andere zu betrachten.

Das alles könnte zu Liebe werden, nur fehlt der Entschluß. Eines Tages, wie sie wieder durch die Straßen rennt, wie ihr an einer großen Kreuzung eine Menschenmenge entgegenkommt, lauter einzelne Leute, aber jeder ist ihr fremd – auf einmal hält sie an, erschrickt. Mach ich mir auch nichts vor? Wie lange kann man noch warten? Hab ich wirklich noch Zeit? Und wer gehört mir, genaugenommen?

Sie ruft noch in der gleichen Stunde die Nummer an, die sie, wie sich zeigt, bei sich getragen hat. – Du bist das, sagt Justus, das hab ich mir denken können. – Daß ihm die Zeit lang geworden ist, daß er anfing zu zweifeln, schon versucht gewesen war, ihr nachzuforschen – das alles sagt er nicht.

Also wann? sagt er dafür.

So muß etwas anfangen, was dauern soll.

Aber versprechen, sagt sie sich, als sie aus der Telefon-
zelle tritt, versprechen kann ich natürlich nichts.

Während ich dies niederschreibe, mit bestem Gewissen – denn jeder Satz ist doppelt bezeugt und hält der
Nachprüfung stand –, während ich in dem rotbraunen
Berliner Büchlein weiter blättere und auf die Zeile sto-
ße: »Justus, lieber geliebter Justus!«; während ich mir
Mühe gebe, das Zimmer zu erschaffen, in dem sie sich
nun zum erstenmal begegnen können: während all dem
gewinnt ein altes Mißtrauen wieder in mir die Ober-
hand, das ich unterworfen glaubte, und wenn überhaupt, dann am wenigsten jetzt zurückerwartet hätte.
Wäre es nicht möglich, das Netz, das für sie geknüpft
und ausgelegt wurde, erwiese sich am Ende als untaug-
lich, sie zu fangen? Sätze, die sie geschrieben hat – ja.
Auch Wege, die sie gegangen ist, ein Zimmer, in dem
sie gelebt hat, eine Landschaft, die ihr nahe war, ein
Haus, ein Gefühl sogar – nur nicht sie. Denn sie ist
schwer zu fangen. Selbst wenn ich es schaffen könnte,
alles getreulich wiederzugeben, was ich von ihr noch
weiß oder in Erfahrung gebracht habe, selbst dann wäre
denkbar, daß derjenige, dem ich alles erzähle, den ich
brauche und jetzt um Beistand angehe, daß er am Ende
nichts von ihr wüßte.

So gut wie nichts.

Wenn es mir nicht gelingt, das Wichtigste über sie zu sagen: Sie, Christa T., hat eine Vision von sich selbst gehabt. Das kann ich nicht beweisen, wie ich beweisen
könnte: Zu jener Zeit hat sie da und da gewohnt, und
in der Staatsbibliothek hat sie die und die Bücher ausge-
liehen. Aber die Bücher sind gleichgültig, ich habe mir

ihre Lesekarte nicht heraussuchen lassen, zur Not würde ich einfach ein paar Titel erfinden. Die Visionen der Leute erfindet man nicht, man findet sie, zuweilen. Von ihrer habe ich seit langem gewußt. Seit jenem Augenblick vor zwölf Jahren, da ich sie Trompete blasen sah. Denn wir schreiben inzwischen das Jahr fünfundfünfzig.

Justus sehen wir lange nicht, das sagte ich schon, er wurde uns vorenthalten. Ein bißchen wunderten wir uns ja auch. Eine Tierarztfrau im Mecklenburgischen – das sollte es nun also sein? Denn unwillkürlich greift man doch immer wieder zu Festlegungen. Bis zu dem Kostümfest, da kam sie als Sophie La Roche, hatte sich aber überhaupt nicht kostümiert, trug nur ihr fremdartig gemustertes goldbraunes Kleid und teilte jedem mit, wen sie darstellte. Justus, an ihrer Seite, so wenig verkleidet wie sie, spielte den Lord Seymour, jedenfalls behauptete sie es. Niemand wußte, ob diese Idee besonders exaltiert oder einfach boshaft war, aber jedenfalls konnten wir Justus endlich mustern, und dabei stellte sich heraus, daß wir die Festlegungen ruhig fallenlassen konnten.

Es war wohl, was man eine Party nennen mußte, eine der ersten, wir waren noch recht unsicher im Party-Feiern, aber wenn man unsere Gastgeber ansah, kriegte man das Gefühl, es mußte sein. Vorurteilsfrei solle es zugehen, sagten sie jedem zur Begrüßung, und Christa T. nickte ganz vernünftig, sah sich in den zwei großen, spärlich beleuchteten Räumen um, pflückte ein paar Papierschlangen vom Gummibaum und legte sie sich um die Schulter, kippte Justus ein Tütchen bunten Konfettis auf den Kopf und sagte: Hier sind wir richtig!

Das Gefühl hatte ich nun gerade nicht. Mir war, als habe sie sich für diesen Abend etwas Bestimmtes vorgenommen, das sich nicht recht in dieser herausfordernd und zugleich gehemmt kostümierten Gesellschaft unterbringen ließ. Sie schien einen Plan zu verfolgen, der sich gegen niemand als gegen Justus – oder auch an ihn richtete; ich wurde schwankend. Ich spürte sogar Lust, ihm einen Wink zu geben, seine Partei zu nehmen, er gefiel mir. Dann sah ich, daß er keine Winke brauchte. Er hielt sie in aller Ruhe, denn die Zeit der Unsicherheit war für ihn lange vorbei.

Auch für sie? Oder sollte sie es sein, die stumm um eine Art Beistand bat? – Mein Fräulein, sagte ich, als niemand uns hören konnte. Sie scheinen doch nicht zu wissen, was Sie da auf sich laden. Das Schicksal der La Roche! Eine überspannte und etwas sentimentale Schwärmerin, wider Willen ans Landleben gefesselt, so daß sie all ihre unerfüllte Sehnsucht in eine künstliche Figur verströmt ...

Viel schlimmer, erwiderte Christa T. Wenn's noch die La Roche wäre! Aber ihre Figur ist es ja, das Fräulein von Sternheim: *Ihr* Schicksal ist gemeint.

Sie scherzen, sagte ich.

Justus brachte uns beiden Sekt und blieb stehen. Ich konnte trotzdem weitersprechen.

Verführung? Intrigen? Falsche Ehe mit diesem Schurken von Derby? Das traurige Landleben in der englischen Provinz? Und, um Gottes willen, Tugendhaftigkeit?

Genau das, sagte Christa T. Und zum Lohn für alles Lord Seymour, das Ende vom Lied.

Mademoiselle, sagte Justus. So sollten Sie mich doch nicht nennen.

Das wird sich zeigen, sagte Christa T., wie man Sie zu nennen hat.

Sie trank ihren Sekt in einem Zug und sah ihn dabei an. Sein Lächeln war zuversichtlich, aber nicht selbstsicher. Das ging, wahrhaftig, das konnte gehen.

Ich glaubte nun deutlicher zu sehen, worauf sie hinaus-wollte. Sie hatte sich da ein Mittel gefunden, ihm vor Augen zu führen, was sie aufgab, wenn sie mit ihm ging. Gerade schien sie es selbst zu merken, sie erschrak noch einmal, das war ein wichtiger Augenblick. Justus aber, ob er es wußte oder nicht, tat das Richtige: Er tat, als habe er das alles längst vor ihr gewußt, als sei eben das der springende Punkt und als käme gar nicht in Frage, einen Gedanken an »aufgeben« überhaupt zuzu-lassen. Und das alles gab er ihr zu verstehen, ohne ein Wort zu verlieren, allein, wie er ihr zutrank, ihr das Sektglas aus der Hand nahm und sie zum Tanzen führ-te. Da sie, wie er sah, entschieden war, war es an ihm, ihr den letzten Schritt leicht zu machen: Es gab gar kei-nen letzten Schritt, das war ein Schritt von vielen.

Sie dankte ihm die Sicherheit, die er ihr gab, und hatte Grund dazu. Er ließ sie dann tanzen, solange und mit wem sie wollte, tanzte selbst nicht, trank wenig und wartete, bis er sagen konnte: Gehen wir. – Da ließ sie ihren Tänzer stehen und ging sofort. Sie winkte mir leichthin zu und verließ uns, und wir Zurückbleibenden mochten uns fragen, warum wir immer gezweifelt hat-ten, daß sie auf einfache und glückliche Weise unter die Haube kommen werde.

An jenem Abend hat sie sich selbst und uns alle zwingen wollen, ein paar Schritte, ein, zwei Jahrhunderte zu-rückzutreten, um uns deutlicher zu sehen. In hundert, nein, in fünfzig Jahren werden auch wir als historische Figuren auf einer Bühne stehen. Warum so lange warten? Warum, da es doch unvermeidlich ist, nicht mit ein paar Schritten selbst auf die Bühne springen, erst mal ein paar Rollen durchprobieren, ehe man sich festlegt, diese und jene als Zumutung zurückweisen, andere mit geheimem Neid schon besetzt finden – endlich aber eine annehmen, bei der alles auf die Auslegung ankommt, also von mir selbst abhängt? Die Frau eines Mannes, der Tierarzt sein wird und der weiß, daß sie ihn sich nicht nur ausgesucht, sondern eigens erschaffen hat und daß sie sich gegenseitig zwingen müssen, an den Rand ihrer Möglichkeiten zu gehen, wenn sie sich nicht wieder verlieren wollen.

An jenem Abend nahm er sie mit zu sich nach Hause. Die Erfindung des Zimmers habe ich aufgegeben, es ist nicht wichtig. Sie brauchte nun auch keine Zeit mehr. Das Spiel hörte auf, die Rolle fiel von selber ab, er liebte sie.

14

Jetzt heißt es, doppelt vorsichtig zu sein. Man wird das Gefühl nicht los, den Schlüssel gefunden zu haben.
Jetzt heißt es, Argwohn zu wahren. Wie denn – dies soll es gewesen sein? Ein paar halbe Worte: »Phantastische Existenz«, »Vision« ... Und wenn es viele Türen gäbe? Und diese eine wäre nur zufällig, aufs Geratewohl getroffen?
Andere aber wären, auch für sie, Christa T., verschlossen geblieben?

Wir können noch einen Versuch machen. Nicht jenes Kostümfest soll es gewesen sein, das sowieso erfunden ist, sondern eine einfache Ankunft, noch dazu in einem Landstädtchen. Es hat keinen Zweck, den Namen zu nennen, sie sind ja alle gleich, nur daß in diesem einen Justus zufällig sein Praktikum ableistet. Und sie, Christa T., wird ihn also besuchen, Sonnabend mit dem Nachmittagszug. Was denkst du denn, eher kann ich nicht. Könnte auch noch ganz wegbleiben, mit Leichtigkeit, sagt sie sich, wenn sie aber nun doch im Zug sitzt – was besagt das schon? So redet Justus, er stammt von pommerschen Bauern ab, sie muß lächeln: Es besagt nichts und hat auch nichts zu besagen.

Das Wetter könnte nicht schöner sein. Eine Familie – junger Mann, unliebenswürdige Frau und ein Junge – sind mit Sack und Pack zugestiegen, für eine lange Fahrt ausgerüstet. Der Mann läßt sich auf einen schweren Rucksack sinken und schläft sofort ein. Die Frau sitzt ihm gegenüber und starrt ihm die ganze Zeit mit finsterem, verlangendem Blick ins Gesicht, auf dem sich kleine Schweißtropfen bilden. Sie beugt sich vor, damit sie ihn nicht aus den Augen verliert. Sie hat einen gesunden, schweren Körper, einen fleischigen Kopf, zurückgekämmtes dunkelblondes Haar, aber sie kann sich nicht auf sich selbst verlassen, sie muß sich diese silbrig glänzenden Hänger in die Ohren schrauben, die so sehr abstechen von ihrer finsteren Leidenschaft.

Wenn sie geglaubt hat, ihre alte Angewohnheit, die Leute zu beobachten, werde sie ablenken ... Ob er mich abholen wird oder nicht, wie er mich ansieht, was er als erstes sagt – das wird alles entscheiden. Nur daß er bestimmt da ist. Daß sein Blick mir in jedem Fall in die

Glieder geht, es genügt ja, ihn sich bloß vorzustellen, wie oft in dieser Woche, und er nutzt sich nicht ab … Und daß er gar nichts mehr sagen kann, was gegen ihn ausschlagen würde.

Aber ich kann doch noch machen, was ich will?

Der junge Mann ist endlich erwacht, sein erster Blick trifft auf den Blick der Frau, dann sieht sie weg, reißt ihren Jungen am Arm, er soll dem Vater Platz machen. Auf irgendein Ergebnis laufen immer alle Bewegungen hinaus, jung und grün ist man auch nicht mehr, sechsundzwanzig inzwischen, man hat schon gespürt, daß man auch zu unentschieden sein, daß man auch aus Unbescheidenheit – oder wie soll man das nennen? – den Augenblick verpassen kann, für Liebe, für Leben, für alles, wofür es keinen Ersatz gibt. So muß man sich binden?

Justus sah ihr entgegen, sein Blick war, wie sie ihn sich wünschen konnte, er bemerkte alles: wie lange sie vorhin vor dem Spiegel gestanden hatte, daß ihre Haare kurz waren; aber sie spürte nur, daß alle Vorbehalte sich auflösten, wie sie ihm entgegenging, und als sie nahe genug an ihn herangekommen war, blieb nicht einmal eine Erinnerung an Zweifel. So und nicht anders, dabei blieb es dann.

Natürlich hat sie auch Schutz gesucht, vielleicht hätte man das früher sagen sollen, und wer würde es ihr verdenken? Dämme bauen gegen unmäßige Ansprüche, phantastische Wünsche, ausschweifende Träume. Einen Faden in die Hand nehmen, der in jedem Fall, unter allen Umständen weiterläuft, an dem man sich, wenn es not tut, halten kann: den alten Faden, der aus soliden Handgriffen und einfachen Tätigkeiten gemacht ist.

Handgriffe und Tätigkeiten, die man nicht nach Belieben ausführen oder unterlassen kann, weil sie das Leben selbst in Gang halten. Kinder zur Welt bringen, alle Mühen auf sich nehmen, denen sie ihr Leben verdanken. Tausend Mahlzeiten zubereiten, immer aufs neue die Wäsche in Ordnung bringen. Die Haare so tragen, daß sie dem Mann gefallen, lächeln, wenn er es braucht, zur Liebe bereit sein.

Sie nimmt den Vorteil wahr, eine Frau zu sein.

Damals muß sie sich verändert haben.

Wenn man es mit nackten Worten sagen dürfte, müßte man sie schön und eigenartig und glücklich nennen, so ist sie auf den Bildern, die von unseren Silvesterfeiern übriggeblieben sind. Schön und eigenartig durch Glück, jetzt wird mir bewußt, daß Unglück die Menschen gleich macht, aber Glück nicht, Glück macht sie einzig. Auf den Bildern sieht man, wie sie lachen konnte, sogar, daß sie noch staunen konnte über Wunderkerzen. Was man nicht sieht, ist, sie machte Ernst mit sich. Sie schuf sich noch mal neu, von Grund auf, für Justus, das war beileibe keine Mühe, sondern das größte irdische Vergnügen, das ihr je untergekommen war. Nichts konnte so banal sein, daß sich nicht wenigstens ein Spaß daraus ziehen ließ, manchmal aber eine wirkliche Freude, es war nicht zu glauben. Der Dorfpolizist, sagte sie, der Justus zusammengestaucht hat, weil er mit dem Goldfischglas unterm Arm zum Teich schlich? Kennt ihr nicht? Was er da wolle? Die Goldfische aussetzen! Da gab's kräftig was hinter die Ohren. – Ach, ihr! Ihr seht ihn wohl nicht da stehen, das begossene Pudelchen? Ich seh ihn.

Sie sah jedermann an jedem beliebigen Ort, wenn sie

nur ein paar gediegene Zutaten hatte, ein Goldfischglas und die Dorfpolizei zum Beispiel. Da klebte sie sich sogar einen Bart an, damit wir ihn auch sehen sollten. Der Bart ging dann schwer ab, als wir auf das neue Jahr anstießen. Neunzehnhundertsechsundfünfzig. Jetzt brauchen wir jedes einzige Jahr, die Großzügigkeit ist uns ganz vergangen, mag sein, wir werden noch lernen, mit Tagen zu rechnen. Und mit Stunden.

Überhaupt war sie da schon verheiratet, das ging sehr schnell, das Kind war auch schon unterwegs, Klein-Anna. Doch vorher hatten die Schmerzen wieder angefangen, Gesichtsschmerzen, Nervenschmerzen, ein Familienübel, manchmal schwer zu ertragen. Sie war beinahe erstaunt, so, als hätte sie erwartet, daß alle Widrigkeiten jetzt von alleine zurückblieben, jetzt, wo sie zu verstehen begann, sich ihren Teil von der Welt zu nehmen und ihr ihren Teil zurückzugeben, denn so war es. Nichts, nichts lief darauf hinaus, im fünfunddreißigsten Jahr einfach abgeschnitten zu werden, aber alles, langsam und stetig sich fortzusetzen und am Ende auf seine Art dazusein. Da es aber ein Ende nicht gibt, nur diesen sinnlosen Unglücksfall, muß man wohl den Versuch machen, die Linien ihres liegengelassenen Lebens zu verlängern, mit der gebotenen Vorsicht, und in ihrer natürlichen Perspektive. Daß man sie sehen kann.

Wie ich sie sehe, egal, was sie gerade macht. Vielleicht bäckt sie einen Schweinerücken, der ist knusprig und eingekerbt, als er aus dem Ofen kommt, sie hat Spaß an dem Ding, oder sie nimmt die Kinder an die Hand, füttert sie, unterweist sie, oder sie bereitet für Justus den Tee, auf die komplizierte Weise, die er gerne hat.

Ich war ja dabei, wie sie Vorhangstoffe für ihr Haus aussuchte, die Vorhänge hängen auch da, aber sie ist weg. – Doch ich lasse mich hinreißen. Ich greife vor, als könnte ihre Geschicktheit in Alltagsdingen irgend etwas beweisen oder gar rückgängig machen. Als gebe es eine Instanz, bei der man Berufung einlegen kann und die durch solche Gründe: daß sie brauchbar war, daß sie gebraucht wurde, im mindesten zu rühren wäre.

Aber sie lebt ja noch in Berlin, ein buntes halbes Jahr. Das rotbraune Notizbuch verstummt einfach, Kochrezepte und Etatpläne füllen seine letzten Seiten, ich muß lachen über das Sümmchen, das da hin- und hergeschoben wird. Sie klappt das Heft zu, sie sagt: Wir ziehen los, wenn Justus von der Straße her pfeift, dann ziehen sie los, manchmal weit weg, manchmal nach »drüben«. So gewohnt ist es nicht, daß nicht doch Herzklopfen dabei wäre. Drüben, wo die anderen, wo entgegengesetzte Entwürfe von allem – von jedermann und jeder Sache und jedem Gedanken – hergestellt werden; denn das ist der wahre Grund, wenn einem ungeheuer ist, wenn man voll unheimlicher Erwartung um die nächste Ecke biegt: Immer nur derselbe lächelnde Verkehrsschutzmann. Aber ebensogut könnte man von sich selbst überrumpelt werden. Nicht nur das Land, jeden von uns gibt es doppelt: als Möglichkeit, als Unmöglichkeit. Manchmal löst man sich aus der Verwirrung mit Gewalt. Sie spuckt auf den Gedenkstein für die »geraubten Länder im Osten«. Grüngolden ist die Farbe der Erinnerung, sie soll nicht schwarz werden, verdorren: Schwarz ist die Farbe der Schuld. Sie spuckt auf diesen Stein.

Komm, sagt Justus, seine Hand umspannt ihren Oberarm. Sie steigen eine teppichbelegte Treppe hinauf, Christa T. dreht auf jedem Absatz an den Messingknäufen des Geländers. Am liebsten möchte sie die Stufen zählen, um nicht auf die Türschilder zu achten, die ihr entgegenkommen, aber da sind sie schon, da ist Justus' Name noch einmal, da ist die vornehme Wohnung seiner Cousine, da sind sie bei seinen Verwandten. Nette Leute, aber du wirst ja sehen. Übrigens ist sie dir eine Spur ähnlich, das soll dir nichts ausmachen. Sie ist meine Lieblingscousine, sie wird dich gut aufnehmen.

Das hätte er nicht sagen sollen.

Nun sucht sie natürlich zuerst die Ähnlichkeit, das hindert sie, am Gespräch teilzunehmen, die schöne Cousine wird mich für blöd halten, freilich, solche langen Wimpern hat man bei uns nicht. Vielleicht sind die angeklebt. Liebste, heißt es. Aber so redet man sich doch wahrhaftig nur in Romanen an, duzen soll man sich, damit erst gar keine Fremdheit aufkommt, ist mir gleich. Ich vermeide die Anrede.

Dann erschrickt sie, als sie hört, sie beide seien fast gleichaltrig, unwillkürlich sagt sie: Das glaub ich nicht, beißt sich auf die Lippen und wird rot. Die Cousine lächelt.

Justus steht bei ihrem Mann und läßt sich erklären, was der denn bei der Börse wirklich zu tun hat: Nun mal ganz ehrlich, und langsam, für Anfänger. Ich versteh das sowieso nie, du, weil ich einfach nicht hinter den Sinn dieser ganzen Maschine komme, ebensogut könntest du chinesisch sprechen.

So ist Justus nun, sagt die Cousine, sehr zufrieden. Es macht ihm überhaupt nichts aus, hundertmal dasselbe zu fragen, er stellt sich dumm. Aber er ist gerissen, er will Siegfried seine Überflüssigkeit beweisen, weil er unproduktive Arbeit tut. Ach Gott, das ist die Stelle nicht, wo Siegfried empfindlich wäre, die staunen sich gegenseitig bloß an. Aber ich kenne Justus. Ich kenne auch dieses Denken ein bißchen, wissen ... weißt du, ich hatte auch mal ein paar Semester Politökonomie in Ostberlin. Meine Güte, jedes System hat seine Logik, wenn man die Prämissen angenommen hat, finden ... findest du nicht? Da rutscht man leicht hinein, wirklich, ich weiß, was ich sage. Auf einmal fängt man selber an, von Sinn und Verantwortung zu schwafeln, alle diese hochtrabenden Worte ...

Zum Glück ist sie noch rechtzeitig auf die Schwachheit der menschlichen Natur gekommen. Nein wirklich, sieh mich nicht so strafend an. Aber Christa T. guckt nicht strafend, sie hat gerade gedacht, daß die Idee von der Schwäche der Menschennatur der Cousine gut steht und daß sie das weiß und deshalb gerade sie aus der ohnehin nicht großen Auswahl von Ideen herausgezogen hat. Sie hat aber gar nichts gegen Leute, die weiter an das Gute im Menschen glauben wollen, oder wie sie es nennen, über ihr fünfundzwanzigstes Jahr hinaus, wirklich nicht. Idealismus – wer sehnte sich nicht manchmal danach? Wir hier, weißt du, sind eigentlich schrecklich materiell, du riechst so was und rümpfst die Nase, wenn du bloß über die Schwelle trittst.

Hab ich die Nase gerümpft? fragt Christa T. erstaunt.

Da lacht die Cousine, wie sie früher gelacht hat, so daß Justus herüberschaut und Christa T. versteht, wie sie seine Lieblingscousine hat sein können. Da gibt sie auch das Naserümpfen zu, bloß den Grund dafür verschweigt sie, aber es reicht schon, auf das neue Einvernehmen einen Whisky zu trinken, schottisch, on the rocks. Aber daß dies der erste in ihrem Leben ist, kann doch nicht wahr sein, mein Gott, was du alles noch vor dir hast! Und in wie viele Wasser ist man selber schon getaucht ...

Wasser, sagt Siegfried, na Kind, du stapelst tief. Er nennt dafür Schnapsmarken, da hat er Kenntnisse, die man bewundern muß.

Doch dann kommen noch ein paar Tanten und spülen eine Mitleidswoge mit sich herein, und böse Worte kommen über ihre unbefangenen Lippen. Terror, sagen sie, während sie Nußtörtchen essen, ihr armen Kinder, sie bringen euch wahrhaftig dahin, daß ihr sie nicht mehr vermißt ... Wen denn, Tante Hermine? – Da ist ihr Gesicht ein einziger Verweis, und aus ihrem Mund kommt geheimnisvoll die Losung: Freiheit ...

Die Cousine zieht Christa T. in die Küche. Seine Verwandten kann man sich nicht aussuchen, sagt sie und fängt an, Gewürzdöschen in eine kleine Falttasche zu packen. Die nimmst du mit, das habt ihr doch bei euch nicht, und Justus liebt gutgewürzte Speisen, mach keine Sperenzchen, ich kenn ihn. Oder soll ich dir lieber einen Büstenhalter schenken? Dies ist übrigens der Tee, den er am liebsten trinkt, er wird dir zeigen, wie man ihn zubereitet, er hat es von mir. Laß gut sein, ich gönn ihn dir ja. Aber kommt manchmal, abgemacht? Sag, wenn ihr was braucht; wenn du dich genierst, werd ich böse. Warum soll Siegfrieds unmoralisches Geld nicht euer moralisches Leben ein bißchen verschönern ... Daß du Bananen kriegst, wenn das Baby da ist, versteht sich.

Aber woher weißt du, daß ich ...

Da kann die Cousine sie nur mitleidig ansehen. Kinder, sagt sie. O ihr Kinder!

Justus fand, sie habe sich gut gehalten, aber nun werde geheiratet. Keine Zuschauer bitte, keine Mitteilung, an niemanden, die Angestellte des Amtes für Personenstandswesen wird nervös, sie kommt sich geduldet vor, sie macht es kurz. Ja sagen beide, dann leisten sie sich ein Taxi, lassen sich in das neue Restaurant in der Stalinallee fahren und essen eine Grillplatte und Halbgefrorenes. Ich bin ja nicht dabeigewesen, aber irgendwann an diesem Tag muß Christa T. ihren Mann daran erinnert haben, daß jeder gute Liebesroman mit der Hochzeit zu Ende ist. Wahrscheinlich waren sie da schon in ihrem großen leeren Zimmer, in dem nur die breite Matratze stand, und der Augenblick kam, sich bewußt zu werden, daß sich ein wirkliches Hochgefühl nicht an die Tage hält, an denen man es erwartet. Ganz passabel, sagt sie, war ihnen zumute, als sie abends in der Oper saßen, aber schon in der Pause müssen sie gehen, ihr ist nicht gut. Er kriegt nichts aus ihr heraus. Viehdoktor nennt sie ihn, er wird wütend vor Hilflosigkeit, und das ist ihre Hochzeitsnacht. Am nächsten Tag muß sie ins Krankenhaus, ein Leiden ist wieder aktiv geworden, der Arzt sagt, das bringe das Kind mit sich, aber das Kind könne es auch ganz und gar wegnehmen. Ein Wunderkind, sagt sie zu Justus, der wieder zu seiner Praktikumsstelle muß.

Wirst du mir auch schreiben?

Aber sie kann ihm nicht schreiben, weil sie nicht aushält, so stark an ihn zu denken, sie hat es in das braune Büchlein geschrieben, wahrscheinlich weiß er bis heute nicht, warum er nie Briefe von ihr bekam. Als ich sie wiedersah, lag sie schon in ihrem Bett in der Charité, halb schuldbewußt, halb verärgert, jedenfalls verheiratet und im Begriff, ein Kind zu bekommen. Sie las den Zauberberg und gab sich Mühe, selbst in eine ungegliederte Zauberberg-Zeit zu versinken, sonst kann man's gar nicht aushalten, sagt sie.

Ich fragte nicht, was sie nicht aushalten konnte. Die sieben Jahre ihrer Ehe waren sie selten getrennt, zwei, drei Briefe an ihn, die sie nicht abgeschickt hatte, hat Justus mir mit ihren übrigen Papieren übergeben. Sie sind aus einer späteren Zeit. Er hat sie nie gelesen und gab sie mir, als stünde es mir zu, sie zuerst zu lesen. Aber vielleicht steht es mir nun zu. Ich las sie und fand, daß sie nüchterner geworden war. Dann las ich sie wieder und verwunderte mich über meine Blindheit; denn plötzlich trat wie die Farbe auf alten Bildern bei einem ganz bestimmten Licht deutlich ihre Schüchternheit aus den alten Briefen hervor. Ich möchte Justus fragen, ob er wußte, daß sie vor ihm schüchtern war. Aber er wird es nicht wissen, ich werde nicht fragen, werde auch nicht weiter darüber nachdenken, woher die Schüchternheit kam und dieser werbende Unterton in ihren Briefen; denn daß ein Gefühl, noch dazu ein so zusammengesetztes wie das, was wir »Liebe« nennen, sich selbst immer gleichbleiben soll, kann nur einer glauben, der seine Gefühle aus schlechter Literatur bezieht, und zu wünschen wäre es gewiß nicht. Allmählich muß sie in den Jahren verlernt haben, große Rücksicht auf sich selbst zu nehmen, so klingen jedenfalls die Briefe. Am Ende – ich meine das wirkliche Ende – ist auch keine Rede mehr davon, daß sie, um sich keinen Schmerz

zuzufügen, eine Nachricht verweigert, die irgendwo erwartet wird. Sie schreibt noch Briefe aus dem Krankenhaus, auch jene beiden an ihre Kinder.
Versprechungen, von denen sie weiß, daß sie sie nicht einlösen wird.

15

Da ich auf einmal bemerke, was andere – vielleicht – an ihr übersehen haben, ihre Schüchternheit zum Beispiel, muß ich mich natürlich fragen, was ich an ihr niemals gesehen haben mag und niemals werde sehen können, weil meine Augen nicht darauf eingestellt sind. Denn Sehen hat mit einem herzhaften Entschluß nicht viel zu tun. So will ich denn auf der Suche nach dem Übersehenen noch einmal zu ihr ins Krankenhaus gehen, an jenem Sonntag im Herbst ihres Hochzeitsjahres. Ich habe Ursache, diesen Gang zu wiederholen, weil ich nie bei ihr war, als sie wirklich krank lag. Das klingt wie ein Selbstvorwurf, und es ist einer, aber ich hatte gute Gründe, wie jedermann gute Gründe hat. Mein bester Grund war, daß ich ihr ihren Ernst nicht glauben konnte.
Es war ein Septembertag wie der heutige, gleichzeitig heiß und mild. Ich zog meine Jacke aus und nahm sie über den Arm, als ich vom Bahnhof Friedrichstraße die Luisenstraße hochging, die mir endlos vorkam. Erst im Klinikgelände, nachdem ich mich schon verirrt hatte, fiel mir ein, nach dem Himmel zu sehen. Er war, wie heute, zart verschleiert, und ich muß dasselbe denken, was ich damals dachte, oder ohne Worte dafür zu

suchen, empfand: einen scharfen Schmerz, weil dieses blasse, vertraute Blau, das nur für uns erdacht, nur uns zu gehören schien, schon auf alten Bildern vorkommt, denen ich nichts nachfühle als nur dieses Blau. Eine Empörung darüber, daß es in hundert Jahren, lange nach uns, unbeteiligt und unverändert, durch eine gewisse Jahreszeit, durch einen gewissen Lichteinfall wieder erzeugt werden würde.

Diese Vorstellung verletzte mich, wie mich auf einmal das häßliche Rot der Klinikmauern verletzte und der nackte Hall meiner Schritte auf den ausgetretenen Stufen. Ich fühlte voraus, daß mich auch ihr Anblick verletzen würde. Da lag sie denn auch im letzten Bett einer langen Reihe, und auf der anderen Seite des Ganges standen genauso viele Betten, es müssen an die zwanzig gewesen sein. Das war kein Ort für ein Wiedersehen nach langer Zeit, denn wie ich sie da liegen sah, kam mir vor, sie wäre lange weggewesen und müsse sich sehr verändert haben.

Schließlich zog sie sich einen Mantel über und ging mit mir hinaus auf den Gang. Wir standen am Fenster, ich weiß noch, wir sprachen über die Frau, die neben Christa T. lag, eine Straßenbahnschaffnerin.

Sie verstehen nicht, was mit ihnen geschieht, sagte Christa T., und ich wollte, daß sie ungeduldiger wäre, wenn es ihr schon nicht gelang, die Resignation der jungen Frau, ihre müde Hingabe an die Leiden, die der Mann ihr zufügte, zu brechen. Für uns stand außer Frage, daß es ihre Aufgabe war, das zu versuchen, denn wir fühlten uns an ein Versprechen gebunden, das wir in Wirklichkeit niemals gegeben hatten, aber es war stärker als irgendein Schwur, den man tatsächlich abgibt:

Allen soll geholfen werden, gleich. Dann sieht man diese Frau da liegen, der nicht zu helfen ist, und kommt sich wortbrüchig vor.

Sie *wissen* auch nicht, daß sie nichts verstehen, fügte Christa T. hinzu, und wenn sie Zeitung liest, kommt sie gar nicht auf die Idee, daß da von ihr die Rede ist.

Bring's ihr bei, sagte ich. Es kam uns wie eine Probe vor, ob es gelang, diese Straßenbahnschaffnerin wachzurütteln, daß sie sich ihr Recht nahm, ihr gutes Recht.

Er schlägt sie, sagte Christa T., er vergewaltigt sie, jetzt hat sie die dritte Abtreibung gemacht.

Zeig ihn an, sagte ich.

Sie bestreitet alles, das hat sie mir angekündigt. Sie spricht kein Wort mehr mit mir, wenn ich davon anfange.

Wir begannen uns zu streiten. Am Ende mußte ich einsehen, daß ohne die Frau nichts zu machen war. Daß sie in dem Leben hängenbleiben würde, das sie schon mit auf die Welt gebracht hatte, daß sie Gefährten hatte, denen all unsere ganze Ungeduld nichts nützte. Wir waren beide erbittert, als hätten wir uns das gegenseitig zum Vorwurf zu machen. Ich weiß heute, daß diese Art von Erbitterung nicht vergeht und daß wir sie immer noch teilen würden. Damals schien sie uns zu trennen, wir mißverstanden uns.

Wir standen am Fenster, am Ende des langen Krankenhausganges, wir hatten alles gesagt und blickten stumm hinaus. Da fegte mit einem schnellen Windstoß ein großer Krähenschwarm über den Himmel, dann noch einer und noch einer, Hunderte von Krähen, die alle auf einmal einen Schrei ausstießen, so kam es uns vor. Eben sind dieselben Krähenzüge über denselben Himmel gestoben, da stieg der ganze Nachmittag wieder auf: der dürftige Krankenhausflur, das hohe, schmale Fenster, unser Streit, unsere gemeinsame Erbitterung. Und die Gewißheit, daß sie sich die Fähigkeit, erbittert zu sein, bewahrt hätte.

Das ist mein Grund, über sie zu sprechen. Erbitterung, aus Leidenschaft. Kam das Wort schon vor? Wird es befremden? Komisch wirken? Altmodisch? Wird man es mit einem solchen Krankenhausflur verbinden wollen, mit Hörsälen, Arbeitsgruppen auf Trümmerfeldern, heftigen Diskussionen, Gesprächen, Reden, Büchern? Oder wird man uns immer noch glauben machen wollen, auf ewig sei Leidenschaft mit jenem ehrsüchtigen Offizier verbunden, der im Duell fällt, oder mit dem Aufstieg und Fall von Monarchen und Führern?

Das Anfangsgefühl, das geliebt wird. Die einzige Unruhe, man könnte dieser allgemeinen Leidenschaft nicht gewachsen sein. Christa T. hatte mit uns das Glück, in dem Alter, in dem man mit Leidenschaften rechnet, gezwungen zu werden, sich selbst hervorzubringen. Das kann dann der Maßstab bleiben, andere Reize werden schal sein; wenn jemand, die Cousine zum Beispiel, ihr vorhält, der Mensch sei käuflich, kann sie nur die Augenbrauen hochziehen, was sehr arrogant aussieht.

Es kam eine Nacht, die ungewöhnlich finster war. Zufällig saßen wir zusammen und hörten aus allen westlichen Rundfunkstationen neben den Berichten über Kämpfe in Budapest das große, kaum unterdrückte Hohngelächter über das Scheitern dessen, was sie »Utopie« nannten.

Jetzt denkt die Cousine, sie hat recht behalten, sagte Christa T.

Wir wußten ja selbst nicht, was das für eine Nacht war, wir haben Jahre gebraucht, es zu wissen. Nur daß die Kämpfe der Alten auf einmal unsere Kämpfe wurden, das fühlten wir gleich, mit großer Deutlichkeit. Und daß sie uns nicht gestatten würden, in die Rolle der Betrogenen zurückzuweichen. Doch auch die Rolle der eisern Gläubigen war abgesetzt, die Bühne, auf der man solche Rollen spielte, war verdunkelt. Ja, ein plötzlicher Lichtwechsel hatte stattgefunden, vorausgesehen hatten wir ihn nicht. Erst später fragten wir uns: Warum eigentlich nicht? In jener Nacht bei unserem Tee, der kalt wurde, als die vielen hämischen Stimmen sich in unserem Zimmer trafen, merkten wir nur die Verdunkelung der Welt und merkten nicht, daß bloß die Bühnenscheinwerfer gelöscht waren und wir uns daran gewöhnen mußten, in das nüchterne Licht wirklicher Tage und Nächte zu sehen.

Ein Wort kam auf, als sei es neu erfunden, wir glaubten ihm näher zu sein denn je: »Die Wahrheit« sagten wir, konnten es nicht lassen, diesen Namen immer wieder auszusprechen. Wahrheit, Wahrheit, als sei sie ein kleinäugiges Tier, das im Dunkeln lebt und scheu ist, das man aber überlisten und fangen kann, um es dann ein für allemal zu besitzen. Wie wir unsere früheren Wahrheiten besessen hatten. Da hielten wir ein. Nichts ist so schwierig wie die Hinwendung zu den Dingen, wie sie wirklich sind, zu den Ereignissen, wie sie wirklich passieren, wenn man ihrer lange entwöhnt war und ihren Abglanz in Wünschen, Glaubenssätzen und Urteilen für sie selbst genommen hat. Christa T. verstand, daß sie, daß wir alle unseren Anteil an unseren Irrtümern annehmen mußten, weil wir sonst auch an unseren Wahrheiten keinen Anteil hätten. Übrigens hatte sie nie aufgehört, den Leuten in die Gesichter und in die Augen zu sehen, so wurde sie jetzt nicht von manchen Blicken überrumpelt. Die Tränen in den Augen, die sonst nie geweint hatten, erschütterten sie mehr.

Ihre erste Geburt, die in diese Zeit fiel, war schwer. Das Kind lag schlecht. Sie brachte Stunden mit nutzlosen Anstrengungen zu. Natürlich erlahmte sie, aber sie flüchtete sich nicht in das Gefühl, ungerecht gequält zu werden. Sentimentalität stand ihr nicht einmal jetzt zur Verfügung, sie konnte nicht vergessen, daß sie das Kind wollte und daß der strenge Rhythmus von zerreißender Anstrengung und Entspannung nötig war, es hervorzubringen. Auch später hat sie nie gesagt, sie habe genug, man könne ihr nicht zumuten, noch mehr Kinder zu bekommen. Tränen kamen ihr erst, als der Arzt ihr das Kind auf die Brust legte, als sie es beim Namen nannte: Anna. Was machst du für Sachen, Anna, du fängst ja gut an, kann ich dir sagen. Auf Freude war sie ja gefaßt gewesen, auf etwas Bekanntes jedenfalls: Dies hier war unbekannt, es konnte sie schon aus der Fassung bringen. Na, na, sagte sie unhörbar zu dem Kind, zu sich selbst, das war nun dasselbe und doch nicht mehr dasselbe, ist ja schon gut, sei doch man ruhig, so einzig ist's auch wieder nicht.

Erinnert man Zärtlichkeit? Ist es Zärtlichkeit, was das Kind heute noch weiß, wenn es »deine Mutter« hört? Obwohl es der Zärtlichkeit, an die es sich erinnern könnte, entwachsen ist? Oder gar nichts, nicht einmal das?

Das Sommerhäuschen in dem märkischen Dorf wird man ihr zeigen. Hier habt ihr zuerst gewohnt. Hier hast du laufen gelernt, durch das Loch im Zaun bist du gekrochen, zum nahen Waldrand, bist eingeschlafen in einer Mulde zwischen Heidekraut und kleinen Kiefern, deine Mutter war halb tot vor Angst ... Nun wird das Kind sich zu erinnern glauben, was es nicht erinnern kann, und von den saftigen Bildern, die man ihm vorhält, werden die Schatten, die ihm manchmal bei geschlossenen Augen erscheinen und wahrer sind als die prallen Bilder, für immer verdrängt werden. Das Kind, Anna, wird auf den See blicken und glauben, dies sei der See ihrer ersten Jahre. Aber wie könnte er es sein? Damals war es kein See, sondern das Wasser überhaupt, und die hundert Meter bis zu seinem Ufer, das war der große, weite Weg, wer könnte sagen, ob er nicht in ihr ein Maß gesetzt hat für alle Wege. Einmal kommt der Tag, an dem sie ihren Schatten begreift, ihn ausprobiert durch Bewegungen, ihn anfaßt. Vergessen. Vergessen die frühesten Ängste: Dunkelheit, wenn man abends über die Schwelle der Veranda tritt, der fremde Hund, den der Vater laut schimpfend vertreibt, so daß man sich am nächsten und übernächsten Tag noch laut schimpfend auf dieselbe Stelle stellt, droht, aber ein Hund ist ja nicht da. Der Zauber hat gewirkt. Am schlimmsten aber ist die Fliege, die jeden Tag um die Lampe fliegt, wenn man erwacht. Die Mutter kann sie verjagen. Vergessen.

Sie, Christa T., hätte nichts vergessen. Sie fand wohl, daß man gut versorgt ist, wenn man die Handgriffe alle tut, die das Kind braucht, ohne sich zu fragen, woher man das weiß und warum man ganz und gar beruhigt ist, wenn man sich über das Bett beugt und den warmen Duft einatmet, der von einem schlafenden Kind ausgeht. Es war ein gutes Jahr, ein Übergangsjahr, das kleine Häuschen war nicht ihre Wohnung, doch sie wohnten gut darin, sie schwammen mit ihm in einer guten Strömung, mit dem Häuschen und dem Kind, sie machten eine kleine Familie aus sich, die noch nicht wußte, wo und wann sie an Land gehen und endlich Ernst machen würde.

Hätten wir doch, sagt Justus zu mir, später nicht wie auf Abruf gelebt. Weil doch feststand, da wollten wir nicht bleiben. Ich glaube, das stand für uns beide vom allerersten Augenblick an fest, obwohl wir erst viel später darüber sprachen. Da haben wir uns nicht mal ein ordentliches Schlafzimmer eingerichtet. Du hast ja ihr Lager gesehen, diese niedrige Liege hinterm Schrank. Wie bitter muß sie da manchmal aufgewacht sein.

Ich weiß nicht, worüber und ob er sich in Wirklichkeit Gedanken gemacht hat, aber ich denke, wieviel bitterer sie in einem ordentlichen Schlafzimmer erwacht wäre, jeden Morgen den ersten Blick auf einen Schrank, der unverrückbar an seinem Platz steht, während doch für sie das gewöhnliche Leben der Erwachsenen, die sich eingerichtet haben, die eingerichtet sind, noch lange nicht begonnen hatte. Sie ist, für sich selbst, jemand mit Aussichten, mit geheimen Möglichkeiten geblieben.

Wer den Kopf jetzt wegwendet, wer die Achseln zuckt, wer von ihr, Christa T., weg und auf größere, nützlichere Lebensläufe zeigt, hat nichts verstanden. Mir liegt daran, gerade auf sie zu zeigen. Auf den Reichtum, den sie erschloß, auf die Größe, die ihr erreichbar, auf die Nützlichkeit, die ihr zugänglich war. Auf dieses mecklenburgische Landstädtchen also, das da aus Kartoffel- und Roggenfeldern aufsteigt, ein Bilderbuchstädtchen mit einer roten Scheunenreihe, der buckligen Pflasterstraße auf den Markt zu, Kirche, Apotheke, Warenhaus, Café. Als sie näher kommt und wirklich alles so ist, muß Christa T. lachen, kein reines Siegerlachen. Der Ausgang ist nicht so sicher. Aber sie lacht, weil die Stadt eine Stadt bleibt, sich nicht auflöst, wenn man genau hinsieht, und auch nicht umkippt, wenn man sie antippt. Was hat sie sich aber auch gedacht? Daß es nie ernst würde? Daß der Ernst nicht auch mal aus Stein und Zement gemacht sein könnte? Ein großes Eckhaus zum Beispiel, eine Fensterreihe im ersten Stock mit dem Blick auf zwei Landstraßen, die sich gerade am Fuß des Hauses kreuzen, ein Hof mit einer großen Kastanie, die ausgetretene kalte Steintreppe, die häßliche braune Tür, an der ein Name steht ... Erleichtert will sie vorbeigehen, da ist es ihr Name. Also tritt sie ein.

Sei still, Klein-Anna.

Sie trägt das Kind durch den langen Gang in irgendein Zimmer, da steht schon ein Bett, sie legt es nieder. Sei still.

Sie geht durch die anderen Zimmer, alle groß und kahl, tritt an die Fenster, Linden, Fachwerkhäuser. Hier also. Es widerstrebt ihr. Als sie sich umdreht, steht Justus in der Tür. Sie gibt sich einen Ruck. Warum nicht hier? sagt sie.

Aber so unwichtig sind die Orte nicht, an denen wir leben. Sie bleiben ja nicht nur Rahmen für unsere Auftritte, sie mischen sich ein, sie verändern die Szene, und nicht selten ist, wenn wir »Verhältnisse« sagen, einfach irgendein bestimmter Ort gemeint, der sich nichts aus uns macht.

Christa T. konnte nicht sagen, daß sie ihre Rolle nicht selbst gewählt hätte, sie sagte es auch nicht. Im Gegenteil, sie benannte sich, ironisch natürlich, in einem ihrer seltenen Briefe. Tierarztfrau in mecklenburgischer Kleinstadt, schrieb sie, fügte auch, wie um ihre Bestürzung abzumildern, einen Zweifel hinzu: Ob ich das lerne? Jedes Pferd, das eingeht, jede Kuh, die verkalbt, ist mir eine Katastrophe.

Was sie in Wirklichkeit meinte, geht heute so klar aus dem Satz hervor, wie es sich damals darin versteckte. Dort stand: Das Spiel mit Varianten hat aufgehört. Es kann nicht mehr die Rede davon sein, nach Wunsch die Bühne zu wechseln oder einfach hinter dem Vorhang zu bleiben. Es gab nun eine Folge von fünf Wörtern, die sie selbst als Benennung für sich annehmen mußte.

Auf die Frage: Was willst du werden? hätte sie jetzt zu antworten. Ich will, hätte sie zu sagen, jeden Tag früh aufstehen, um zuerst das Kind zu versorgen und dann für uns beide, Justus und mich, das Frühstück zu machen; ich will, während ich hin und her gehe, hören, was er mir aufträgt; ich will mir merken, daß ich den Kreistierarzt anrufen muß und wo ich ihn, Justus, erreichen kann, wenn von Bauer Ulrich aus Groß-Bandikow ein Anruf kommt wegen der Schweine. Mit der Kaffeekanne will ich in der Tür stehen, und Worte wie »Rinderbrucellose« und »Verkalben« und »Tbc-freie Ställe« will ich ohne weiteres verstehen, und eine Sekunde lang will ich jeden Morgen über mich selbst verwundert sein, weil ich diese Wörter eben gehört habe, wie ich sie in zwanzig Jahren hören werde: ohne Verwunderung. Ja, will ich dann sagen, die Spritzen sind ausge-

kocht, und die Assistentin für die Schweineimpfungen
soll übermorgen kommen. Aber nein, ich rühre mich
nicht vom Telefon weg. Machst du dir wirklich Gedanken wegen Ulrichs Schweinen?

Dann will ich mit hinuntergehen in den Hof. Will mich
ins Auto setzen, während Justus den Motor warmlaufen
läßt, während es draußen langsam hell wird, aber hier
drinnen ist es noch dunkel, und wir sind allein. Justus
bekommt schon das aufmerksame Gesicht, das ich am
meisten an ihm liebe, so daß ich leise sage: Noch eine
Minute! und er lächelt und die Minute zugibt. Dann
will ich ihn losfahren sehen, will langsam nach oben gehen und den Tag über alles tun, was getan werden muß,
eins nach dem anderen, so daß meine Arbeit den Tag
voranschiebt, so kommt es mir manchmal vor.

Aber er hat ein Gewicht, gegen das meine beiden Hände
auf die Dauer nicht ausreichen.

16

Ich frage Justus: So hat sie gefürchtet, nicht auszurei-
chen?

Justus sagt: Ja. Und nach einer Weile: Nein.

Mehr sagt er nicht, und es ist auch schwer zu erklären,
in welchem Sinn Christa T. sich immer für unzurei-
chend, in welchem anderen dagegen sie sich für zurei-
chend hielt, vielleicht sogar für überlegen. Manchmal
denke ich, sie hat uns alle und sich selbst irregeführt
mit ihren Klagen über ihre Unzulänglichkeit. Zum Beispiel der Schwebezustand, in dem sie ihren Haushalt
zu halten wußte, kommt mir zu kompliziert vor, um zu-

fällig zu sein. Wie da eine Schwäche die andere ausglich, wie aus zwei Versäumnissen eine überraschende Improvisation wurde, wie man immer im Glauben blieb, man dürfe nichts anrühren, damit das Ganze nicht zusammenbrach, sie selbst aber, wenn es darauf ankam, fest zugriff – das alles zusammen hätte man raffiniert nennen können, wenn da nicht noch ihre verräterische Müdigkeit gewesen wäre. In den letzten Jahren ... Da steht es, ich werde es nicht zurücknehmen, wie vorher schon manchmal; denn es *sind* die letzten Jahre – in den letzten Jahren haben wir sie nie anders als müde gesehen. Heute kann man ja fragen, was diese Müdigkeit verriet, damals unterblieb die Frage wegen Sinnlosigkeit. Die Antwort hätte weder ihr noch uns genützt. Soviel ist sicher: Niemals kann man durch das, was man tut, so müde werden wie durch das, was man nicht tut oder nicht tun kann. Das war ihr Fall. Das war ihre Schwäche und ihre geheime Überlegenheit.

Hatte sie sich verändert? fragte ich Justus.

Du meinst ... Ja, sagt er. Du hättest sie nicht erkannt.

Und hat sie gewußt ...

Ich weiß nicht, sagt er. Wir sprachen ja nicht mehr darüber. Aber merkwürdig ist doch, daß sie nicht mehr nach den Kindern fragte. Mit keinem Wort. Kannst du dir das vorstellen?

Die beiden Briefe habe ich gesehen, sie liegen neben mir. Blaue Umschläge mit Zellophanfensterchen, ihre letzten Briefe an die beiden älteren Kinder, die aber beide noch nicht lesen konnten. Sie hat blaue Fische und gelbe Blumen aus Buntpapier ausgeschnitten und wie eine Zierleiste über die weißen Bögen geklebt, sie hat große, deutliche Buchstaben gemalt, hat von Frühling und Sommer geschrieben, denn es war ja tiefer Winter, als sie krank wurde, Frost und Eis, als sie starb. Wie gerne würde ich jetzt mit euch auf dem See schlittern! Von Radieschensäen und Blumenpflanzen ist die Rede, vom Schwimmenlernen im See. Die Umschläge, in die ich die Blätter zurückstecke, sind an den Rändern schon vergilbt und brüchig. Ich werde die Briefe zurückgeben, vielleicht wollen die Kinder sie jetzt lesen.

Sie fragte nicht mehr nach ihnen, sagst du? frage ich Justus.

Kein Wort, sagt er. Zwei, drei Wochen lang kein Wort, bis zum Ende.

Du meinst, sage ich, sie schwieg, um nicht schwach zu werden.

Aber sie war schwach. Sie wollte ihre Schwäche vor mir verbergen.

Das ist es gerade, was ich Stärke nenne.

So schiebe ich sie jetzt schon vor mir her, ihre Schwäche, ihre Stärke, so gewöhnen wir uns langsam an ihren Tod. Ein Damm gegen die Zeit, die mir feindselig vorkommt, aber sie ist nur gleichgültig. Sie hat gar nicht nötig, irgend etwas zu tun, die rückt heran, geht einfach vor gegen die Grenze, die ihr, Christa T., gesetzt ist: Da ist ihre Zeit aufgebraucht, und nur unsere ist noch übrig.

Vergessen wir, was wir wissen, damit unser Blick sich nicht trübt. Gehen wir in die Jahre, wie sie selbst hineingegangen ist: in den großen, den unendlichen Zeitraum. Nicht wie in eine Falle, deren Bügel gespannt wird, jeden Tag um einen Millimeter mehr.

Sondern wie in das Leben.

Die Verwunderung darüber, daß sie war, wo sie war, die

kennen wir schon an ihr. In den letzten Jahren nimmt sie zu, bis zum Unglauben. Daß alles so sein kann, wie man es sich vorgestellt hat – denn eine Schwärmerin ist sie ja nicht –, das war doch über alle Vorstellung. Daß nichts Merkwürdiges dazwischenkam, schien über die Maßen merkwürdig. Und ihr Gefühl sagte ihr, wie gefährlich Gefahrlosigkeit sein kann. Die Ungefährlichkeit der Zahnarztfrau, die sie eben, die Kaffeetasse in der Hand, lange verloren angestarrt haben muß. Nun steht sie auf, verabschiedet sich, geht, mit etwas steifem Rücken, oder irrt man sich da? Vom Platz aus sieht sie noch einmal zum Fenster hoch, an dem Christa T. steht, lächelnd, wie man hier nicht lächeln soll. Die Zahnarztfrau und die Schulleitersfrau werden ihren Männern nicht erklären können, warum die neue Tierarztfrau kein Umgang für sie ist, das nimmt ihnen auch keiner übel, da man ja ein Lächeln nicht beschreiben kann. Es muß hier genügen, zu erwähnen, daß die Frau des Zahnarztes mehr als einen Tag damit zu tun hat, ihr ordentliches Leben wieder gegen dieses Lächeln aufzubauen, sich selbst zu bestätigen, daß sie eine achtbare Hausfrau und Gattin ist und ihren Platz in der sittlichen Rangordnung der Welt hat – nicht den letzten Platz übrigens. Sie sagt nichts Böses über Christa T., ist überhaupt eine gutartige Frau, auch unfähig, einen genauen Ausdruck für ihre Gefühle zu finden. Sonst hätte sie Christa T. wohl »ein bißchen unernst« genannt. Vor sich selbst kommt sie, wenn sie an einen bestimmten Blick denkt, den Christa T. an sich haben kann, sogar auf »unheimlich«.

Wie eben manchen Menschen Staunen unheimlich ist. Man soll sich nicht, besonders nicht, wenn man Gäste hat, in seiner eigenen Wohnung umsehen, als wäre sie einem todfremd, als könnten die Möbel jeden Augenblick Beine kriegen und die Wände Löcher.

Immerhin, die Zahnarztfrau, die Schulleitersfrau können einfach wegbleiben, können üble Nachrede treiben oder großmütig sein und schweigen. Wir können nicht wegbleiben, wenn es heikel wird, und Nachrede müssen wir treiben. Dafür gibt es nun, wie fast immer, mehrere Möglichkeiten, mag der Rahmen auch fest sein und wenig dehnbar. Zuerst wären da die Zeugnisse, unser spärlicher Briefwechsel aus jenen Jahren. Zweitens: abgerissene Zettel mit Notizen über ihre Kinder. Denn als Anna drei Jahre alt war, wurde Lena geboren, in allem das Gegenteil der Schwester: dunkel und zart und empfindlich. Wenn ich immer die Unordnung und Flüchtigkeit ihrer Hinterlassenschaft beklagt habe – was soll ich jetzt zu diesem Packen Zettel sagen? Als wäre in Jahren niemals ein Heft in Reichweite gewesen, kein Block wenigstens, immer nur Briefumschläge, die Rückseite von Rechnungen, Mahnungen – Zettelabfälle vom Schreibtisch ihres Mannes.

Die dritte Möglichkeit, sich jenen Jahren zu nähern, wäre die einfache Erinnerung. Es scheint leicht, sich noch einmal vorzustellen, wie sie, Christa T., die Treppe hochkommt, ein in Decken verschnürtes Bündel auf dem Arm – Anna –, wie sie uns schon von der Treppe aus zuruft, sie sei entsetzlich müde, und wie wir dann doch bis tief in die Nacht hinein dasitzen, auch wenn wir nur noch denken können, daß wir die Zeit nützen müssen. Dies wäre das Bild, das ich sehe.

Alles deutet auf Übergang. Wie es ist, bleibt es nicht. Die Zeichen, die man gibt, sind vorläufig, wenn man es weiß, ist es gut. Ihre Briefe, flüchtig und selten, überholt, vergangen, und nie wirklich ernst genommen der leise Ton von Unterlegenheit, der sich einschleicht. Diese Notizen – nichts als Versprechen an sich selbst, Widerhall einer Gewohnheit, von der sie nicht mehr lassen kann. Unsere kurzen Begegnungen – Vorgaben, nichts als Vorgaben auf die Zeit, die man einmal haben wird, um sich wirklich zu treffen.

Die festen Bilder stellen sich nicht mehr ein. Wir nähern uns dem Unschärfebereich der Gegenwart. Was man nicht deutlich sieht, hört man vielleicht.

Ich hörte sie sagen: Wir sehen uns nicht.

Ich höre, daß sie sich quält. Der Beweis für das, was sie gewesen ist – hier wäre er. Sinnsüchtig, deutungssüchtig: Wir sehen uns nicht.

Aber was liegt daran?

Sie beharrte darauf. Wir müssen wissen, was mit uns geschehen ist, sagte sie. Man muß wissen, was mit einem geschieht.

Warum denn? Und wenn es uns lähmen würde?

Sie hielt dafür: taub und blind könne man nicht handeln, es sei denn taub und blind. Sie war für die Klarheit und das Bewußtsein, aber sie meinte nicht, was viele dachten: dazu gehöre nichts als ein bißchen Mut, nichts als die Oberfläche der Geschehnisse, die man leicht Wahrheit nennt, nichts als ein bißchen Gerede von Vorangekommensein.

Frieden war plötzlich ein Wort, das gelten sollte, Vernunft, dachten wir, Wissenschaft: das wissenschaftliche Zeitalter. Da traten wir nachts auf den Balkon, um für Minuten eine Spur der neuen Sterne den Horizont entlangziehen zu sehen. Die Entdeckung, daß die Welt, aus eisernen Definitionen entlassen, sich unserem Zugriff wieder öffnete, uns nötig zu haben schien mit unseren Unvollkommenheiten, zu denen man sich, da sie uns nicht in den Abgrund zu reißen drohen, auch leichter bekennt ...

Sie hat geglaubt, daß man an seiner Vergangenheit arbeiten muß wie an seiner Zukunft, das lese ich in den Notizen, die sie sich über Bücher machte. Eine Redaktion hatte sie gebeten, darüber zu schreiben, sie ist, wegen der krankhaft und gewaltsam zunehmenden Müdigkeit, über diese Notizen nicht mehr hinausgekommen, und ich bin nicht sicher, daß sie die Maßstäbe durchgesetzt hätte, die sie da, ohne mit der Wimper zu zucken, hinstellt. Nicht daß sie Vollkommenheit erwartet hätte, aber sie will alles neu und frisch haben, nichts soll blaß und zufällig und banal sein wie in Wirklichkeit, etwas anderes soll dastehen, nicht immer nur wieder das längst Gesehene und überall Verkündete. Originalität, notiert sie sich, und dazu: verschenkt, aus Feigheit. Vielleicht darf man im Leben Abstriche machen, schrieb sie. Nicht hier.

Die glückliche, allen Anfängen günstige Zeit früher Unbefangenheit war vertan, wir wußten es. Wir schütteten den letzten Wein in den Apfelbaum. Der neue Stern hatte sich nicht gezeigt. Wir froren und gingen ins Zimmer, das Mondlicht fiel herein. Ihr Kind schlief, sie trat an sein Bett und sah es lange an. Alles kann man nicht haben, das weiß man, aber wem nützt das schon?

Vielleicht kann man im Leben Abstriche machen ...

Aber wenn sie allein war, in der Wohnungstür stand, den langen Gang hinuntersah, die Stille sie packen wollte, sagte sie laut: Nein.

Sie fuhr, sooft sie konnte, mit ihrem Mann über Land. Ihre alte Gier auf Gesichter, wie sie wirklich aussehen, wenn sie eine schlimme oder gute Nachricht empfangen, wenn sie sich anspannen, sich entschließen, zweifeln, schwanken, begreifen, sich überwinden. Sie vergißt sich selbst vor den aufgewühlten Gesichtern der Bauern. Justus muß in die Stuben eintreten. Was meint der Doktor, aber ehrlich, zu den Genossenschaften? Justus hat Tabellen bei sich: Erzeugung von Milch, Schweinefleisch, Getreide. Die Weltspitze im Vergleich zu ihrem Kreis. Christa T. sah: Mehr war noch niemals von ihnen verlangt worden, ein unerhörter Schritt über die Grenze, die ihnen gesetzt schien. Sie wagte, sehr behutsam, hin und wieder ein Wort, meist zu den Frauen, mit denen sie in der Küche stand, die Klein-Anna mit Milch fütterten und nebenher ihr altes Lamento anstimmten, die gewöhnliche Klage über ihr Leben, heftig mit Anklagen durchsetzt, und selten eine schnelle Frage, mit sicherndem Blick zur Stubentür: Wer wird schon an uns denken, ach, das glaub ich doch nicht, das hat es noch nicht gegeben, es wär das Neueste ...

Es gibt welche, sagte Christa T., die auf das Neueste neugierig sind, das soll man ausnutzen. Wenn sie zurückfuhren, die Arbeit war getan, hielten sie an, wo sie es bestimmte. Sie stiegen auf einen Hügel und sahen sich um, oder sie gingen in eine alte Kirche, oder sie ließ sich von Justus die wirtschaftliche Lage der Dörfer erklären und Geschichten von den Bauern erzählen, von denen sie kamen. Wahrscheinlich dachte sie, er täte ihr einen Gefallen, und fürchtete sogar, ihn zu ermüden. Aber er hätte niemals so schnell und gründlich seinen Bereich kennengelernt ohne ihre Fragen. Einmal, da war es schon Mai geworden, und man konnte in einem warmen Sonnenfleck auf der Straßenböschung sitzen – es war gerade nicht die schönste Ecke, die da vor ihnen lag, eher eines der dürftigen Stücke, nur daß es unter der Beleuchtung dieses Tages sich verschönte –, auf einmal merkten sie beide, daß sie hier nicht mehr wegwollten. Sie sagten es nicht, aber wußten doch, daß sie es eben gedacht hatten.

Ich denke mir, daß sie in jenen Tagen mit ihren Häuserskizzen begonnen hat, ein Spiel, nichts weiter. Ein Spiel von der Art, die Macht über uns bekommen kann.

Mutter, sagt Anna, als sie erwacht ist, jetzt gucken wir uns an wie zwei Fremde! – Schon? denkt Christa T., will es noch nicht wahrhaben, zieht das Kind an sich, komm, hab mich lieb, erstickt wie jede Mutter seine Fremdheit in der Umarmung, aber die Illusion, daß sie einen Teil von sich selbst im Arm halte, verbietet sich. Sie läßt das Kind frei, sie läßt sich mustern. Dann gehen sie hinaus, über die Felder, der Weg ist hart und furchig, es ist Sommer. Sie rasten auf einem Platz mit kurzem Gras, der von einer niedrigen Feldsteinmauer umgeben ist. Anna erklettert eine Hungerharke und betätigt den Heber, Christa T. sieht sie da oben sitzen, mit baumelnden Beinen, vor einem blauen und grünen Hintergrund, leuchtend und düster. Sie müssen dann laufen, eine Wolkenwand zieht herauf, sie schaffen es nicht. Der Regen fällt gleich mit großer Wucht, nach zehn Schritten sind sie durch und durch naß. Sie reiben sich gegenseitig die Haare trocken, sie setzen sich zusammen auf den großen Sessel und trinken heißen Kakao, es ist noch dunkler geworden, Hagelkörner sind unter den Regen gemischt. Mutter, sagt Anna, jetzt erzähl ich dir was. An und für sich ist Lügen schön, nicht?

Am Abend reißt Christa T. ein Blatt aus ihrem Haushaltsbuch. *Wind und Sonne*, schreibt sie. *Im Rücken die öde, rotgraue Dächerreihe des Städtchens. Die Kleingärten mit den Grabenden und Säenden, wie sie sich auf den schmalen Steigen im frisch Geharkten aneinander vorbeiquetschen: Da sollen Bohnen hin, da Gurken, hier will Tante ihre Mohrrüben haben. Sorgfältig wird der Schlüssel im Vorhängeschloß an der Lattenpforte umgedreht.* Dagegen der freie trockene Feldweg, die niedrige Mauer, Klein-Anna auf der Hungerharke. Farben: rot, blau, grün, und man liest: Sehnsucht. Es gelingt ihr, aus drei Farben Sehnsucht zu machen. Das Kind auf der Hungerharke werde ich immer sehen, auch wenn es für sie nur ein Vorwand war oder gerade deshalb: Es ist durchsichtig und doch fest, genau, ohne kleinlich zu sein. Wenn sie Dauer angestrebt hat, wollte sie doch auch spüren lassen, daß Dauer vergänglich ist.

Die Geschichte von dem Lappen, die Klein-Anna ihr erzählt. *Ein gelber Lappen mit rotem Rand, der eine Mutter hatte wie jedermann, aber ihr Herz schlug auf einmal nicht mehr so sehr, da war sie tot. Da muß der Lappen die Mutter eingraben und muß nun alles alleine machen, sogar kochen. Dabei verbrennt er sich natürlich die Finger, dann kann er sich alleine nicht mal ein Lätzchen umbinden, kann sich nicht an den Tisch setzen, findet auch kein Bonbon in der Kammer – rein nichts kann er. Da flog er zum Fenster raus. Der Mond schien, die Eule stand schon am Himmel. Eine Katze ging da lang, die hatte in jeder Hand einen Eierbecher wie die Katzen in Berlin. Die Eule flog an die*

Lampe, der Lappen hinter ihr her, doch da kam noch
ein Aschenbecher angeflogen, auf dem stand in weißer
Schrift: Das ist ein böser Aschenbecher. Da bekam der
Lappen Angst und flog zur Mutter. Da fing ihr Herz
wieder zu schlagen an, sie gingen zusammen nach
Hause, und die Mutter hat aufgepaßt, daß keine Bösen
mehr kamen ...

Nichts dazugetan, schreibt Christa T., wörtlich niedergeschrieben. Sollten alle Kinder Dichter sein?

Immer ist da ein Zwang, den Stift wegzulegen. Musik
hören, ganz alte oder die neueste. Den gefährlichen
Wunsch nach reiner, schrecklicher Vollkommenheit in
sich nähren. Ganz oder gar nicht sagen und unmißver-
ständlich in sich das Echo hören: gar nicht. Das Fach zu-
schlagen, in dem die Zettel sich häufen. Halbheiten,
Stümpereien, dabei bleibt es. Vertane Zeit. Sie ist, früh
am Abend, schon wieder müde. Im letzten Jahr muß
diese Müdigkeit, über die wir uns manchmal aufhielten,
in heftige Todesmüdigkeit übergegangen sein, gegen
die hat sie sich wild aufgelehnt. Die Krankheit näherte
sich als Müdigkeit, verführerisch. Christa T. muß den
Verdacht gehabt haben, das sei eine Falle, die sie sich selber stellte, und sie beschloß, nicht hineinzutappen. Wie
immer ist sie aufgestanden, wenn die Platte abgelaufen
ist, hat sich starken Kaffee gekocht.

Um diese Zeit kam meist Blasing, und sie empfing ihn
freundlich. Er rieb sich die Hände, griff nach der Platte:
Was Neues?, zog sich den Sessel an das kleine Tisch-
chen: Der Herr Gemahl noch im Bauch einer Kuh?

Ach, sie kennt ihn ja, sie durchschaut ihn ja, aber nun
ist sie doch froh, einem Menschen sagen zu können,
daß sie sich Sorgen macht. Vor drei Tagen hat Justus

zum erstenmal eine hochtragende Kuh operiert, zwei Nägel und eine große Glasscherbe im Pansen, jetzt kommt er kaum noch nach Hause. Alle Zeichen sind günstig, aber was wäre, wenn ihm die erste Operation mißlänge?

Da ist sie bei Blasing ganz an der richtigen Stelle. Vielleicht gibt es gar nichts, was er in seinem Leben schon wirklich gemacht hat, aber gewiß gibt es nichts, wobei er nicht wenigstens einmal zugesehen hat. Wenn es sein muß, zeichnet er das Innere einer hochtragenden Kuh auf die Tischplatte, daß jeder sehen kann, wie vollkommen ungefährlich so ein Eingriff ist, noch dazu bei Justus' Talent. Er selbst, Blasing, hat zugesehen, wie er Kälber ans Licht dieser Welt gezogen hat, ihm kann so leicht keiner was erzählen, ihm nicht!

Christa T. will ihm gar nichts erzählen, sie hört seiner flinken Rede zu, da haben sich plötzlich alle Ereignisse in allen Dörfern des Kreises, den er kennt wie kein zweiter, in handliche Schwänke und Schnurren verwandelt. Die Lehrerin in B. hat sich umbringen wollen? Na gut, aber dann hat sie es so ungeschickt angestellt, daß ihr Verlobter sie finden mußte, das schlaue Luder. – Der Buchhalter vom Volksgut in S. hat zwei Jahre Gefängnis gekriegt? Na gut, aber wer wird nun Buchhalter? Sein Bruder! Und in wessen Tasche wird der wirtschaften, bitte schön? – Der alte Willmers ist an seiner Säuferleber gestorben? Das weiß er, Blasing, nun aber besser: Im Krankenhaus haben sie den Blinddarmdurchbruch nicht gemerkt, so was gibt's auf der Welt. Nun wird alles vertuscht, die stecken doch alle unter einer Decke! Wenn man Blasing hörte, steckte die ganze Welt mit der ganzen Welt unter einer Decke, und das war in Ordnung so, wer's nicht begreift, ist selber schuld. Ob es denn wahr ist, fragt ihn Christa T., daß er sich scheiden, daß er seine Frau mit den drei Kindern sitzenlassen will, daß er ... Blasing hebt die Hände: Was die Leute alles reden! Und, fügt er nachdenklich hinzu: Wer weiß denn, wie alles kommt? Wer weiß, wo man überall noch einsteigen kann oder muß. Züge fahren immer ab. Oder meinen Sie, Blasing geht unter?

Aber da kommt ja der Chef.

Blasing fängt an, die Schachfiguren aufzustellen. Justus bringt Wein. Kein Schach. Bin todmüde. Die Kuh ist durch. Komm morgen mit, sieh sie dir an.

Also, sagt Blasing, wer hat recht behalten?

17

Man selbst, ganz stark man selbst werden.
Schwer zu machen.

Eine Bombe, eine Rede, ein Schuß – die Welt kann anders aussehen. Und wo bleibt dann dieses »Selbst«?

Ein Mann wie Blasing hat diesen ganzen Betrug von Grund auf durchschaut. Er weiß, es lohnt sich nicht, jedesmal wieder mit sich selbst zu bezahlen. Er kann nur jedem raten, Falschgeld in Umlauf zu geben, Blüten, wie wir Ganoven sagen. Beweisen kann dir keiner was, und du selber kannst sie schnell und schmerzlos wieder aus dem Verkehr ziehen: falsche Liebe, falschen Haß, falsche Anteilnahme und falsche Teilnahmslosigkeit. Übrigens, wenn Sie's noch nicht bemerkt haben sollten: Sie wirken echter als die richtigen, weil man lernen kann, sie nach Bedarf zu dosieren.

Er glaubte, die Unruhe dämpfen zu müssen, die Christa T. befallen hatte. Die Zeit vergeht, Blasing, sagte sie zu ihm, wem sollte sie es sonst sagen. – Das ist das Beste, was sie tun kann, und täte sie's nicht, müßten wir sie dazu bringen.

Ich muß doch auf diesen Tag an der Ostsee zurückkommen. Auf den riesigen weißroten Wasserball, den der Wind vor ihr hertrieb. Auf ihre geschmeidigen Bewegungen, auf Justus' bewundernde Blicke und ihr Kopfzurückwerfen. Auf ihr Lachen, das ich gewiß niemals beschreiben, aber auch niemals vergessen werde. Sie war tief braun gebrannt, ich sagte: Das ist wohl dein Sommer gewesen, sie lachte mit weißen Zähnen aus dem braunen Gesicht. Justus griff ihr ins Haar, das sie kurz geschnitten trug, er küßte sie vor allen Leuten auf den Mund. Sie nahm alles ernst, aber sie lachte dabei. Ich sehe noch ihren Blick.

Abends, als wir im Strandhotel saßen, hatte sie ein weißes Kleid an – du ahnst nicht, wie alt es ist! sagte sie, aber sie wußte ganz gut, daß sie es noch lange tragen konnte. Sie fing nach einer Weile an, Zahlen auf einen Bierdeckel untereinander zu schreiben, rechnete sie zusammen, und als wir wissen wollten, was sie trieb, sagte sie in vollem Ernst und für uns zum erstenmal: Das Haus. Wir müssen unwillkürlich die Hände gehoben haben, da hat sie uns ganz geläufig die Zahlen erklärt: das Monatsgehalt von Justus, der Staatskredit, der Kostenvoranschlag, der Abzahlungsmodus, die Zeit, in der die Schulden getilgt werden. Wir sahen Justus an. Er gab zu, daß es ihre Idee war und daß sie Blöcke voller Häuserskizzen zu Hause hatte. Aber wer soll das in die Hand nehmen, sagten wir, so was Schwieriges, heutzutage!

Ich, sagte Christa T.

Sie zog Skizzen aus ihrer Handtasche und breitete sie auf dem runden Marmortischchen aus. Da sahen wir »das Haus« zum erstenmal: alle seine Ansichten, alle seine Räume, jede Wand und jede Treppenstufe. Da sahen wir, daß es ja schon geboren war und daß niemand mehr das Recht hatte, es ins Nichtsein zurückzustoßen.

Aber wo steht es denn? wollten wir wissen. Da gab es auch noch eine große Karte des Kreises. Christa T. fuhr mit ihrem braunen Zeigefinger die Straße entlang. Bis hierher geht's ja, sagte sie. Sie bog in einen Feldweg ab. Der ist schlecht. Ein Dorf kam, furchtbares Pflaster. Das letzte Ende, den Hügel hinauf, war allerdings wirklich katastrophal.

Aber wenn du's geschafft hast, liegt plötzlich der See vor dir, den Schreck kannst du dir gar nicht vorstellen. Der große, einsame See. Links und rechts nur Weide und Bäume, hinter dir Kartoffeläcker. Mit dem Feldstecher siehst du am anderen Ufer die roten Dächer des Dorfes. Pappeln gehören am Ufer lang, die wachsen schnell und halten den Wind ab, was denkst du, was da im Winter für ein Wind ist! Zum See hin brauchen wir Schaufensterglas, zwei riesengroße Fenster, normale Scheiben drückt der Sturm glatt ein. Von der Küche aus seh ich den Garten, den ich anlege, und den Westzipfel des Sees. Wir kochen mit Propangas, Justus tauscht die leeren Flaschen immer in der Stadt um. Ein Stück Ufer wird entschilft, das ist unsere Badestelle. Anna und Lena laufen im Sommer splitternackt.

Die Arbeit schaff ich fast alleine, so ist das Haus eingerichtet. Der Architekt zeichnet es mir so, wie ich's ihm sage.

Du hast ja Übung im Häuserbauen, sagten wir, da ist wohl nichts mehr zu machen, wenn du schon jeden Nagel kennst ...

Jeden Nagel und jeden Schritt, und ob du's mir glaubst oder nicht, ich bin schon manchmal drin aufgewacht.

Aber wir hatten etwas gegen eigene Häuser. Hausbesitzer! sagten wir und rümpften die Nase. Ich sagte leise zu ihr: Und du wirst dich vergraben.

Sie lächelte und sagte: Ich grab mich aus.

Das verstand ich nicht recht.

Keiner von uns war abergläubisch, keiner klopfte an Holz, keiner gebot ihr, ihre voreiligen Nachtträume für sich zu behalten, ihre Wachträume zu zügeln und den Tag nicht vor dem Abend zu loben. Wir tranken eine Flasche Wein auf das Haus, dann eine zweite. Mein Gott, war das ein schönes weißes Haus auf dem Hügel am See, mein Gott, stand ihm das Schilfdach gut, und wie paßrecht es war, nicht zu groß und nicht zu klein, und wie praktisch, vollkommen in seiner Art, und wie gut es lag, mitten im alten Rinderzuchtgebiet, Justus fing schon an, die Milcherträge zu steigern.

Wir sahen es auf einmal alle daliegen, ihr Haus, wir sahen ein, daß einer es sich hatte ausdenken müssen, nun war es da. Sie hatte es erfunden, wir stießen mit ihr an.

Christa T. trank mehr als sonst, sie wurde von den Nachbartischen zum Tanzen geholt, alle hatten gesehen, wie wir die Pläne hin und her schoben, man hatte sich mit Warnungen und Ratschlägen eingemischt, Adressen von Handwerkern wurden genannt, und Christa T. nahm alles mit Dank entgegen. Sie tanzte mit jedem, am Ende sogar mit dem kleinen dicken Steuerberater, der schon mehr als einen Bauherrn kühn und stolz beginnen und kleinlaut und bescheiden in seinem Büro hatte enden sehen.

Das Haus ist gebaut worden. Aber man kann die Nächte zählen, die sie unter seinem Dach geschlafen hat.

Die Pappeln sind gepflanzt worden. Sie sind so gewachsen, daß Justus neulich überlegte, ob man sie vor den Fenstern nicht kappen sollte.

Der See liegt da, ruhig und glatt im Sommer, wild im Herbst, weiß und vereist im Winter. Ich habe die Sonne in ihm versinken sehen, da stand sie neben mir.

Das Ufer ist entschilft, und im Sommer baden die drei Kinder jeden Tag. Sie laufen nackt herum, hierher verirren sich selten Fremde.

Vom Küchenfenster aus habe ich ihren Garten liegen sehen und den Westzipfel des Sees. Die Küche war in großer Unordnung, weil Justus nach dem Tod seiner Frau keine Haushälterin finden konnte und selber kaum Zeit hatte aufzuräumen. Als ich das Geschirr einstellte, erkannte ich die Anordnung der Schränke und Regale, die sie sich ausgedacht hatte. Hinter dem geblümten Vorhang, den sie für die Alkoven in den Oberzimmern ausgesucht hatte, habe ich geschlafen. Nachts wurde ich wach und hörte die Ratten über meinem Kopf auf dem Boden ihr Unwesen treiben. Man hat Mittel gegen sie gefunden, sie sind vertrieben.

Am nächsten Morgen, als ich vor der Bücherwand im großen Wohnraum stand und die Bücher herausnahm, die ich Christa T. ins Krankenhaus geschickt hatte, glaubte ich ein Kühlerwerden der Luft zu empfinden und meinte, ein Schatten müsse mir über die Schulter gefallen sein. Ich mußte mich zwingen, mich nicht blitz-schnell umzudrehen, um sie ertappen zu können, wie sie da in ihrem Stuhl saß, von mir abgewandt, denn sie drehte sich in der letzten Zeit immer weg und ließ sich auch nicht mehr fotografieren – wie sie da saß in ihrer dicken grünen Strickjacke, obwohl Sommer war. Sie fror so leicht.

Ich machte mich steif und drehte mich nicht um, nicht gleich jedenfalls, und als ich es dann doch tat, saß sie nicht da, es war auch kein Schatten gefallen, und es gibt kein Foto von ihr aus der letzten Zeit.

Die Kinder, ihre und meine, riefen von draußen. Ein Ka-ninchen hatte sich in der Hausböschung seinen Bau gegraben, es sollte gefangen und woanders ausgesetzt werden.

Ich trat in die Tür, die nach draußen führte.

Der Platz für die Terrasse mußte noch zementiert wer-den, wohin man sah, war Arbeit liegengeblieben. Ich ging hinaus. Auf einmal durchfuhr es mich, daß ich bis zu diesem Augenblick nicht begriffen hatte, warum sie hier leben wollte und wozu sie sich dieses Haus gebaut hatte. Ich war darüber mehr verwundert als betroffen, denn nun lag es doch klar auf der Hand und war stau-nenswert, daß dieses ganze Haus nichts weiter war als eine Art Instrument, das sie benutzen wollte, um sich in-niger mit dem Leben zu verbinden, ein Ort, der ihr von Grund auf vertraut war, weil sie ihn selbst hervorge-bracht hatte, und von dessen Boden aus sie sich allem Fremden stellen konnte.

Sicherheit, ja, auch das.

Jetzt, da kein Urteil von mir noch etwas ändern konnte, weil alle Urteile sich selbst erledigt hatten und überflüssig geworden waren, jetzt fragte ich mich, welche andere Lebensweise man ihr hätte raten können. Sooft ich seitdem darüber nachgedacht habe – es gibt keine bessere als die, die sie sich selbst ausgesucht hatte. Ich weiß, daß an einem der großen Fenster ein kleiner Arbeitsplatz für sie vorgesehen war. Vielleicht, sagte sie einmal, vielleicht überwinde ich hier meine verfluchte Trägheit. – So hat sie es genannt.

Die äußeren Schwierigkeiten, die sich ihrem Plan entgegenstellten, verdeckten wie so oft sein Wesen, auch vor ihr selbst. Das Geld wurde knapper, als sie vorausgesehen hatten, und oft schien es aussichtslos, das nötigste Material zu beschaffen, um den schleppenden Gang des Baus nur einigermaßen voranzutreiben. Wenn sie in diesen zwei Jahren bei uns Rast machten, kamen sie von der Messe, wo sie Lampen oder Möbel oder Türklinken zu finden hofften. Sie waren immer in Eile, immer bedroht von einer endgültigen Stockung des ganzen Unternehmens. Einmal, als wir sie in der Dämmerung zu ihrem Auto brachten, kam mir Christa T. mutloser vor, als man aus den Widrigkeiten erklären konnte, über die sie sich beklagt hatte. Ich sagte ein paar aufmunternde Worte. Justus, der hinter ihr stand, nickte mir bittend und bedeutungsvoll zu, ich sah ihn fragend an, Christa T. entzog sich jeder Anteilnahme mit einer burschikosen Bemerkung. Ich verstand nicht, was vorging, sie stiegen ein, wir verabredeten ein Wiedersehen und schoben wie immer das richtige Gespräch auf das nächste Mal. Sie fuhren ab.

Es war zuwenig, um eine Vorahnung daraus zu ziehen. Man versucht ja auch selten, wirklich zu begreifen, was man sieht oder hört, was ein anderer sagt oder verschweigt. Als sie mich Wochen später anrief, was sie sonst niemals tat, war ich überrascht und erfreut. Erst als wir schon eine ganze Minute gesprochen hatten, das Wichtigste über unsere Arbeit und die Gesundheit der Kinder gesagt war, als plötzlich Stille eintrat, da fragte ich mich: Was will sie denn?

Ich entsinne mich genau an die Formulierung, die sie gebrauchte: Ich mache Dummheiten, sagte sie.

Unwillkürlich leise fragte ich: Bist du allein?, als ahnte ich jetzt, welche Art von Dummheiten sie mir mitteilen wollte.

Ja, sagte sie.

Hier verläßt mich meine Erinnerung an die Worte, die sie gebrauchte, und ich glaube nicht, daß ich sie erfinden sollte. Sie sagte mir, sie habe sich in einen anderen Mann verliebt, glaube ich, oder wie mag sie es sonst genannt haben? Ein Jagdfreund von Justus.

Nun, und das sei schon alles.

Nur eins noch: Die Sache – sie sagte: die Sache – gleite ihr aus der Hand.

Ich weiß noch, daß ich auf einmal zu begreifen glaubte, was ich in letzter Zeit an ihr beobachtet hatte, aber ich wollte es nicht wahrhaben, ich sagte schnell: Madame Bovary.

Nichts Neues für sie, aber was nützte es ihr? Wollte sie nur sprechen, endlich einmal sprechen können, oder wollte sie wirklich meine Meinung hören? Wie auch immer, ich sagte sie ihr: Mach Schluß damit, sagte ich, so was nimmt kein gutes Ende.

Aber was heißt schon »Schluß« in solchen Affären, und wie soll man tun, was man wollen muß und nicht wollen kann?

Weiß Justus?

Natürlich.

Nun erschrak ich doch. Krischan, sagte ich, ich weiß nicht, was du von mir willst. Ich kann dir nur sagen: Es geht nicht.

Und warum nicht? fragte sie herausfordernd. Findet ihr, daß ich dazu bestimmt bin, treu zu sein?

Ich merkte, daß sie mich jetzt mit anderen in einen Topf warf aus Lust, ungerecht zu sein – mit welchen anderen? Justus? –, aber ich sagte nur, ja, ich fände, sie sei dazu bestimmt.

Sie schwieg ziemlich lange, dann sagte sie schroff: Ich weiß. So, als könne nur sie allein etwas darüber wissen.

Die Pausen wurden immer länger. Schließlich sagte sie noch etwas von der Art, daß sie sich nicht mehr zu helfen wisse, dann legte sie schnell auf.

Wenn es eintritt, ist es uns meistens schon bekannt gewesen, ich glaube nicht, daß sie über sich erschrokken ist. Man wundert sich nur, daß alle sagen: Das Übliche.

Justus hat ihn ins Haus gebracht, einen jungen Förster. Die Verführung, wenn überhaupt die Rede davon sein kann, ist von ihr ausgegangen: Diese Art Frau ist ihm noch nicht begegnet. Er reagiert ganz unverfälscht, und besser hätte er es auch nicht anstellen können, wenn er nach einem schlauen Plan vorgegangen wäre. Beim Jägerball, als sie miteinander tanzen, zieht er sie an sich, am nächsten Tag schickt er einen Hasen. Er kommt auf einen Sprung vorbei, um sich ihre Vogelbücher anzusehen. Leise, weil die Kinder schlafen, ahmt er die Stimmen der Vögel nach. Einmal legt er eine

Hand auf ihre Schulter. Danach steht sie manchmal eine Stunde lang am Fenster, wenn sie glaubt, daß er vorbeikommen muß. Wenn er dann wirklich kommt, wenn er unter ihrem Fenster vorbeigeht, heraufsieht und den Hut zieht, dann muß sie sich an der Fensterbank festhalten. Sie muß sich setzen und das Gesicht in die Hände pressen. Sie erschrickt, wie kalt ihre Hände sind und wie heiß ihr Gesicht.

Sie will sich wünschen, alles wäre vorüber, aber das kann sie nicht, wie soll man wünschen können, daß das Leben vorüber sei? Sie versteht, daß Justus maßlos ist in seiner Enttäuschung und Hilflosigkeit, er kann toben, er kann den Tisch umwerfen, kann weglaufen und spät in der Nacht nach Hause kommen, sie merkt, daß er getrunken hat. Dann kann er tagelang schweigen. Sie aber kann nichts tun als ihm zusehen und dann, wenn er wieder gegangen ist, immer aufs neue in die uferlosen, gefährlichen Phantasien versinken. Sie hat nichts zu erklären versucht, nichts zu beschönigen oder zu entschuldigen. Manchmal, wenn sie wie aus einer tiefen Bewußtlosigkeit zu sich kommt, fragt sie sich wohl: Bin ich denn krank? Es kommt ihr merkwürdig vor, daß alle, die ihr nahestanden, ihr nun fremd werden, aber wie soll das merkwürdig sein, wenn sie selbst sich so fremd geworden ist?

»Madame Bovary« traf es nicht, ich wußte es selbst. Kleinliche Handlungen würden nicht vorfallen, keine Betrugsversuche und Fluchtmanöver. Eher würde sie sich selbst zerstören, als ... Aber das war ja der Grund für meinen Schreck.

»Viel mehr Gefühle morgens beim Aufwachen, als der Tag je verbrauchen kann«, lese ich in ihren spärlichen

Aufzeichnungen aus jener Zeit. Die unverbrauchten Gefühle fingen an, sie zu vergiften. Zum erstenmal fragte sie sich, was in aller Welt sie mit diesem Haus wollte, was sie sich denn immer noch einredete, was sie aus diesem halbverpfuschten Leben denn noch machen wollte. Sie hatte alles vergessen, nichts Tröstliches oder Ermutigendes fiel ihr ein. Justus konnte sie nicht fragen, er war für sie nicht da in jenen Wochen, er kämpfte selbst dagegen an, zu scheitern. Auf einem Volksgut waren Unterschleife vorgekommen, man wies Nachlässigkeiten in der Viehpflege nach, der gerissene Direktor suchte den unerfahrenen Tierarzt hineinzuziehen, er mußte als Zeuge in einer Gerichtsverhandlung auftreten, er spürte Mißtrauen, glaubte, jedermann hielte ihn jetzt für einen liederlichen oder unfähigen Menschen. Er verschloß die Kränkung in sich, er trank abends allein in einer Kneipe, stieg dann trotzdem ins Auto und fuhr langsam und vorsichtig durch die Stadt, wurde angehalten, kontrolliert und bekam ein Strafmandat.

Eine böse Zeit, sagte er zu mir, ich kriegte es nicht fertig, mit ihr über meine Angelegenheiten zu sprechen, ich wollte nicht, daß sie mich so sah, wie ich mich selber sah. Ich wunderte mich bloß, daß sie manchmal das Auto nahm und stundenlang wie eine Wilde über Land fuhr, und wenn sie wiederkam, war sie zu Tode erschöpft.

Christa T. ging in ihrer Wohnung herum wie in einem Käfig. Sie wußte, daß sie nichts denken konnte, was nicht schon millionenmal gedacht, kein Gefühl aufbringen, das nicht in seinem Kern durch Abnutzung verdorben war, und daß jeder ihrer Handgriffe von jeder anderen an ihrer Stelle gemacht werden konnte. Alle ihre

Versuche, den toten Kreis zu verlassen, der sich um sie gebildet hatte, kamen in schrecklichem Gleichmut nur immer wieder zu ihr zurück. Sie spürte, wie ihr unaufhaltsam das Geheimnis verlorenging, das sie lebensfähig machte: das Bewußtsein dessen, wer sie in Wirklichkeit war. Sie sah sich in eine unendliche Menge von tödlich banalen Handlungen und Phrasen aufgelöst.

Nun war jedes Mittel recht, etwas Neues über sich zu erfahren. Sie mußte erleben, daß noch Sinn in ihren Sinnen war, daß sie nicht umsonst immer noch sah und hörte und schmeckte und roch. So traf sie auf diesen jungen Mann, der sah zu ihr auf wie zu einer Erscheinung, der zog sie an sich, der legte ihr die Hand auf die Schulter. Da fühlte sie das Leben zurückkehren, und sei es als Schmerz, und wenn sie nur eine Teetasse über den Tisch reichte, war sie plötzlich wieder sie selbst.

Wenn sie am Leben geblieben wäre, hätte dies nicht der letzte Beweis dessen bleiben können, daß sie sich mit den Gegebenheiten nicht abfand. Damals fürchtete ich den Preis, den ich bei mir selbst vielleicht »Unglück« nannte, ohne in Betracht zu ziehen, daß Unglück ein angemessener Preis sein kann für die Verweigerung der Zustimmung. Da kamen wir uns ja noch wie Figuren in einem gut gebauten Stück vor, dessen Ende unfehlbar die Auflösung aller Verwicklungen und aller Konflikte war, so daß jeder einzelne unserer Schritte, ob wir ihn von uns aus taten oder zu ihm gedrängt wurden, schließlich vom Ende her seine Rechtfertigung finden mußte. Christa T. muß damals aus der Hand dieses überaus freundlichen, aber recht banalen Stückeschreibers gefallen sein. Sie muß ein ungutes oder auch gar kein ordentliches Ende auf einmal in Erwägung gezogen haben, etwas muß sie gereizt haben, gerade solche Schritte auszuprobieren, die nirgendshin führten.

So mußte es diese verbotene Liebe sein, oder wie man es nennen soll. Wolln doch mal sehen, wie der Tisch umstürzen kann, wolln doch mal die Gesichter sehen, die nur bei dieser Art von Ereignissen zum Vorschein kommen. Wolln doch mal mein Gesicht sehen, wenn noch einmal alles in Frage steht.

Die Umstände und Anlässe konnte sie sich nicht aussuchen, die sie in den Stand setzten, mit den wenigen Dingen, die man wirklich in der Hand hat, noch einmal zu spielen, den Einsatz noch einmal zu erhöhen.

Dann freilich verlieren die Berechnungen ihre Kraft, und Hören und Sehen vergeht einem.

18

Als ich sie wiedersah, war von »dieser Sache« kaum noch die Rede, und es war keine Bitterkeit in ihr übriggeblieben und auch nichts von diesem gefährlichen gegenstandslosen Verlangen. Sie stand am Herd und hantierte mit den Töpfen, auf einmal sagte sie, daß sie wieder ein Kind erwartete, mit einem kleinen triumphierenden Unterton in der Stimme, den ich wohl nicht mißdeutet habe. So löst ihr eure Probleme, sagte ich, und wir lachten.

Damals war es, bei unserem letzten Besuch in ihrer alten Wohnung, Silvester zweiundsechzig, als sie mir die Vorhangstoffe zeigte, das neue Geschirr und die bunten Plastebehälter für die Küche, die ihr besonders gut gefielen. Ihr Schlafzimmer war mit Körben und Koffern vollgestellt, wir setzten uns auf den Fußboden und schichteten all das neue Zeug um uns herum auf. Sie wollte ganz neu anfangen, nichts Altes sollte in das neue Haus mitgenommen werden.

Am Nachmittag sahen wir es zum erstenmal, das Haus. Still vor Erwartung bogen wir von der Chaussee auf den Landweg ab, holperten durch das Dorf – schlechteste LPG im Kreis, sagte Justus – und arbeiteten uns auch noch das miserable Stück den Hügel hinauf.

Da stand es dann, nackt und roh, sehr einsam unter dem großen wolkenreichen Himmel, und kleiner, als es in unserer Vorstellung gewesen war. Es kam uns unterstützungsbedürftig vor in seinem Kampf gegen den großen, bewegten See und den dunklen Himmel. Wir sahen, daß es tapfer Posten bezogen hatte, aber auch, daß die Natur sich widersetzte, doch wir verloren kein Wort darüber. Wir stiegen über das rohe Brett, das da noch anstatt der Schwelle lag, ins Innere, gingen langsam durch die unteren dielenlosen Räume und kletterten auf einer Notleiter in den ersten Stock, zu den Schlafzimmern der Kinder. Ein mächtiger Wind blies durch alle Ritzen. Dein Wind ist genauso, wie du ihn beschrieben hast, sagten wir zu Christa T. und ließen offen, ob wir alles andere auch genauso fänden. Aber sie war gar nicht zu erschüttern. Sie wußte ganz gut, daß dieses rohe, winddurchpfiffene Haus weiter von seiner Vollendung entfernt war als das Traumhaus an jenem glücklichen Abend auf den Skizzen im Strandhotel, das weiß und schön auf dem Papier dagelegen hatte. Aber sie hatte auch erfahren, daß das wirkliche Material sich stärker widersetzt als Papier und daß man die Dinge, solange sie im Werden sind, unerschütterlich vorwärtstreiben muß. Wir sahen, daß sie längst nicht mehr auf ihren Skizzen bestand, sondern auf diesen rohen Steinen. Wir standen um den kalten Kamin herum und berieten über eine passende Einfassung, wir stritten über Stile und Steinsorten und zweifelten im stillen, wie man kurz vor dem Ende immer besonders stark zweifelt, ob wir je ein Gericht essen würden, das in der Küche dieses Hauses zubereitet war.

Aber unsere Zweifel waren kleinmütig, und wir haben das Gericht gegessen. Sieben Monate später, Ende Juli, saßen wir alle um den großen runden Tisch. Durch die Fenster trat der glatte, sonnenblanke See fast ins Zimmer, die Tür zum Rasenplatz stand offen, die Spitzen der schlanken Pappelruten glitzerten, und von der Küche her kam Christa T., schwerfällig und stark geworden, mit einer großen Schüssel Kräuterkartoffeln.

Das war einer von den Augenblicken, in denen man den Neid der Götter fürchtet, aber ich bot ihnen insgeheim einen Tausch an: Sie sollten den Schrecken bei unserer Ankunft nehmen, sie sollten sich damit zufriedengeben, nicht rachsüchtig sein, ihre Zerstörungswut zügeln. Es genug sein lassen mit dem, was sie schon erreicht hatten.

Ich weiß nicht, ob sie meinem Gesicht etwas ansehen konnte. Als wir einen Augenblick allein waren, sagte sie, wie um mir zuvorzukommen: Ich bin älter geworden.

Ich überging die Frage in dem Satz, antwortete ausweichend und dachte bei mir, »älter« sei nicht das Wort – obwohl man auch hätte von Älterwerden sprechen können, wenn die Veränderungen, die mit ihr vorgegangen waren, sich sieben Jahre Zeit genommen hätten und nicht nur das Nichts von sieben Monaten. Ihr Gesicht war gedunsen, die Haut war rauh und schuppig geworden, und die Adern an Armen und Beinen traten stark hervor.

Ich schob alles auf die Schwangerschaft, aber sie schüttelte den Kopf. Sie nannte den Namen des Medikaments, merkwürdigerweise weiß ich ihn noch, aber er soll hier nicht stehen. Prednison, sagte sie, in großen Dosen. Das war das einzige Mittel. Dafür muß man anderes in Kauf nehmen.

Sie meinte, was sie sagte, und wußte, was sie meinte. Wir anderen waren durch den Nichtbesitz einer bestimmten Erfahrung von ihr getrennt, man könnte sagen: hinter ihr zurückgeblieben. Einer Erfahrung, die man nur selber machen kann, die man nicht nachempfinden und an der man auf keine Weise Anteil gewinnen kann. Wir wußten, daß unsere Verlegenheit so unangemessen war wie unser Schuldbewußtsein. Wie aber soll man angemessen auf Todeserfahrung reagieren?

Wir versuchten vergebens, sie zurückzuhalten, als wir baden gingen. Sie ließ ihren Bademantel am Ufer fallen und watete schnell durch das flache, von Entengrütze dickgrüne Wasser bis zu der tieferen Rinne, wo man schwimmen kann. Sie rief mir zu, daß ich mich hinter ihr halten sollte, um nicht in die Algen und Schlingpflanzen zu geraten. Sie wollte mich in ihren See einführen. Wir schwammen ein Stück nebeneinander her, ich ließ sie das Tempo bestimmen und stellte mich nach kurzer Zeit erschöpft. Sie glaubte mir nicht, ich mußte aufpassen, daß man sie nicht merken ließ, daß man sie schonen wollte.

Justus gab mir einen Wink, ihr ins Gewissen zu reden. Sie habe am Vortag stundenlang im Garten Unkraut gehackt, sie arbeite wie verrückt und nehme einfach keine Notiz von ihrem – Zustand. Ein doppeldeutiges Wort, wir merkten es beide, aber er fügte nichts hinzu. Ich nahm die Gelegenheit nicht wahr, ihn nach den Aussichten zu fragen, die die Ärzte ihr gaben. Wir hielten uns an die unausgesprochene Übereinkunft, hinter ihrem Rücken nicht über sie zu sprechen. Wir waren in der Lage von Leuten, die fürchten müssen, daß der Hauch eines Wortes den Boden zum Einsturz bringt, auf dem sie stehen.

Nach dem Essen brachten wir sie dazu, sich hinzulegen, und wir fuhren mit Justus zu dem alten, halbverfallenen Gasthof, wo man ihm die Aale aus der Fischereigenossenschaft räucherte. Er bekam ein großes, in Zeitungspapier gewickeltes Paket. Er machte uns mit den Tieren des Hofes bekannt, einem alten, halbblinden Hund und einer verwilderten mißtrauischen Katze, der er ein Mittel gegen die Räude mitgebracht hatte. Wir redeten auf der Rückfahrt davon, was aus diesem Lokal zu machen wäre, wenn es in die richtigen Hände käme, ein beliebtes Ausflugsziel, eine Goldgrube, sagte Justus. Aber mir soll's ja recht sein, wenn sie nicht den ganzen Pulk von Autos und Motorbooten hierherziehen ... Ich erinnere mich nur an diesen Gasthof und an die Tiere und an unser Gespräch, weil ich nicht vergaß, daß wir alle wußten, wir müßten eigentlich über etwas anderes sprechen, aber das war nicht möglich.

Erst am Abend ...

Aber dieser Abend gehört noch nicht hierher. Hierher gehört noch jener Silvesterabend und vorher die Rückfahrt von unserer Hausbesichtigung, die Rückfahrt, bei der der Schneesturm losging. Justus mußte in einem der Dörfer anhalten, um einen kleinen Schaden an seinem Auto zu reparieren. Man kannte ihn in der Werkstatt und gab sich Mühe, ihm schnell zu helfen. Wir stiegen aus und warteten in einer windgeschützten Ecke. Christa T. erzählte mir Geschichten von ihren Kindern, und mir fiel auf, daß sie sich, anders als andere Mütter, nicht nur die schmeichelhaften Episoden merken konnte und daß sie nicht nur die erfreulichen Eigenschaften sah, sie war unbestechlich. Vor wenigen Tagen war Anna, ihre kleine Schwester an der Hand, fasziniert einem Trauerzug gefolgt und in letzter Minute mit Mühe daran gehindert worden, bis ans Grab mitzugehen.

Sie war außer sich, sagte Christa T., ich erklärte ihr, daß nur nahe Verwandte dabeisein dürfen, wenn ein Mensch beerdigt wird. Da sagte sie zu mir: Sterb bloß bald. Ich will sehen, wie du eingegraben wirst.

Aber dann siehst du mich nie wieder!

Das weiß ich doch, sagte sie gleichmütig.

Sie ist so sachlich, sagte Christa T., ohne eine Spur von Zimperlichkeit. – Ich kenne keine Mutter, die weniger versucht hätte, ihre Kinder nach ihrem Bild umzumodeln. Als sie gestorben war und man den Tod der Mutter vor Anna verheimlichte, mußte ich manchmal an unser Gespräch in der Autowerkstatt denken, und wenn ich nicht eine wörtliche Aufzeichnung des Dialogs mit Anna unter den Papieren von Christa T. gefunden hätte – ich hätte gezögert, ihn hierherzusetzen, weil wir gewohnt sind, in die dümmsten, zufälligsten Geschehnisse eine düstere Vorbedeutung zu legen, wenn nur das Ende düster ist.

Jener Silvesterabend war ohne üble Vorahnungen.

Wir erinnern uns alle an ihn, sogar Blasing, der nicht leicht etwas behält, was nicht eine Geschichte für ihn abgibt, die sich verkaufen läßt. Auch er erinnert sich, das weiß ich, weil er es mir gesagt hat, als ich ihn neulich in der Stadt traf. Er preßte wie immer seine schwarze Mappe an sich, in der ein Manuskript steckt oder das Versprechen auf ein Manuskript, und er war »auf Achse«, wie er es nannte, das heißt, er bot seine Ware an. Er hatte einen neuen Mantel, es ging ihm gut, er leistete sich Wehmut. Ja, sagte er von unserer Silvesterfeier, das war einer der letzten glücklichen Abende, dann ging der Ernst des Lebens los, wer einem das vorausgesagt hätte! Er meinte wohl, daß er sich im Jahr darauf wirklich von seiner Frau scheiden ließ, daß er nach Berlin zog und an seiner Karriere zu arbeiten begann, das verstand ich alles. Nur wunderte ich mich, daß auch er unseren Silvesterabend in seiner Erinnerung »glücklich« nannte. Aber noch mehr verwirrte es mich, daß er es ehrlich meinte. Auch wenn er nicht, wie damals, immerzu wiederholte: Das ist mein heiliger Ernst. Er hatte seinen Wortschatz auf das Niveau der Hauptstadt gebracht. Trotzdem sagte er mir am Schluß, sogar nach unserer Verabschiedung: Sie war ein seltener Mensch, und weil er dabei verlegen war und weil er so etwas in den Redaktionen, die ihm seine Manuskripte abnahmen, nicht sagen würde, nickte ich.

Günter war auch angereist gekommen, und ich kann mir bis heute nicht denken, daß Christa T. so überrascht war, wie sie tat. Es stellte sich heraus, daß Günter unverheiratet geblieben und daß die Verbindung zwischen ihm und Christa T. nie abgerissen war.

Werd nicht wieder ohne Grund eifersüchtig, sagte sie zu Justus, wie du das an dir hast.

Da seht ihr es, sagte Justus zu uns, so ist sie nun.

Sie konnten über sich lachen, Christa T. war obenauf. Alle waren so freundlich zu Günter, daß er nicht wußte, wie ihm geschah, und mehrmals nahe daran war, zu versichern, daß unsere gute Laune nicht sein Verdienst sei. Übrigens war er Schulleiter in seiner Heimatstadt.

Wir müssen ein bißchen auf ihn aufpassen, sagte Christa T. zu mir, er wird sich mit Blasing streiten wollen.

Der Streit kam nicht recht zustande, trotzdem ist mir, als hätte er stattgefunden. Ein, zwei Jahre später wäre er unvermeidlich gewesen, damals war er noch nicht reif, aber Christa T. hat ihn schon heraufziehen sehen. Sie war eine Frau geworden, die einen Haushalt führte, Gäste an sich zog und dafür sorgte, daß zwischen ihnen kein Streit ausbrach. Was ist aus uns geworden, dachten wir. Das Staunen stimmte uns weicher, man konnte weich sein, ohne sentimental zu werden. Wir hatten auf einmal Spaß daran, den Tisch kunstvoll zu dekorieren, die Platten zurechtzurücken, Kerzen anzuzünden. Die Fenster, gegen die der Sturm Schneeböen fegte, waren mit Decken verhängt. Christa T. brachte den zerlegten Wildschweinbraten herein.

Aber man darf nicht den Eindruck erwecken, als seien es die Kerzen und der Wein und der Braten gewesen, es war etwas anderes und ist nicht leicht zu schildern. Immerhin möchte ich behaupten, eine solche Versammlung, in einem solchen Geist, könnte nicht wieder stattfinden, weil dieses schwebende Gleichgewicht, das wir alle wie eine leichte Trunkenheit empfanden, sich schwerlich ein zweites Mal einstellt. Es ist an Unbefangenheit und eine harmlose Form von Selbstüberhebung gebunden, und vor allem verträgt es nicht, wenn man es herbeiwünscht. Wir nahmen es einfach als unser Verdienst, da hielt es sich. Wir glaubten ja alle, das Schlimmste hinter uns zu haben, auch das Schlimmste mit uns selbst, wir waren so sicher, daß unter dem Zeugnis für unsere Lebensprüfungen einst »bestanden« stehen würde ...

Wir begannen, über unsere Erinnerungen zu verfügen. Wir entdeckten auf einmal – keiner von uns älter als fünfunddreißig –, daß es schon etwas gab, was den Namen »Vergangenheit« verdiente. Wir meinten aber, was alle betrifft, kann einem selbst nicht so viel anhaben. Die Frauen zeigten Bilder herum: Herrgott, diese Löckchen, diese langen Glockenröcke, diese Kämmchen im Haar! Und wie ernst wir waren! Wir lachten über unsere frühere Ernsthaftigkeit.

Weißt du noch, sagte Christa T. zu Günter, wie du Frau Mrosow beweisen wolltest, daß das Schicksal von Schillers Luise uns auch noch betreffen kann? Ich hatte Angst, sie könnte zu weit gegangen sein, denn ich war sicher, daß Günter seit damals nie wieder mit einem Menschen über diese Stunde, über die blonde Inge, über Kostja und seine unglückliche Liebe gesprochen hatte. Aber jetzt nickte er nur und lächelte, Christa T. fand immer genau den Augenblick, wann man über etwas sprechen mußte, was einen Tag früher noch zu schmerzhaft, einen Tag später bloß langweilig gewesen wäre. Ich seh mich noch in der Versammlung stehen, sagte Günter, einen bedrippteren Pudel hat es nie gegeben.

So, auch das hätten wir hinter uns. Günter hob sein Glas und trank auf Christa T. Sie errötete, aber sie zierte sich nicht, und wir begriffen auf einmal alles und waren ein wenig gerührt, wir verheimlichten auch nicht, daß wir begriffen. Wir tranken alle auf sie – oder ich wünsche mir doch sehr, wir hätten es getan –, zu der jeder von uns feste und jeder andere Beziehungen hatte und die es fertigbrachte, alle diese Beziehungen geschickt und großzügig und vor allem ohne Berechnung zu handhaben.

Wenn alles so war, wie ich es mir jetzt wünsche, dann haben wir es ganz natürlich gefunden, daß unter diesen Beziehungen auch so etwas wie ungeschickte Liebe oder altmodische Verehrung war. Wenn wir an jenem Abend so gewesen sind, wie ich es mir wünsche, dann waren wir alle großmütig und wollten, daß uns kein Gefühl und keine Nuance eines Gefühls fehlen sollte, denn das alles, mögen wir gedacht haben, stand uns zu. Diesen einen Abend lang, die Silvesternacht von einundsechzig auf zweiundsechzig, ihr vorletztes Silvester, soll sie, Christa T., uns das Beispiel abgegeben haben für die unendlichen Möglichkeiten, die noch in uns lagen.

Das hat sie gewußt und hat sich nicht geziert.

Es war unvermeidlich, daß wir anfingen, uns Geschichten zu erzählen, Geschichten, wie sie in einem auftauchen, wenn die Wasser sich verlaufen. Dann ist man ein wenig erstaunt, daß diese Geschichten alles sein sollen, was übrigbleibt, und man sieht sich gezwungen, sie ein wenig auszuschmücken, eine hübsche kleine Moral in sie hineinzulegen und ihren Schluß vor allem, mag man davon halten, was man will, zu unseren Gunsten zu gestalten. Es ist ja nichts dabei, wenn man so fest überzeugt ist, daß das Ende doch zu unseren Gunsten ausgeht und daß sich die vielen einzelnen kleinen Schlüsse ruhig dem großen Schluß unterordnen sollen. Kurz und gut, wir prahlten. Wir arbeiteten an einer Vergangenheit, die man seinen Kindern erzählen kann, die Zeit rückte schließlich heran.

Der Streit, wie gesagt, blieb aus. Wie war Christa T. auf Streit gekommen? Denn natürlich waren Günters Erzählungen sehr verschieden von denen Blasings, der sich dauernd von seiner Frau berichtigen lassen mußte, bis wir alle gemerkt hatten, daß es ihm im Grunde gleichgültig war, womit er seine Wirkungen erzielte. Wenn da nur gelacht wurde, wenn er nur Erfolg hatte.

Sie, sagte Christa T. plötzlich – also nicht Günter ist es gewesen, sie selbst war es ja! –, Sie, Blasing: Das ist ja alles mächtig lange her, was Sie uns da erzählen. Nun erzähln Sie uns mal was über heute abend. Über uns.

Darauf mußte Blasing zuerst einen großen Schluck trinken, aber dann sagte er: Nichts leichter als das. Es war einmal ...

Er machte seine Sache nicht schlecht. Er hatte die schwachen Stellen von jedem von uns ganz gut herausgefunden, auch unsere Vorzüge, sich selbst schonte er nicht, und erst ganz am Ende merkten wir, daß er uns alle in Töpfe gesteckt hatte, die lange bereitstanden und sogar schon beschriftet waren, vielleicht ehe es uns überhaupt gab. Er, Blasing, hatte nur noch die Deckel aufgestülpt, und nun waren wir fix und fertig, wir wußten alles über uns, und keiner hatte den mindesten Grund, noch einen Finger zu rühren oder einen Schritt zu tun. Keiner hatte noch Grund, am Leben zu bleiben, und Frau Blasing, die eine Konsum-Verkaufsstelle leitete und ihre drei Kinder erzog, erklärte ihrem Mann unverblümt, sie habe ihn schon immer im Verdacht gehabt, daß er sie umbringen wolle.

Das war alles Jux, und warum sollten wir uns streiten! Ich mußte nur flüchtig daran denken, als ich Blasing neulich mit seiner schwarzen Mappe traf. Günter hätte ihn sicher nach seinen Manuskripten gefragt, er fragt immer alle Leute eindringlich nach ihrer Arbeit. Er hätte gelesen, was Blasing ihm gab, und sei es mitten auf der Friedrichstraße, und dann hätten sie sich wirklich gestritten. Damals, Silvester zweiundsechzig, waren wir noch zu unsicher. Wir sprachen über Blasing, als der gegangen war, das sollte man wohl nicht tun. Wir fragten uns, ob er den Erfolg haben werde, nach dem er sich so sehnte. Günter war da anderer Meinung als Christa T., die sagte: Er blufft, aber er hält sich nicht.

Er will, sagte Günter, daß alles sich verfestigt, er kann nicht anders, und wenn er den Leuten den Kopf abschneiden muß, damit sie ihm stillhalten ... Da war schon nicht mehr von Blasing die Rede.

Da haben wir sie, Christa T., von ihren Schwierigkeiten reden hören, ein einziges Mal. Wir alle waren müde, hatten auch getrunken, schon am Morgen kann vergessen sein, was man nachts um drei hört. Daß sie sich vor den Festlegungen scheute. Daß alles, was erst einmal »dasteht« – dieses Wort schon! –, so schwer wieder in Bewegung zu bringen ist, daß man also schon vorher versuchen muß, es am Leben zu halten, während es noch entsteht, in einem selbst. Es muß andauernd entstehen, das ist es. Man darf und darf es nicht dahin kommen lassen, daß es fertig wird.

Bloß wie soll man das machen?

19

Das Jahr ist um. Das Gesetz tritt in Kraft, das uns nahe-
legt, es genug sein zu lassen, und das wir anerkennen
müssen. Nur diese Szene noch, diese eine, die so schwer
aus der Erinnerung aufsteigt.
Schreiben ist groß machen.
Hat sie es gesagt, täuscht mich mein Gedächtnis? Man
braucht für jeden Satz den Ort, an dem er ausgesprochen wird, die Stunde, die zu ihm paßt.
Das Kleine und Kleinliche, sagt sie, sorgt für sich selber.
Ja: Dämmerlicht. Ich weiß: Morgen. Der Geruch nach
Zigarettenrauch, von dem ich erwacht sein muß. Die
Bücherwand, auf die mein Blick zuerst fällt und die
ich nicht gleich erkenne. Da sitzt sie an dem Klapp-
schrank, der mit Justus' Papieren überdeckt ist, in ihrem ausgeblaßten roten Bademantel, und schreibt: Die
große Hoffnung oder über die Schwierigkeit, »ich« zu
sagen.
Das Blatt habe ich mit eigenen Augen liegen sehen, als
ich aufstand, aber jetzt ist es verschwunden. Schreiben
ist groß machen. Ja, das kann sein: Sie hat es nicht gesagt, ich habe es gelesen.
Ich störe dich doch nicht? sagt sie. Schlaf ruhig weiter.
Das möchte ich doch nicht glauben, daß ich wirklich
schlief. Auch wenn ich bis zu dieser Minute diesen Morgen vergessen hatte, wie man sonst nur Träume vergißt.
Auch wenn mich mißtrauisch macht, daß er mir gerade
jetzt in voller Klarheit und Gewißheit aufsteigt, wie nur
die sehr erwünschten Erfindungen einem erscheinen.

Das würde sie ja billigen.

Denn sie kannte die Macht der Erfindungen über uns. An jenem Morgen, dem Neujahrsmorgen, als sie so wach und ich so schlafsüchtig war, hätte man manches bereden können, aber ich war zu beruhigt. Ich wiegte mich in der Sicherheit, daß noch vieles umkehrbar und erreichbar war, wenn man nur die Geduld nicht verlor und den Glauben an sich selbst. Eine unordentliche Zuversicht hatte mich ergriffen, daß alles gut würde. Nur ihr Gesicht, über ein Blatt gebeugt, schien mir fremd. Ja, sagte ich dann, wie man zwischen Schlafen und Wachen ausspricht, was man sonst verschweigt: Dasselbe Gesicht. Ich hab dich mal Trompete blasen sehen, vor achtzehn Jahren.

Merkwürdig, sie schien Bescheid zu wissen.

Ihr Geheimnis, auf das ich aus war, seit wir uns kannten, war gar kein Geheimnis mehr. Was sie im Innersten wollte, wovon sie träumte und was zu tun sie seit langem begonnen hatte, lag offen vor mir, unbestreitbar und unbezweifelbar. Jetzt scheint mir, wir hätten es immer gewußt. Sie hatte es ja nicht besonders ängstlich gehütet, nur eben nicht aufgedrängt. Ihr langes Zögern, ihre Versuche in verschiedenen Lebensformen, ihr Dilettieren auf manchem Gebiet deuteten in dieselbe Richtung, wenn man nur Augen hatte zu sehen. Daß sie ausprobierte, was möglich war, bis ihr nichts mehr übrigblieb – das wäre wohl zu verstehen.

In ihren nachgelassenen Manuskripten lese ich die Stücke in der dritten Person: SIE, mit der sie sich zusammentat, die sie sich hütete, beim Namen zu nennen, denn welchen Namen hätte sie IHR geben sollen? SIE, die weiß, daß sie immer wieder neu zu sein, neu zu sehen hat, und die kann, was sie wollen muß. SIE, die nur die Gegenwart kennt und sich nicht das Recht nehmen läßt, nach ihren eigenen Gesetzen zu leben.

Ich begreife das Geheimnis der dritten Person, die dabei ist, ohne greifbar zu sein, und die, wenn die Umstände ihr günstig sind, mehr Wirklichkeit auf sich ziehen kann als die erste: ich. Über die Schwierigkeit, ich zu sagen.

Schlief ich wirklich? Ich sah sie vorbeiziehen, in allen ihren Gestalten, sah plötzlich hinter allen ihren Verwandlungen den Sinn, begriff, daß der Wunsch unpassend ist, sie irgendwo für immer ankommen zu sehen. Sage wohl etwas Derartiges im Halbschlaf. Jedenfalls lächelt sie, raucht und schreibt.

Bei mir dauert eben alles entsetzlich lange, sagt sie noch, aber da stehen wir ja in der kleinen Dorfwerkstatt, in der Justus sein Auto reparieren läßt, und der Wind fegt durch die halboffene Tür, und wir fragen uns im gleichen Augenblick, was denn das monotone Hämmern aus der Ecke und das Heulen des Windes mit unserem Gespräch zu tun haben, das sich um Zeit dreht, denn ich finde, so viel Zeit, wie sie sich nimmt, haben wir nicht. Sie aber ist plötzlich so bestimmt, wie sie nie war, und gibt uns alle Zeit, die wir uns nehmen, wenn wir nur wissen, wozu.

Und du weißt es?

Sie lächelt. Schlaf doch, sagt sie.

Da bin ich auch nicht mehr müde. Wir gehen durch die Stadt – rote Scheunenreihen, Kirche, Apotheke, Warenhaus, Café. Es ist Abend, kalt. Wir tragen Netze mit Flaschen. Wir blicken in die Fenster der Häuser, an denen wir vorbeigehen. Sie weiß genau, wie die Leute leben, die unter den kleinen, bunten, schlecht leuchtenden Steh-lampen sitzen, die in den letzten Jahren aufgekommen sind. Sie kennt den Geschmack der Bratkartoffeln, die hier zu Abend gegessen werden. Sie versteht, was ihr die Frauen unbewußt verraten, die jetzt die Türen vor den Feiertagen verschließen. Sie erzählt mir Geschich-ten, die merkwürdig wahr sind, obwohl sie nirgendwo passieren, aber ihre Helden haben den Namen der Fami-lie, die sich eben vor unseren Augen unter den elektri-schen Kerzen des Weihnachtsbaums versammelt, um Blutwurst und Sauerkraut zu essen. Christa T. schwört, daß hinter den glatten zufriedenen Gesichtern der El-tern, des kleinen Jungen und des großen Mädchens ge-nau die Gedanken und Wünsche stecken, die sie eben, in ihrer Geschichte, in die Tat umsetzen durften.

Schreib doch, Krischan. Warum schreibst du nicht? Na ja, sagt sie. Ach, weißt du ...

Sie hatte Angst vor den ungenauen, unzutreffenden Wörtern. Sie wußte, daß sie Unheil anrichten, das schlei-chende Unheil des Vorbeilebens, das sie fast mehr fürch-tete als die großen Katastrophen. Sie hielt das Leben für verletzbar durch Worte. Ich weiß es aus Kostjas Brief, dem sie es gestanden haben muß und der jetzt, da er den verantwortungslosen Bereich der bloßen Wort-Exi-stenz verlassen hat, darauf anspielt.

Wir aber sind die Treppe zu ihrer Wohnung hinaufge-gangen, haben den Schlüssel im Schloß gedreht, hören aus dem Wohnzimmer Jazzmusik und aus der Küche den leisen Gesang von Klein-Anna. Übrigens, sagt Chri-sta T., dieses und jenes habe ich ja vielleicht vor.

Ich frage Justus.

Ja, sagt er, ich weiß. Sie meint ihre Skizzen. »Rund um

den See« hat sie sie genannt. Der See, an dem unser Haus liegt. Die Dörfer, die wir im Umkreis sehen. Ihre Geschichte. Sie war schon in den Pfarrämtern und hat in die Kirchenbücher gesehen. Das Leben der Nachkommen sollte sich scharf vor dem Hintergrund der Geschichte abheben. Ihr erzählten die Bauern alles, ich weiß nicht, wieso. Du hättest sie mal sehen sollen beim LPG-Ball, das war kurz, ehe sie wegmußte. Sie schlug keinen Tanz aus, aber in den Pausen saß sie an der Theke und zog den Bauern ihre Geschichten aus der Nase. Die ließen sich nicht bitten, weil sie merkten, daß sie sich nicht verstellte, sondern wirklich vor Lachen beinahe vom Stuhl kippte, wenn sie ihr von Küster Hinrichsens Hochzeit erzählten. Notizen hat sie sich auch schon gemacht, du wirst sie ja finden.

Ich fand sie nicht. Fand auch das Blatt nicht, das sie doch vor meinen Augen an jenem seltsamen Morgen beschrieben hatte und auf das ich einen Blick warf, als sie von den Kindern gerufen wurde und ich aufstand. Einen fortlaufenden Text freilich sah ich nicht, nur ein paar Bemerkungen, deren Zusammenhang mir dunkel blieb. Nach dem merkwürdigen Satz von der Schwierigkeit, ich zu sagen, stand da: Tatsachen! An Tatsachen halten. Und darunter in einer Klammer: *Aber was sind Tatsachen?*

Die Spuren, die die Ereignisse in unserem Innern hinterlassen. Das war ihre Meinung, sagt Gertrud Born, die jetzt Dölling heißt. Ich weiß, daß sie darin nur fester wurde, je länger sie darüber nachdachte. Du siehst, sie war einseitig, natürlich war sie das.

Wieso natürlich, Gertrud Born?

Da sieht sie mich an wie einen, der die einfachsten

Dinge nicht versteht. Wie könnte denn alles, was passiert, für jeden Menschen zur Tatsache werden? Sie hat sich die Tatsachen herausgesucht, die zu ihr paßten – wie jeder, sagte sie still. Übrigens war sie süchtig nach Aufrichtigkeit.

Olala, sagt Blasing, und er droht sogar mit dem Finger: Unsere ewige Schwärmerin! Er war es ja selbst, der das Spiel eingeleitet hat, in der Silvesternacht, zwischen zwei und drei, als niemand mehr etwas ernst nahm. Er stellte auch die erste Frage: Was halten Sie für unerläßlich für den Fortbestand der Menschheit? Jeder schrieb seine Antwort auf die Rückseite von Justus' Milchsollerfüllungsformularen, kniffte das Papier und gab es an seinen linken Nebenmann weiter.

Ich kenne ja ihre Schrift, ich habe mir ihre Antworten nachher herausgesucht. Gewissen, stand da in ihrer Schrift. Phantasie.

Da hat ihr Blasing mit dem Finger gedroht. Olala, sie hatte es ernst genommen, aber verteidigen wollte sie sich nicht. Sie bestritt auch nicht, daß die Ausnutzung aller Energiequellen der Erde ... Nein: Wer wollte Blasing darin widersprechen?

Günter tritt ihm entgegen. Günter, der mit uns auf der Treppe der Universität sitzt, es ist Nacht, die Linden duften, wo stehen denn hier Linden? Die Ordnung ist endgültig durcheinandergekommen. Ein bißchen mehr Ordnung hätt ich schon gerne, sage ich, und ein bißchen mehr Übersicht. Da blickt sie zu mir, der Schlafenden, herüber, lacht schon wieder, sagt aber dann ganz ernst: Ich auch.

Wer dir das glauben könnte, sagt Günter bekümmert, wer wüßte, woran er mit dir ist! Da ist sie erstaunt, das sieht man an ihren Augen, die sich zurückziehen, während wir reden, reden. Das bißchen Ich, sagen wir verächtlich auf unserer Treppe. Der alte Adam, mit dem wir fertig sind. Sie schweigt, überlegt, ich weiß jetzt: jahrelang, bis sie endlich, eines Nachts, in unserer Berliner Veranda, die S-Bahn-Züge donnern vorbei, ihre Bedenken anmeldet: Ich weiß doch nicht. Da muß ein Mißverständnis sein. Diese Mühe, uns jeden anders zu machen – bloß, damit wir das wieder loswerden sollen?

Das kann ich doch nicht annehmen. Das will ich doch nicht glauben. Man kann sich nämlich entschließen, in gewissen Bereichen, das eine für wahr zu halten, das andere nicht. So wie man sich irgendwann entschlossen hat, an die Gutartigkeit der Menschen zu glauben, nützlichkeitshalber, als Arbeitshypothese.

Da sprach sie mir von ihren Schülern. Wir gingen vom Marx-Engels-Platz zum Alex. Wir standen am Zeitungskiosk und ließen die Hunderte von Gesichtern an uns vorbeitreiben, wir kauften uns die letzten Osterglocken am Blumenstand. Vielleicht sind wir ein bißchen vom Frühling betrunken, sagte ich. Aber sie bestand darauf, nüchtern zu sein und zu wissen, was sie sagte. Sie vertrat unser Recht auf Erfindungen, die kühn sein sollten, aber niemals fahrlässig.

Weil nicht Wirklichkeit wird, was man nicht vorher gedacht hat.

Sie hielt viel auf Wirklichkeit, darum liebte sie die Zeit der wirklichen Veränderungen. Sie liebte es, neue Sinne zu öffnen für den Sinn einer neuen Sache: Ihren Schülern wollte sie beibringen, sich selbst wertvoll zu werden. Ich weiß, sie geriet einmal aus der Fassung, als einer sie groß ansah und unschuldig fragte: Warum? Darauf kam sie immer wieder zurück, es quälte sie lange, daß sie verstummt war. Ob sie daran denken mußte, als sie an jenem Morgen, da ich schlief, auf ihren Zettel schrieb: Das Ziel – Fülle. Freude. Schwer zu benennen. Nichts könnte unpassender sein als Mitleid, Bedauern. Sie hat ja gelebt. Sie war ganz da. Sie hat immer Angst davor gehabt, steckenzubleiben, ihre Scheu war die andere Seite ihrer Leidenschaft, zu wünschen. Jetzt tritt sie hervor, gelassen auch vor der Nichterfüllung, denn sie hatte die Kraft, zu sagen: Noch nicht. Wie sie viele Leben mit sich führte, in ihrem Innern aufbewahrte, aufhob, so führte sie mehrere Zeiten mit sich, in denen sie, wie in der »wirklichen«, teilweise unerkannt lebte, und was in der einen unmöglich ist, gelingt in der anderen. Von ihren verschiedenen Zeiten aber sagte sie heiter: Unsere Zeit.

Schreiben ist groß machen. Nehmen wir uns zusammen, sehen wir sie groß. Man wünscht nur, was man kann. So bürgt ihr tiefer und dauerhafter Wunsch für die geheime Existenz ihres Werkes: Dieser *lange, nicht enden wollende Weg zu sich selbst.*

Die Schwierigkeit, »ich« zu sagen.

Wenn ich sie erfinden müßte – verändern würde ich sie nicht. Ich würde sie leben lassen, unter uns, die sie, bewußt wie wenige, zu Mitlebenden gewählt hatte. Würde sie an dem Schreibpult sitzen lassen, eines Morgens in der Dämmerung, die Erfahrungen aufzeichnend, die die Tatsachen des wirklichen Lebens in ihr hinterlassen haben. Würde sie aufstehen lassen, wenn die Kinder rufen. Den Durst nicht löschen, den sie immer spürt. Ihr, wenn es not tut, Zuversicht geben, daß ihre Kraft im

Wachsen war, mehr brauchte sie nicht. Würde die Menschen um sie versammeln, die ihr wichtig waren. Würde sie die wenigen Blätter vollenden lassen, die sie uns hinterlassen wollte und die, wenn nicht alles täuscht, eine Nachricht gewesen wären aus dem innersten Innern, jener tiefsten Schicht, in die man schwerer vordringt als unter die Erdrinde oder in die Stratosphäre, weil sie sicherer bewacht ist: von uns selbst.

Ich hätte sie leben lassen.

Um mich, wie an jenem Morgen, immer wieder an ihren Tisch zu setzen. Zu Justus, der die Teekanne hereinbringt, zu den Kindern, die stumm vor Freude sind, weil ihr Lieblingsgebäck auf ihren Tellern liegt.

Die Sonne stieg erst auf, rot und kalt. Es lag Schnee. Wir nahmen uns Zeit zum Frühstücken. Bleibt noch, sagte Christa T. Aber wir fuhren ab.

Ich, wenn ich uns erfinden dürfte, hätte uns Zeit gegeben.

20

Nun also der Tod. Der braucht ein Jahr, und dann ist er fertig, er läßt keinen Zweifel aufkommen, daß er erreicht hat, was möglich war, er scheut die Festlegungen nicht, denn er braucht sie. Daher läßt sich nicht viel über ihn sagen.

Müssen wir also vom Sterben sprechen.

Es kündigt sich mit einer ärgerlichen Steigerung ihrer Müdigkeit an, die zuerst nicht auffiel. Maßlos müde, sagte sie. Der Arzt gibt ihr Stärkungsmittel. Todmüde, sterbensmüde. Jetzt komm ich schon die Treppen nicht mehr hoch. – Aber was heißt hier »schon«? – Gerade jetzt, wo wir einziehen wollen ... Ja, was ist denn: gerade jetzt?

Eines Vormittags wird sie bewußtlos. Justus findet sie auf der Truhe, an die Wand gelehnt. Das ist im März, zwei Wochen vor ihrem Umzug in das Haus.

Nach den ersten Untersuchungen im Krankenhaus heißt es: Zu spät. Der Hämoglobingehalt des Blutes hat die kritische Grenze unterschritten. In diesem Bereich sind wir machtlos.

Nach der Blutübertragung kehrt ein vages, leicht wieder verschwimmendes Bewußtsein zurück. Sie nahm wohl wahr, daß sie fuhr. Wohin? fragte sie schwach. – Da sie die Grenze überschritten hat, gelten andere Gesetze, in dem Land, in dem sie ist, spricht man mit sanfter Stimme die Unwahrheit: Mach dir keine Sorgen, Krischan. In G. bist du besser versorgt.

Lächeln kann sie nicht, aber sie will doch Teilnahme zeigen, die Schwäche hat noch nicht den Grad erreicht, wo die Rücksicht auf andere aufhört.

Ich mach schon Sachen, sagt sie. Dann schwinden ihr wieder die Sinne.

In G. hat man Nachricht, wie es um sie steht. Man schiebt sie ins Sterbezimmer. Mein Gott, sagte die Schwester, so eine junge Frau aber auch. Und in ihrem Zustand ...

Als sie ein Jahr später wirklich starb, kam sie nicht ins Sterbezimmer. Justus meinte, sie könnte es wiedererkennen, wenn sie noch einmal zu sich käme. Man stellte einen Wandschirm um ihr Bett.

Angst hat sie zuerst nicht, ihr fehlt die Kraft, das Bewußtsein einer Gefahr zu erlangen. »In Todesgefahr schweben« ist ein guter Ausdruck, wirklich kann man sich den Aufenthalt in jenem Bereich nur schwebend vorstellen. Auch die Schatten des Todes wird es wohl geben, wie ja »dort« überhaupt äußerste Unbestimmtheit an Farben, Formen, Lauten, Gerüchen herrschen mag. Es vergeht einem Hören und Sehen, aber auch der Schmerz, auch die Angst. Die Grenzen werden wohl verschwimmen. Die eigenen Umrisse scheinen sich zu dehnen, dafür hebt man sich, wie in manchen Träumen, nicht mehr klar von seinem Hintergrund ab. Ein Ineinanderübergehen hebt an, ein Austausch von Elementen, den man empfinden und wovon einem vielleicht eine undeutliche Erinnerung bleiben mag, erstaunlich, merkwürdig bewegend, aber nicht ganz unbekannt: Wie soll man sich das erklären? Diese Erinnerung wird nicht dauerhaft sein und gewiß nicht ängstigend.

Die Angst kommt mit dem Bewußtsein, als Schock. Ich bin wohl sehr krank? kann man, erwachend, die Schwester fragen. Kein Zweifel, daß sie abwehren wird: Aber woher denn, wo denken Sie denn hin!

Da wehrt sie aber nicht ab. Da sagt sie nur: Es geschehen manchmal Wunder, ich selbst, wie ich hier stehe, habe schon welche mit angesehen.

Dann stehen die Ärzte um das Bett, die lateinischen Ausdrücke hinüber und herüber, ein bißchen zu sehr verlassen sie sich wohl auf die Bewußtseinstrübung der Patientin, so fällt im Eifer des Streites das Wort, das sie nicht hören dürfte: Leukämie.

Ist es das, Frau Doktor, sagen Sie mir bitte die Wahrheit, ich will die Wahrheit wissen.

Aber woher denn, wo denken Sie denn hin!

Wenn die Wahrheit so aussieht, wie sie aussieht, kommt

man ohne sie aus. Dann will sie lieber hören, was man ihr bereitwillig, wenn auch ein wenig zu wortreich, erklärt: Von den gefährlichen und den harmlosen Varianten einer jeden Krankheit, von Krankheiten, die sich am Anfang sehr wild anstellen, dann aber mit sich reden lassen, so daß man sie belauern, überlisten, zur Raison bringen kann – fast wie Menschen. Ja, tatsächlich, sie haben etwas Menschliches, diese Krankheiten, man macht sich beinahe lächerlich, wenn man sie überschätzt. Wir haben sie im Griff. Sehen Sie sich doch Ihren HB-Status an: Wir haben ihn unter Kontrolle. Natürlich muckt das noch auf, das wird sie übrigens lange tun, die Krankheit – aber zur Macht kommen kann sie nicht mehr. Wir sind zur Macht gekommen, Sie, Sie selbst.

Ich, denkt Christa T. nüchtern. Letzte Aufrichtigkeit, jetzt weiß sie auch, was das ist. Weiß nichts sicherer, als daß sie bleiben will, nun, da sie wieder »zu sich gekommen« ist. Ein Befehl aus Bezirken, deren Entscheidungen nicht anzuzweifeln sind. Aus den gleichen Bezirken, ebensowenig zweifelhaft, noch eine Entscheidung zum Leben, kam als Signal für höchste Gefahr die Todesangst. Angst von Enge. Das sind die Nächte, in denen man es schlechter weiß. Ich will leben und muß sterben. Ich. Das kann nicht nur, es *wird* verlorengehen. Nicht irgendwann, in Jahren, Jahrzehnten – also niemals –, sondern bald. Morgen schon. Jetzt.

Einmal hat sie davon gesprochen, in halben Worten, am Abend jenes Julitages, da wir sie zum letztenmal sahen, da ich erschrocken war über ihre Veränderung, die sie »altern« nannte, da wir zusammen gebadet und dann um den runden Tisch zu Mittag gegessen hatten. Da war sie schon wochenlang zu Hause, in ihrem neuen Haus, und rechnete täglich mit der Geburt des Kindes. Mit der Wiederholung jener ersten Krankenhausnächte muß sie nicht mehr gerechnet haben, so fing sie an, davon zu reden, wovon wir den ganzen Tag so angestrengt geschwiegen hatten. Sie nennt die Angst nicht bei ihrem Namen, sie sagt Schock, sie sagt Einsamkeit, Hilfsnamen. Als gäbe es ein Tabu, das sie anerkennt, und als sei »Angst« nun für immer nur noch ein anderes Wort für »Tod«. Sie muß erfahren haben, daß gegen den Tod kämpfen und gegen die Angst kämpfen ein und dasselbe ist. Sie hat uns, an jenem Juliabend, mit halben Worten diesen Zustand als empörend, als unzumutbar und fast anrüchig dargestellt. Als unwürdig und unerträglich. Hat sich wohl auch eingestanden, daß Täuschung und Rettung in solchen Fällen einander sehr ähnlich sind – täuschend ähnlich. Sie hat, fast bewußt, schien mir, die Täuschung als Rettung angenommen und in ihr gelebt.

An Angeboten, sich abzufinden, hat es nicht gefehlt: Mit dreißig, glauben Sie mir, hat man alles wirklich Wichtige hinter sich. So der junge Arzt, der sich gern lässig gibt, als Unterhändler des Gegners. Den eigenen Kopf zum Komplicen der »anderen Seite« machen. Dieses Angebot annehmen, ein paar schwere Tage und Nächte, gewiß, aber dann ist man »durch«. Hat Ruhe. Frieden. Preis für Abgefundenhaben. Die Abfindungssumme, die immer unter dem Wert des verlorenen oder aufgegebenen Gegenstands liegt.

Nein, Herr Doktor. Was Sie wollen, weiß ich. Aber mein Fall liegt anders: Ich habe das Wichtigste noch vor mir. Was sagen Sie dazu?

Da zieht der Gegner seinen Parlamentär zurück, da läuft der über mit fliegender Fahne. Nun, es war nicht ernst gemeint, Gerede. Sie haben natürlich recht. Sie schaffen es. Sie werden sehen, Sie schaffen es schon.

Du darfst ja sogar das Kind behalten, sagt Justus. Siehst du nicht, was das für ein gutes Zeichen ist?

Das Kind? hat die Ärztin gesagt. Ich würde viel darum geben, wenn wir diesen Eingriff jetzt wagen könnten.

Du schaffst es, sagte Justus. Was für ein Blödsinn. Natürlich schaffst du es.

Dann hebt man sie auf eine Bahre und fährt sie aus dem Sterbezimmer. Jede Handreichung der Schwester ein Triumph, nur daß sie ihn etwas übertreibt. Das Wunder, nun ja. Man wird der Schwester nicht die Freude verderben. So glänzend ist ihr lange kein Wunder vorgekommen. Der Betroffene wartet vergeblich auf seinen Glanz. Er fühlt die nahe Verwandtschaft von Wunder und Wunde und ist eigentlich dagegen, daß man sich auf seine Kosten so übermäßig freuen darf, muß aber begreifen, daß er selber die Verantwortung für das reibungslose Funktionieren seines Wunders schon übernehmen muß.

Damit haben sie ihn wieder, er ist wieder erreichbar. Jetzt hat er kein Recht mehr, sich einfach zur Wand zu drehen, ein gewisses besserwisserisches Lächeln aufzusetzen, so, als könne er allein wichtig von unwichtig unterscheiden. Die Totenallüren muß er schnell hinter sich lassen, dieses Mißtrauen vor allem, das auf geheimen Widerstand schließen läßt, hat aufzuhören. Nun muß er vergessen, was er – oder etwas in ihm – zu wissen begonnen hatte. Mit dieser Art Wissen geht man nicht unter die Leute. Man läßt es hinter sich und dreht sich nicht um.

Es hat mich mitgenommen, sagt man rückblickend vielleicht. Jeder nickt, jeder glaubt zu verstehen. Aber keiner weiß, wovon sie spricht. Du hast es ja geschafft, siehst du. Da hat sie sich angewöhnt, die Augen niederzuschlagen. Sie schämt sich der Erfahrung, die sie absondert: daß nicht jedes Ding jederzeit zu »schaffen« ist.

Was hast du nur? kann man sie fragen, wenn sie sich noch nach Wochen wild weinend über ihr Bett wirft. Nichts. Die Schwäche.

Ach, sie hat wohl gewußt, daß es schade um sie war. Sie hat wohl Respekt vor sich bekommen und auch Respekt vor der Kraft, die gegen sie war. Eins maß sich am anderen. Ebenbürtig. Ausgang ungewiß.

Sie hat in Büchern nachgeblättert, den neuen Namen gesucht, den sie ihrer Krankheit gegeben hatten, fand ihn auch, schrieb ihn mir, gegen ihre Gewohnheit: Panmyelophthise, schrieb sie. Führt fast immer zum Tode. Aber muß ich dir das nun wieder vorreden? Doch wem sonst ... War Unsinn, daß ich nachgesehen hab ...

Allmählich aber lagert sich die Täuschung über die Gewißheit, und wir alle tun unser Bestes, die Täuschung in ihr und in uns zu nähren. Und das würden wir wieder tun, wenn Täuschung ein anderes Wort für Hoffnung ist. Merkwürdigerweise müssen wir nicht glauben, was wir wissen. Justus hat es mir bestätigt. Er hat zugegeben, daß er das Wort »unheilbar« gehört und wieder vergessen hat. Mit einem dummen, bösen, sinnlosen Zufall im Nacken kann man nicht leben.

Christa T. kam in ihr Haus, in das man ohne sie eingezogen war. Sie steckte Vorhänge auf, räumte Schränke ein, begann ihren Gemüsegarten anzulegen.

Nachts, wenn Justus zur Jagd war, saß sie oft allein.

Die Luft war dann voller Gänsegeschrei. Manchmal, selten, schrieb sie einen Brief, oft las sie oder hörte Musik. Der Mond kam über dem See hoch, sie konnte lange am Fenster stehen und zusehen, wie er sich im Wasser spiegelte. Das Kind bewegte sich. Es kam vor, daß sie ruhig an die Zukunft dachte, an die Geburt des Kindes, an sein Leben. Sie wußte, warum sie stärker als bei den anderen Kindern dieses Kind schon in ihrer Phantasie zu sehen wünschte, ehe es geboren war. Warum sie wünschte, alles über es zu wissen. Ihr kam es wunderbar vor, daß sie auf der Welt war, daß man auf der Welt ist. Daß sie die Hand heben konnte, um Haar zurückzustreichen, wenn sie es wollte, das kam ihr wunderbar vor. In diesem Haus zu stehen, vor dem nächtlichen See, wie sie es geträumt hatte, war wunderbar. Träumte sie es denn jetzt? Oder erinnerte sie sich, viel später, an diese Nacht? Was gewesen war und was vielleicht niemals sein würde, floß zusammen und machte diese Nacht. Das war so einfach, so verständlich und wirklich. Da war nichts zu bedauern und nichts zu bereuen.

Sie stand und wußte, daß sie sich an sich selbst erinnerte, wie niemand später sich an sie erinnern würde. So ist das, dachte sie erstaunt, so kann das sein.

Wollen wir es doch kurz machen.

Das Kind, ein Mädchen, wurde im Herbst geboren und war gesund. Ich glaube, daß Christa T. insgeheim an der Gesundheit des Kindes gezweifelt hatte und daß sie erleichtert war. Und daß sie es als Pfand nahm, als Lebenspfand. Als Erneuerung eines alten Bündnisses, auf das sie sich von nun an wieder verlassen wollte. So hat sie es als Treuebruch empfunden, als sie wieder zusammenbrach.

Der Blick, mit dem sie sich vom Auto aus nach den Kindern umsah, soll ein Abschiedsblick gewesen sein. Es wiederholt sich, was sich nicht wiederholen darf. Wiederholen, wieder zurückholen ... Die Worte haben alle einen doppelten Sinn, einen aus dieser, den anderen aus jener Welt. Sie ist stiller und fragt weniger als beim erstenmal, ungefragt ermutigt man sie stärker: Sie schaffen es, das wissen Sie ja. Manchmal blickt sie lange auf die vergoldete Kirchturmspitze, die sie von ihrem Bett aus sieht. Wenn es zu lange dauert, greift sie schnell nach einem Buch. Sie liest gierig. Sie nimmt die Gewohnheit wieder auf, Sätze, Zeilen zu notieren. Als letztes steht in ihrem Notizbuch ein Gedicht:

> Wozu so teuflisch sich zerquälen?
> Nie mehr gescheh, was da geschah:
> Das Nahsein der sich fremden Seelen,
> das Fremdsein derer, die sich nah ...

Endlich! schreibt sie an den Rand, und das heißt soviel wie: Jetzt stirbt man nicht. Es beginnt, was sie so schmerzhaft vermißt hatte: daß wir uns selber sehen; deutlich fühlt sie, wie die Zeit für sie arbeitet, und muß sich doch sagen: Ich bin zu früh geboren. Denn sie weiß: Nicht mehr lange wird an dieser Krankheit gestorben werden.

Das Medikament schien wieder anzuschlagen, sie bekam Hunger. Sie kümmert sich darum, daß die Kinder gut versorgt werden. Sie schreibt mir: *Ich freue mich darauf, viel aus Eurem Leben zu erfahren, wenn es nur zeitlich möglich wäre ...*

Sie begreift, daß die Blutübertragungen häufiger werden und länger dauern als beim erstenmal. Sie sieht das fremde, gesunde Blut aus dem Glasbehälter in ihren Arm tropfen und denkt, es gibt keine Macht der Welt, die ihr Knochenmark hindern könnte, ihr eigenes rotes Blut mit den zerstörerischen weißen Zellen zu überschwemmen. Zu früh gelebt, hat sie vielleicht gedacht, aber kein Mensch kann sich wirklich wünschen, in einer anderen als in seiner Zeit geboren zu werden und zu sterben. Nichts kann man sich wünschen, als an den wirklichen Freuden und den wirklichen Leiden seiner Zeit teilzuhaben. Vielleicht hat sie sich das zuletzt gewünscht, vielleicht hing sie mit diesem Wunsch am Leben, bis zuletzt.

Der Umschwung kam plötzlich und kaum noch erwartet. Das Blutbild brach von einem Tag zum anderen zusammen, als sei eine Kraft ganz plötzlich erschöpft, oder eine Geduld, die sich nicht länger hinhalten ließ. Die Ärztin, die den Befund in der Hand hielt, wußte, daß sie am Bett einer Toten stand. Sie können jetzt immer kommen, sagte sie zu Justus, den sie auf dem Flur traf. Zu jeder Stunde. Unsere Mittel greifen da nicht mehr an. Was jetzt in ihr vorgeht, weiß ich nicht. Ich weiß nicht mehr, als hier steht: Zahlen. – Sie ließ die Hände sinken und drehte sich weg.

Die Veränderungen, die nun noch nötig sind, gehen schnell. Sie bekommt hohes Fieber, Schmerzen. Man gibt ihr Betäubungsmittel. Wenn sie erwacht, sitzt Justus da. Zu fragen hat sie aufgehört. Die Kinder erwähnt sie nicht mehr. Leise und langsam sprechen sie über entlegene Dinge, dann hört auch das auf. Sie sieht ihn noch an, erkennt ihn noch. Aber das Bewußtsein schwankt. Das Lächeln verschwindet zuerst, dann jeder Ausdruck aus dem Gesicht außer dem des Schmerzes. Stück für Stück nimmt sie sich, nimmt etwas sie zurück. Am Ende, vor der Starre, am ehesten Gleichgültigkeit, dann Strenge. Nichts Zweideutiges mehr, keine Zugeständnisse. Kurz vor dem Tod will sie sprechen. Es gelingt nicht.

Sie stirbt an einem frühen Morgen im Februar.

Die Erde war tief gefroren, das Land verschneit. Man mußte einen Weg zu ihrer Grabstelle schaufeln und die Grube mit Hacken herausbrechen. Ich war nicht dabei, als man sie hineinlegte. Als ich das Grab sah, war Sommer. Der Sand war trocken und bröcklig. Der Friedhof liegt frei, fern vom Dorf, auf einer kleinen Anhöhe. Am Kopfende ihres Hügels wuchsen zwei Sanddornsträucher. Der Himmel über ihnen war von einem reinen, zarten Blau, das einen trifft wie ein Schlag. Und dasselbe noch einmal, sagte Christa T., wenn du in den See siehst, nur mit etwas Grün untermischt.

Sie zog wie die Kinder die Schuhe aus, als wir über die Hügel gingen. Sie geht auf nackten Sohlen durch das struppige harte Gras und schlenkert die Sandalen an ihren Riemchen hin und her. Manchmal bückt sie sich nach irgendeinem Halm für ihre Sammlung aller Pflanzen rund um den See. Glücklich ist sie über eine Silberdistel. Dann müssen wir uns alle umdrehen, weil sich hier noch einmal ein Blick auf das Schilfdach ihres Hauses eröffnet. Es steht wirklich gut, sagt sie befriedigt, der Platz ist richtig gewählt.

Sie hat in der Nacht einen merkwürdigen Traum gehabt. In einem alten Gebäude, das ich gar nicht kenne, steige ich eine Treppe hoch, immer höher, bis unters Dach. Komme da auf einen großen Boden, bekannt-unbekannt wie das ganze Haus. Da ist ein Lattenverschlag mit einer Türöffnung ohne Tür. Dahinter steht ein Tisch mit braunen Jungensmützen: Pelz, Leder. Ein alter Mann kommt, er hinkt. Ich kenne ihn nicht, weiß aber: der Schuldiener. Er sagt: Nächste Stunde gehn die ja alle weg in die Ausstellung. Da fällt mir ein, daß hinter der Wand, die der Lattenverschlag verdeckt, meine alte Klasse sitzt. Deshalb bin ich ja hergekommen! Ich freue mich plötzlich, daß ich sie alle wiedersehen werde. Namen fallen mir ein. Ich muß wohl lange krank gewesen sein. Ich werde bis zur Pause warten und dann einfach wie früher mit ihnen in diese Ausstellung gehen. – Auf einmal weiß ich: Ich bin ja nicht mehr so jung wie sie, ich bin ja inzwischen alt geworden. Das Jugendgefühl erlischt in einem Augenblick, ich weiß: Für immer. Die Mützen liegen immer noch da, doch mir wird klar: Ich erinnere mich nur an sie. Obwohl ich sie doch damals, als wir wirklich jung waren, nie habe liegen sehen ... Merkwürdig war: Der Schmerz, den ich empfand, machte mich zugleich froh ...

Wir haben uns neben die unfertigen Fundamente eines kleinen Sommerhauses ins Gras gelegt, in den Schatten einer knorrigen, zerzausten Kiefer. Der Himmel, wenn man lange genug hineinsieht, sinkt ja allmählich auf einen herunter, nur die Rufe der Kinder reißen ihn immer wieder hoch. Die Wärme der Erde dringt in uns ein und vermischt sich mit unserer eigenen Wärme. Manchmal sprechen wir noch, aber wenig. Was wir uns später zu sagen haben werden, können wir nur ahnen, auch Worte haben ihre Zeit und lassen sich nicht aus der Zukunft hervorziehen nach Bedarf. Zu wissen, daß sie einmal dasein werden, ist viel.

In zwei, drei Stunden werden wir uns trennen. Sie wird mir den roten Mohn ins Auto reichen, den sie unterwegs gepflückt hat. Es macht dir doch nichts aus, daß er sich nicht hält? Nein, es macht mir nichts aus. Sie wird auf dem Weg stehenbleiben, grüßen. Vielleicht werden wir uns wiedersehen, vielleicht nicht. Jetzt haben wir zu lachen und zu winken.

Christa T. wird zurückbleiben.

Einmal wird man wissen wollen, wer sie war, wen man da vergißt. Wird sie sehen wollen, das verstände sie wohl. Wird sich fragen, ob denn da wirklich jene andere Gestalt noch gewesen ist, auf der die Trauer hartnäckig besteht. Wird sie, also, hervorzubringen haben, einmal. Daß die Zweifel verstummen und man sie sieht.

Wann, wenn nicht jetzt?

Christa Wolf
im Suhrkamp Verlag

Der geteilte Himmel. Mit einem Kommentar von Sonja Hilzinger. SBB 75. 320 Seiten

Kein Ort. Nirgends. st 3914. 225 Seiten

Kindheitsmuster. st 3915. 595 Seiten

Mit anderem Blick. Erzählungen.
Gebunden und st 3827. 191 Seiten

Nachdenken über Christa T. BS 1404 und st 3913. 210 Seiten

Was bleibt. st 3916. 110 Seiten

Der Worte Adernetz. Essays und Reden. es 2475. 171 Seiten

Über Christa Wolf

Christa Wolf. Leben, Werk, Wirkung. Suhrkamp BasisBiographie. Von Sonja Hilzinger. sb 24. 160 Seiten

NF 638/1/8.07

Sozialistischer Realismus
- Alltag
- ArbeiterInnen / BauerInnen
- idealisierend
- formelhaft

* Subjektive
* Authentizität *

Exos Persönlich